大山的呼唤

刘本楚◎著

天津出版传媒集团
百花文艺出版社

图书在版编目（CIP）数据

大山的呼唤 / 刘本楚著 . -- 天津 : 百花文艺出版社 , 2025. 2. -- ISBN 978-7-5306-9076-5

Ⅰ . I267

中国国家版本馆 CIP 数据核字第 2025ZE6406 号

大山的呼唤

DASHANDEHUHUAN

刘本楚　著

出 版 人：薛印胜

封面题字：刘本楚

责任编辑：郑　爽

策划编辑：潘　洁

装帧设计：悟阅文化

出版发行：百花文艺出版社

地址：天津市和平区西康路 35 号　**邮编：**300051

电话传真：+86-22-23332651（发行部）

+86-22-23332656（总编室）

+86-22-23332478（邮购部）

网址：http://www.baihuawenyi.com

印刷：成都市兴雅致印务有限责任公司

开本：787 毫米 ×1092 毫米　1/16

字数：254 千字

印张：15

版次：2025 年 2 月第 1 版

印次：2025 年 2 月第 1 次印刷

定价：68.00 元

如有印装质量问题，请与成都市兴雅致印务有限责任公司联系调换

地址：成都市金牛区沙河源街道陆家桥社区

电话：028-83181689

邮编：610000

自序

用文学的梦想高扬人生远航的风帆

一个神圣的梦想，从桐油灯的光亮上点燃；一颗梦想的星星，在松油柴的火焰里闪烁。梦想的根脉啊，流动着母亲昼夜摇摆的低吟纺车，包裹着火房那旺红光烟缭绕的火塘，更深深地扎进了故乡滋润的山水和那广袤温暖的泥土。

刚上初中的岁月里，梦想在蒙眬的初心里萌动。

夏天的夜晚，嗡嗡鸣叫的蚊子偏在耳边纷扰，砖头上燃烧的松油亮光总在夜风里飘摇。木板架起的写字台摇摇晃晃，颤抖的笔尖，颤抖着歪斜的字眼。汗水湿透了背间，紧贴着粗布衣衫，前额的汗珠和着泪水从睫毛尖滴落，浸润了纸面、晕染了墨迹。那是因为写到了母亲的血泪深处，笔尖未到，文字未成，泪水却抢先滴成了丝线……

写字的木板下面摆放着两桶满盈的清水，那是来自屋后山湾的山泉，是为了淹没双脚，既能防蚊虫叮咬，又可解暑浸凉。一根断线破口的毛巾趴在肩头，满蓄清泉，轻吸汗水，清凉眼神，平抚心燥。

严冬的深夜，雪风从木板叠加的壁缝里袭来，撩动着松油光焰，漫熏着痴迷的眼脸。稚嫩的笔尖颤抖在寒风里，麻木的指头依然紧握笔杆，脚尖与身子也自然颤抖于寒风之中。待母亲催我睡觉的时候，已是夜鸟凄厉的午夜。母亲定睛看了我一眼，惊叹："哎呀，儿呀！怎么满面漆黑？"只有两颗眼珠在灵动闪光，原来是松油柴的火焰把满脸绘成了意外的图画。

青葱的岁月，总把歌声轻吟舌尖，总把乐音缠绵心灵。山林枝头弹唱，溪水岸柳歌舞，田野稻浪暖清风，山地庄稼听鸟音，日日夜夜、时时刻刻，全都快乐在文学艺术的和风细雨与暖阳清流之中。

进入高中的年月里，遇见了恩师刘明文，当时的他在文艺创作特别是舞台艺术编导等方面，已有较好的造诣。每年全县中小学文艺会演，他带领的文艺宣传队拿到的奖状总是最多。那时学校的高中部组建了作文与广播新闻写作组，当然是由明文老师负责。每每听到广播里传出诵读自己文章的声音时，真有说不出的喜悦与劲头。

由于对写作的钟情、对文学艺术的爱恋，常被明文老师抽调参加校文艺宣传队，去乡村、水库工地、铁路工地进行文艺创作和慰问演出。在演出的现场，乡村的人们与工地的民工都表现出对我们的无比关爱和热情。我们的舞台艺术与表演技巧，我们的舞蹈姿容与歌声乐音，赢得了大众的掌声与欢呼。我们表演了自己创作的《橘林之歌》《机器大哥进山来》等多部歌舞曲艺作品，在全地区调演中多次夺得大奖。

在明文老师的悉心指导引领下，在青涩的文学创作岁月里，蹒跚的笔尖艰难地行走在纸页间，许多羞涩的墨迹浸润于字里行间，许多诗意情思缠绵于甘甜的梦中。其中一些快板词、三句半、表演唱等小型曲艺节目，也曾展示在当时的舞台上。记得我创作的表演唱《四老汉上水库》在老师的辅导下，被破格选录登上了县影剧院的大舞台，并荣获二等奖。在与文艺的"热恋"之中，自己的业余创作已开始萌芽破土。18岁时，我的处女作诗歌《晨读》发表于《湘江文艺》，后来又有散文诗发表于《工农兵文艺》。甘甜的文艺之果深久地滋润着文学的梦想。

到了师范的校园里，与文学的情爱更是步入了疯狂的梦境。那些春意满怀的日子里，我放开歌喉与晨鸟同音，我轻拉胡琴与月光说话，我把诗意汇成心海江流，我用情脉书写波澜文韵。时光的文字、岁月的诗篇，迈进了校报县刊，荣耀于广播电视台的文艺专栏，登上了文艺创作的获奖榜单。

在乡村教师生涯的奋斗中，由于写作的初露头角，幸遇领导的赏识，于

20世纪80年代被破格调入县府行政机关，这更使我的文学艺术创作有了发挥与拓展的机遇。

由于发奋读书、勤奋苦耕，20世纪90年代初，我的散文作品不断地刊载在《中国农民报》《中国法制报》《中国教育报》《中国文化报》《中国工商报》等副刊。尤其有幸参加了全国工商系统优秀通讯员培训学习，以及取得高等自考汉语言文学专科毕业证后，我的新闻、文学作品有了质的飞跃。发表于《人民日报》“大地”与“作品”副刊的《古茶楼新情韵》《再回小村》《聆听小村的声音》《浪漫河岸》《溪口库区记》《故乡路弯弯》等篇章在后来的全国散文大赛中连续获奖，其中的《再回小村》《聆听小村的声音》《故乡路弯弯》分别获全国一、二等奖，先后8次赴京参加颁奖会和文学创作研讨会，多次聆听牛汉、肖复兴、梁晓声、张抗抗、莫言，汪兆骞等名家的讲课，多次蒙鲁迅文学院老师的指导与改稿。历经风霜雨雪的磨炼，我的散文创作有了长足的进步，并已基本形成个人风格。

“不经一番寒彻骨，怎得梅花扑鼻香。”经历了40多个春秋岁月的摸爬滚打，我的散文和报告文学作品陆续发表在《散文百家》《北京文学》《散文选刊》《三峡文学》《中国报告文学》《湖南日报》《光明日报》和《人民日报》等文学刊物与报纸副刊上，我现已被聘请为《散文选刊》原创版签约作家，并有作品入选《中华名言词典》与《中华名人格言》。

“长风破浪会有时，直挂云帆济沧海。”近几年来，幸得《怀化日报·副刊》《长沙晚报·副刊》《边城晚报·副刊》《湖南日报·湘江副刊》和《散文选刊》《中国报告文学》等编辑老师的悉心培植，我创作了一批质量较高的乡土散文与报告文学作品，在读者中反响良好。

“近乡情更怯，不敢问来人。”近文笔尖抖，艰难落纸页。魂牵梦绕的那根文学情丝啊，总在千回百转，万千缠绵；心血和泪的笔墨文字啊，依然艰难地描绘着梦想的图画；九曲回肠的梦想长河啊，依然快乐地绽放着梦想的浪花；人生远航的风帆，依然高扬在文学梦想的波峰浪尖上。

目录

CONTENTS

第一辑　亲情记忆

第二辑　山水流韵

第三辑　泥土心曲

第四辑　文史脉波

第五辑　人间佳话

附：评论

第一辑

亲情记忆

亲情凝结的泪珠，滴成了一条情海江流，流成了永恒的记忆。泪泉激荡的朵朵浪花，开出了生命的澎湃，翻涌出血脉的波澜。灵光闪烁，脉浪奔流。

古桐油灯

古老的梦在古老的油灯里燃烧，没有昼夜，没有尽期。

母亲手里提着那盏灯，竹片拱起的提把下接着半截竹筒，竹筒与竹片之间夹着一个盛满桐油的圆形铁窝。铁窝里旋着一根细长细长的棉花条，当油水浸透了棉花条，就在铁窝的边沿点燃一头，灯便亮了。

那个漫长的寒冬，母亲把灯放在灶盘上，纤弱的身子贴在灶背后，手持锅铲在大锅里打旋、搅拌，为的是把煮熟的红薯扎碎铲烂，然后过滤、煎熬。我便坐守灶门，往灶眼里一边添柴加火，一边烧红薯填肚子。我把一个个圆圆的红薯埋进灶眼的红火中，就像埋进一个个圆圆的梦。每每熟透一个，总是要母亲掰下一半，而母亲却总是只把红薯放到嘴边打个转又塞进我的嘴里。几多回，我在梦里都发现母亲那双月光似的眼睛总是湿湿的，不时滚出几颗晶亮晶亮的水珠来，不知是眼里的泪水还是心中的苦水。为了煎熬一点儿薯糖，油灯常伴着母亲燃尽黑夜，点亮黎明。

天蒙蒙亮，母亲就手挽着一只破旧的小竹篮，竹篮里装着用一夜苦劳、泪水和心血凝结的一点儿薯糖，顺着门前弯弯的山道，爬过一座坡，走过十里弯，去十公里外的街市上换回几个硬币，为的是送我上学。

我终于从那埋进灶眼里熟透的梦里醒来，又做起了进学堂的梦，这既是美美的梦又是甜甜的现实。从此，母亲心里宽慰了许多，那盏古老的油灯也燃得更亮了。夜里，我和母亲同坐在油灯下，母亲拿着鞋、搂着衣，用针线串起悠悠的心曲；手里扬起棉花条，摇着纺车，用心思牵出长长的棉线。我呢，磨着墨、写着字，用笔墨勾画着童年的心灵。

油灯里燃烧的棉花条，一根根燃尽了，又一根根点亮了。那颗燃烧的亮点，始终是母亲心中的火星，时时刻刻燎着母亲的心、燎着母亲的梦。

今天，母亲不再提起古老的灯，我这个大山的儿子，也从油灯下、从母亲怀抱里走出了山窝。

母亲心里的一切全都亮了，我童年的梦幻亦全在眼前。古老的桐油灯啊，高悬在中堂屋梁上同春夜里躺在床上的白发母亲一样，做着一个迭出一个的梦。而我虽已告别油灯，但始终没有忘记我童年的梦……

（原载于1994年7月7日《湖南日报·湘江副刊》，获中国散文学会举办的全国散文大赛二等奖）

一个不老的灵魂

父亲刘支好离开我们已经 5 年，到今年的清明节是完整的 5 年了。可是，在我心灵的深处总时时鲜活着一个不老的灵魂。房后的菜园、屋前的田地、山坡的树林、溪床的流水，似乎都在闪动着父亲的身影；田间的稻浪、地头的庄稼、牛蹄的迹痕、锋利的犁尖刀刃，都深藏闪烁着父亲的足窝和灵光；润物无声的夜雨晨风、清照明丽的皓月日光、晶莹透亮的冰雪大地、风和日暖的灿烂阳光，都渗透着滋润着飘荡着父亲的魂风灵气……

做了 32 年村党支部书记的父亲，不知为村民做了多少数不清、记不明的好事，但总有那么几件事情常在村民的唇齿间悬挂，常把我的心尖儿撬动。

20 世纪 70 年代，村里一名退伍军人叫刘铁军，很有几分血性男儿的气概。作为村支书的父亲，着实看上了这位说干就干、雷厉风行的铁军，于是亲自提名刘铁军当生产队队长，赢得了本队全体党员和村民代表的支持。正当铁军队长干得风生水起、全村人对他交口称赞之时，只因婚姻情爱的风浪蒙住了双眼，迷失了方向，致使他走到了生命的尽头。

就是那个夏日的午后，村里一个放牛娃气喘吁吁地跑到父亲面前："老书记呀，老书记，不好了，不好了。江溪湾里面山上的那棵大树上挂着一个人，一个好大的人呀……"放牛娃断断续续说完就放声大哭了。接着又跑来一个老妇人对父亲说："老书记呀，今天大清早，我就看见铁军手里拿着一圈绳子跑出去了，刚才问了下现在还没回来，莫非是……"

父亲立马说："兰英娘娘啊，非常感谢你，感谢放牛娃，我刚从公社开会回来。请你帮忙马上通知民兵营营长向全村鸣锣，要在家的全体村民迅速赶到江溪湾……"

江溪湾山岭上的那棵大树下挤满了全村的人，一幕心惊肉跳的场景出现在眼前。繁茂高大的树上，一根粗壮的枝干上，被两根棕绳合并紧锁着脖子、悬空而挂的正是刘铁军。村民远观着，谁也不敢靠近，当然我也只敢远远地观望着。阴森的密林中，空气顿时显得凝固，天色急剧阴暗下来，茂林的上空，乌鸦哇哇地叫成一团。父亲壮着胆子走近一看，铁军的双脚上已爬满了蚂蚁，舌头已向外垂延，这说明人断气已经多时了……

父亲健步爬上山壁的上方，对着山下大喊一声："铁军是一名优秀的共产党员，是共产党员的全部上来，第六队的干部马上去砍两根竹子扎一个竹轿准备抬人。来两名年轻党员上树解开绳子将人慢慢放下，上树的人注意安全。我来扛脚，其他党员全部到树下接人……"

父亲一马当先，七八个党员一吼而上，全体村民纷纷拥进森林，即刻呼声连天："向老书记学习！向党员学习！马上抬人！马上抬人……"

第二天夜里，父亲召集全村人在大队部为刘铁军召开了一个隆重的追悼大会。父亲亲自致悼词，全面总结了铁军同志退伍回乡后担任3年生产队队长的显著成绩。父亲在会场上泪流满面地说："刘铁军同志大公无私、雷厉风行、吃苦耐劳。不愧为一名荣立三等功的优秀军人，也是一名优秀的生产队队长，更是一名优秀的共产党员……今天上午全体党员、村民代表召开了会议，一致同意大队猪场杀一头肥猪，每桌四碗菜招待伤夫（柩夫）。请所有的送葬人员按照明天的时辰，保证刘铁军同志安全上山落土。"

那天夜里，我目睹父亲亲自带领12名共产党员和部分村民代表为铁军通宵守灵，并且就在灵前向其他守灵人员讲述共产党如何打下江山的故事。当夜，我亲耳听到至今不忘的父亲说的两句话："共产党的江山是铁打的江山，共产党的队伍是刚强的队伍……"

又是一个三十几岁的年轻人，他叫刘仁军，因赶马拉木头而跌落悬崖，一命呜呼。全家人哭遍了全村。只要哪家老人备有"千年屋"（棺材）的，刘仁军的家人都会挨家挨户地登门求借。找了10多户人家，都是一个说法："家里有老人在，不知哪天老人老了怎么办呀？这'千年屋'呀，是借不得的，如果借了，家里的老人就不能安心养老，就会走得更快呀……"

在那个饥饿的年代，家里揭不开锅是常有的事情，一幢"千年屋"是需要千多块钱才买得到的。那时的千多元至少是现在的几万元以上。可以想象一个揭不开锅的家庭要购买千多元的"千年屋"，不是比登天还难吗？

正当仁军全家人走投无路时，他们撕心裂肺的哭声唤来了村里一位慈怀善良的老妇人，她对仁军的父母说："我看你们还是去见一见老书记，或许，他会有办法的……"

仁军的父亲说："哎呀，老书记人太好了，这种事情怎么能去见他呀？"

父亲从公社学习班回来的路上就听到了刘仁军人马跌落悬崖的消息。父亲的心脏急剧跳动，他想，一个特殊贫困的家庭遇到如此急难，怎么得了呀？他想到了自己的“千年屋”……

父亲急促的脚步刚刚踏进村口溪流的木桥上，突然一对年迈的夫妇头扎白布，跑上木桥，双双跪到了父亲的面前放声大哭……父亲也同时低头弯下腰去，声泪俱下，滚淌的泪水打湿了父亲紧握夫妇的双手。而后，父亲用颤抖的双手用力地扶起夫妇颤抖的身子。眼前的夫妇悲痛之极，泣不成声。父亲还没有等夫妇说话就滴着泪水说：“把我的‘千年屋’抬去吧，马上安排劳力去，不要哭了。3 年之后再还‘千年屋’，还不了就算了，到我老去的那一天，总会有的……”

父亲话音未落，夫妇俩又一次扑通跪下了，对着父亲磕头作揖，哭声不断。父亲发火了：“不要再跪了，马上去找队长安排劳力抬‘千年屋’，告诉队长，我说的！”

围观的群众纷纷议论和劝说：“还有别的办法吗？老书记的‘千年屋’不能抬呀！”村里跑来几个年轻党员高声呼喊：“老书记的‘千年屋’不能抬呀！想别的办法吧！”

父亲抹了一把脸上的泪水，严厉而高声地面对眼前的群众说：“我是党员，我是书记，不抬我的抬谁的？谁也不能阻止，马上去抬，马上去抬！”

40 多年前的事情过去了，父亲的事迹总在村人的口中传颂。前几天，我又回到了老家，村里好几位上了年纪的长辈来见我，他们纷纷谈及父亲的许多往事。还特别说到他们总是常常梦见父亲，父亲的样貌、父亲的话语总在他们心灵里跳动……

我在心里想，父亲呀，您不老的灵魂永久地扎进了父老乡亲的心灵。

（发表于2021年第11期《散文选刊·下半月》，获全国散文年评二等奖）

父亲的房子和我

5 岁的父亲手牵着盲人爷爷，自泸溪与麻阳交界的山村里出走，颠沛流离、讨米逃荒而落脚于溆浦与辰溪交界的半山腰，在山村邻里好心人的帮助下，搭建了一间小小茅房。茅房是用一根根圆木条搭成的架子，再用丝茅草盖成防雨遮阳的三角形棚子，四面全是织成的竹篱笆。为了更好地防风保暖，就在篱笆上钉上泥巴，再轻轻抚平，这就是茅房的壁，那门和窗也全是竹篾织成的。这便是父亲人生中的第一栋房子。

父亲和爷爷在这栋茅房里住了不到 3 年，茅房被爷爷的烟火点燃烧光了。这时的父亲和爷爷只有把泪水和汗水洒落在红薯洞里。父子俩抵足相眠的红薯洞成了父亲人生中的第二栋住房。

新中国成立后，父亲就在这座大山脚下的大院子里分得了一间地主的房屋。这是一栋五柱四封的木质大瓦屋，其间雕梁画栋，窗格门板鲜活着鹊鸟花草，壁脚走廊平铺着光亮的石板，有中堂、有厢房，门前还有一块大大的禾场。这个院子就叫纱帽坪村，是湖南省辰溪县柿溪乡一个最偏远的大山窝。父亲和母亲就是在这间房子里结婚的，我也是出生在这间房屋里的。这就是父亲的第三栋住房。

父亲是地地道道的穷孩子，7 岁帮人看牛，12 岁帮地主做工，祖宗三代无法上学。因此扎根在他灵魂深处的认知和天下穷苦人们一样，认定了生命是共产党救的，生存条件是共产党给的，只想感恩共产党。于是父亲紧紧跟着共产党，积极投身土地革命，以天赋的聪明才干和坚定不移的志向走上了农村基层的革命道路，当上了村党支部书记。到了 20 世纪 70 年代初，父亲用自己的部分责任田地换来了 5 户人家的菜园做屋场基地，真正竖起了一栋属于自己的瓦房木屋。从此，我们家有了自己的房子。这就是父亲人生的第四栋住房，也是他一辈子的住房。

父亲为了建造这栋属于自己的房子，的确吃尽了艰辛。那个年代农村的生活还是十分艰苦的，时常缺粮少吃，母亲为了生活也是操碎了心。为了节省一点儿大米请木工建房，自家只有经常吃红薯、瓜菜、玉米等杂粮。

父亲在月光下修整屋场，只手残疾的母亲同样也陪同父亲挥锄挑土。我每天放学回家也帮忙干活。那一阵子，每夜都要劳动到月亮躲进后山，我们才回到老屋里安息。一幢屋架子请锯木匠在山上锯好后，全是父亲用一双肩膀扛回来的，几块大的照门方和地脚方就由我帮助抬一点点，父亲要扛去多半的重量。我的肩膀曾一度被磨起了血泡，被划破了皮肉。那肩膀上火辣辣的伤痛使我通宵难眠。

由于发奋读书，我从父亲和母亲用血汗换来的那栋房子里走出了大山，走出了母亲的怀抱。但我始终又走不出大山，走不出父母的思念。

时光迈进 2000 年后，我在县城以按揭的方式买了一套新房，交了首付之后简单装修一下，共花了 12 万元现金就住了进去。比当年父亲建房轻松多了，忍受饥饿、苦累、伤痛等煎熬的日子已远远消失在历史的梦中了。

我把父亲接进新房，想让父亲感受一下儿子的努力，儿子没有给父亲丢脸。当父亲踏进门槛，却被眼前的情景惊呆了，他在三室两厅的房间里足足转了三圈，仿佛要把室内的点点滴滴洞察分明，印进心中。他久久不肯落座，脸色威严地问："花了多少钱？哪来的？"

"请父亲放心，儿子既不是贪污，也不是受贿。是通过贷款和朋友借支而凑合的 22 万元，计划 6 年还清贷款。爹爹呀，现在买房和你当年的建房是大不一样了，是先消费、先享受，再慢慢偿还的。"我细心地解答之后，才使父亲放心地慢慢坐下，并感慨万千地说："还是共产党好，楚儿啊，你是长在红旗下的共产党员的儿子，旧社会里住茅棚、睡红薯洞的苦，你是没有吃过的……今天你有了工作，又被调进了县政府，你的一切都是共产党给的，你要认真工作啊！你的父亲没文化，但钱财上过得硬，做事踏实，才连续任了 32 年村支书。只有经济和作风过硬，你才能走得远、走得高啊！"

是啊，常听村里人说，还是老书记过得硬，不吃钱……仿佛有万缕千思勾起了父亲对过去岁月的回想。父亲停了一下，又突然提高了嗓音说："请你一定记住，到我老去的那一天，你要在我的身上盖上一面党旗，那就是我千年万年永远的新房了。"父亲说到这里似乎含泪欲滴，话语戛然而止，那泪珠里又仿佛闪烁着笑意。

（发表于2021年8月20日《湖南日报·湘江周刊》，获全国散文大赛二等奖）

又到中秋月圆时

又到中秋月圆时。我正是当天下午赶回老家的，乡亲们正忙得手慌脚乱。刚到村口处，叔伯兄弟、婶嫂姐妹就高喊了：“本楚啊！回来过节啦，好啊！”

我是离不开老家的，就像婴儿离不开母亲的奶头，就像妻子离不开丈夫的臂弯，更像鱼儿离不开江河与溪流……

我十分惦念老家，更惦念老家的人们。尚未踏进老家的门槛，心儿就跳跃了，情意更绵长了。父亲站在阶前遥望，抬着皱纹纵横的老手遮挡着秋日的夕阳，我的身影终于浮现在父亲的目光里了。

“来了，来了，本楚来了。摆桌子上菜吧！”父亲的脸上堆满了笑意。说话间，全家 14 口全都坐齐了。这时的父亲，就像当年坐在村民大会的讲台上一样，开始正式讲话了：“今天是中秋月夜，这第一杯酒敬月神，第二杯酒敬祖人，第三杯酒敬八方神灵，保佑我们国家和我们全村家庭风调雨顺、人丁兴旺，国富民强！”86 岁高龄的父亲当过 32 年村支书，虽然从小受苦无法读书，没有文化，但说起话来却振振有词。父亲话音刚落，我提议：“这第四杯酒我们全家一起来敬父亲。”大家双手端杯恭敬地敬了父亲这一杯。父亲兴奋了，酒水和着口水溢满了红润的嘴唇，脸上泛起了两片淡淡的红彩。

月亮悄悄地从云朵里闪出，倾泻着皎洁的光辉。月光辉映在轻轻流淌的村前小溪里，跳动的银波闪烁着，那片片欢跃的浪花如同朵朵雪白的山花在含羞地荡漾，又在纵情地绽放。要是往昔，人们还会借着这样的月光在山地耕作，在田间收割。而今晚，掩映在群山丛林的村庄还在升腾着缕缕炊烟，带着酒香和甜味，飘荡着分外的悠闲和恬静、欢乐与祥和。

夜已渐入静境，全家人开始分吃月饼。我拿出从县城带回的月饼，先给父亲一盒，后给小弟媳一盒，再拆开两盒给每人分一个，大家吃得有滋有味。弟媳说：“大哥的月饼好吃得很！”侄儿侄女们说：“伯伯的月饼货真价实……”大家吃得开心。我手里还有个带内包装的月饼始终没有拆开，思想的情感却已沉入逝去的遥远了。

那是55年前的一个中秋之夜，母亲郑重地从裹紧的布袋里取出两个本地月饼放在桌面上，然后到灶屋拿来那把锈了又磨、磨了又锈的菜刀，再把两个月饼平均切成八小块，给我们姐弟5个每人一块，还有三块，其中两块留给外婆，母亲用准备好的一块干净青布将其包得严严实实，又放回了布袋。因为父亲不在家，母亲拿在手里的那一块很久没有入口。我一边吃着自己手里的月饼，一边眼瞪着母亲手里的那一块。我忍不住开口了：“妈，你怎么还不吃呢？”母亲急忙咬一口说：“妈的喉咙咽不下呀！”我迅速跑进灶屋，拿起竹筒在水桶里打了满满的一筒凉水送到母亲的嘴里。母亲笑了，那笑声里既有几分酸涩又有几分甜意。母亲兴奋地将咬去一口的那块月饼送进了我的嘴里，说：“楚儿呀，你给妈打了一筒好凉水，这半块月饼是奖给你的啊！”我咬了一口“奖品”，又将其塞进了母亲的嘴里。母亲甜甜地含在嘴里，久久没有下咽。我看见母亲的双眼湿润了，两行带着光亮的水滴如同一串珍珠从脸上滚落。我们姐弟5人突然全都站了起来，一同扑进了母亲的怀里……

饥饿的岁月已经远逝，母亲离开我们也已28个春秋了。今夜的月饼，母亲是再也无法吃到了，但我心中的这个月饼却永远留给母亲。

夜已深沉，缠绵的群山已渐渐入睡。姐姐和弟弟以及侄儿侄女们都进屋里去睡了，而我仍不愿离开门前的禾场。我移步阶台，双手捧出那个带内包装的月饼，遥望天边，一轮光辉清亮的明月正在云层中穿行。我想，那不就是母亲的形象吗？那不就是伟大的母亲用自己全身和全心的辉光，永远照亮着儿女们的心房和儿女们生长的山川疆土吗？

又到中秋月圆时，中秋的今夜，家圆、人圆、月更圆！

（发表于2023年9月29日《湖南日报·湘江周刊·湘韵》）

泪滴声声唤母魂

又一次踏上回乡的路途，怀揣着渴望而又沉重的心情，沐浴着清明凉爽的山风、在湿润而又灿烂的阳光下，朝着那个魂牵梦绕的方向，投向母亲的怀抱。

从老屋去母亲的坟山要爬行5里高坡的山路，高高低低、坑坑洼洼，丛生的荆棘、蓬勃的巴茅，自然使山路曲折狭窄了许多，那是因为山田土地多年失耕，这山路也就多年失修了。

三弟和儿孙们带着祭品和香纸已爬上了山腰，空着手的我却还在山脚边艰难地追赶。因为感冒三天，刚从县城扯脱吊针而来，所以脚手自然无力，背间额头冒汗，眼前的山路就更显陡峭而遥远了。

艰难的步履踏出了山路的湿润，又把绵绵的思绪踏进了长长的记忆。走着走着，眼前隐约出现了母亲的背影，而空中又飘起了丝丝细雨。母亲正在这细雨飘洒的陡坡上爬行，肩扛着一根长长的楠竹，瘦弱纤细的身子被汗水透湿的衣服紧贴得曲线分明。弯道重叠处，有树木和茅草挡道，母亲只好放下竹子，用双手拉着竹子的一头，使劲地向上拉。可怜母亲只有左手能够抓住竹子，其右手从小就被毒蛇食去，只留下仅能弯曲的手臂。母亲将竹子紧按在大腿上，为左手帮力上拉。因而能用力的那只手的五指稍有松动，竹子自然就滑了下去，甚至要滑溜下去几个弯道。母亲又只好跑回去重新拖起竹子继续地往上拉。拉上去又滑下来，再拉上去又滑下来，拉呀拉呀，拉得母亲放声大哭了……

母亲肩拉着这根楠竹，顶着6月的烈日，爬过了10里高坡，又是10里下坡，终于用汗水和泪水扛起这根长竹来到溆浦县大江口集市上。这时，已是散场的时候了。无奈，母亲抹去泪水，强装笑容，与屠商磨破了嘴皮才换回一个已有臭味的猪头。等母亲饿着肚子，拖着身子徒步回到家里的时候，已是夜幕降落了。

母亲一踏进屋门就被饿了一天的5个孩子包围了。我的姐姐和我，还有我的3个弟弟一齐望着那个猪头，个个早已伸出了舌头，垂涎欲滴。我却望着母亲满头发丝正滴着汗水，脸颊前额沾满了凌乱的发丝，衣角都被汗水湿透，全身乏力、疲惫不堪的模样。我说："姐，我们快烧点水，让妈先洗个澡吧。"姐姐很快点燃了火，把热水提到房间，为母亲找来衣服。母亲洗完澡，喝了一碗盐开水，马上就进了灶屋。母亲一边加火烧水，一边烧红铁板和火钳，再烙烧猪头。然后先用冷水多次泡浸猪头，清洗臭味，再用热水去污，用刀刮皮，洗净后放入开水锅里熬煮。熟后去骨切片，再入锅爆炒，加上干红椒、生姜、花椒、大蒜等作料。母亲倾尽心力，仔细烹调，用巧手调出了亮眼的色彩，用心灵烹出了诱人的香气，其色香味早已熏进我们的口腔喉管、心肺和饥肠，那当初的臭气更是荡然无存了。不知不觉，我的嘴里溢满了口水，又默默地咽回。母亲将满钵猪头肉端到桌上，我们姐弟5人围望着肉钵，等候着母亲的分配。一人一碗红薯米饭、两小勺肉片。分完后，肉钵里的肉已所剩无几了，只残存一些姜丝、大蒜、辣椒和细碎的肉沫子了。母亲将剩下的半碗红薯米饭装进钵碗，与佐料、余汤拌和而吃，我和姐姐看到母亲的钵碗里几乎没有肉片，就各自想将自己碗里的肉分给母亲两片。我夹起两片肉正要放进母亲的钵里，母亲却突然将碗移到一边，肉片就掉落在地板上了。母亲迅速弯腰拾起肉片，将沾着灰尘的那一片放入自己的钵碗，而将重合在上面的那片肉又放进了我的饭碗。母亲定睛地看了我一眼，我已发现母亲的眼里泛起了红润。就在母亲的泪水垂帘欲滴的瞬间，她转身去了灶房，我和姐的双眼也同时滚落了泪珠。

从弯弯的山道重叠处远远望去，三弟和儿孙们快要爬上山顶了，我的思绪却还在母亲的泪眼里徘徊，脚步自然是迈得吃力而缓慢。飘飞的细雨仿佛母亲的热泪，温暖着我清凉的心怀，母亲的身影依然在眼前晃动。我加快了脚步，望着高高的山峰，追赶着母亲那飘然远去的姿影。

到了母亲的坟头，三弟和儿孙们已烧燃了大堆纸钱，燃烧的香烟淡蓝而轻柔地袅袅升腾，划出了一片天空的蔚蓝，绵软的细雨已化成淡淡的云烟飘然散去。是母亲的心魂凝固了雨水，化成了云彩，还是我们的虔诚感动了上帝？为何香纸点燃，细雨就戛然而止呢？是天顺人意，还是母赐儿福？造设了这片温暖的晴空，是天人和谐，是阴阳合拍，把母亲对儿子的关爱、儿子对母亲的敬孝，血脉深情地融合了。

我跪在母亲的坟头，含泪焚烧着香纸，眼前仿佛又一次出现了一片舞动的云烟，母亲的身姿又似乎飘然而至，我的思绪如同婀娜的云霞，又一次飘向了记忆的深处。

那是我读小学五年级的时候。就在那个星期天，母亲为我备好了一周的伙食，5 斤大米、8 斤红薯、两罐筒瓶盐菜。我挑起担子，正准备与同学们上路去学校，突然记起老师的嘱咐。我对母亲说：“妈，老师说需要七毛钱买个算盘，这个星期要开珠算课啦。”母亲听我这么一说，脸上即刻泛起了愁云。“这到哪里去借钱呢？楚儿啊，下个星期好吗？”听到母亲这么一说，我一下子就急得大哭了。母亲看到我哭得如此急切，她也同时落泪了。母亲蹲在我的身旁，举起那只颤抖的手掌，一边擦抹着我的泪脸，一边轻轻地对我说：“儿呀，今天你跟同学们一路先去上学，晚上我去借钱，明天托人带到学校去，好吗？听话的好儿啊，去吧！”我看到母亲的泪水不断线地从脸上滚落，只好哭着和同学们上路了。从家里去学校要步行 15 里山路，而且全是爬坡过岭。当我和同学们已爬上山腰之时，只听到母亲在山脚下高喊了：“楚儿呀——等会儿——妈来送钱啦——”听到母亲的喊声，我甩下肩上的担子，双脚如同腾云驾雾，直往山下奔去。在山道的拐弯处，我扑向了母亲的怀里，兴奋的泪水又落到了母亲的指间。母亲把钱细心地装进我的内衣口袋，对我说：“钱是借来的，你要好好读书啊，快去吧！”

燃烧的香纸一张张燃尽了，又一张张点燃了，我的思绪如同升腾飘飞的香烟，还在母亲身影边缭绕。我又一次点燃一炷香，一如当初跪拜在母亲的坟头，默默地对母亲说：“母亲啊，你放心吧，儿子今天早就不用算盘啦，就在手机上也能算账啦。你可不曾见过手机的，就是不管多远的路程，都可用手机对话。母亲啊，你可不用担心啦，儿孙们今天的生活更是如同今天灿烂的阳光和头顶上这片蔚蓝的天空。母亲啊，你离开我们已整整 24 个年头啦，可你的音容笑貌在我脑海就如同昨天般清晰。想起你苦难的人生，我的心尖就如同针刺。母亲啊，你是用汗水和泪水酿造生活，你是用心血和苦痛养育子孙，你是把甜蜜和幸福赐给子孙，你是把艰辛和苦难留给自己。母亲啊，你可听到儿子的心跳，紧紧地偎依在你的怀抱；你可听到儿子的泪声，滴滴洒进你的心灵？”

母亲啊，你回来吧，你在哪里？你的心魂在哪里？

（原发表于《怀化日报》，后发表于 2019 年第六期《散文选刊》；获全国文学大赛散文类二等奖）

梦里清明泪满襟

一场大梦醒来，泪水已在腮边滴流，透湿了衣襟。

清明，为何让梦如此绵长？将一条长夜的梦河搅得波翻浪卷、跌宕飞腾。是水花还是泪花，在梦的河谷里回旋、哽咽，时起时落，把缠绵的梦思久久地扎进梦境里。

梦境的景情铺展于云雾缭绕的群峦峰巅处，葱茏的林木、蓬勃的草丛，在清明的和风中翻涌着层层绿浪。穿行于生机勃发、绿浪荡漾的林海，在一座巅峰的山坳处，一棵枝繁叶茂、浓绿荫翳的大树下，我追寻梦的源头。乔木茂草深处的一块平地上，高高地堆立着一座长满嫩草的坟头，黄土深处就是长眠了 18 个春秋的我的母亲。

仿佛依稀间看见母亲满头飘动的长发如缕缕云丝，婀娜飞舞，红润的脸膛不减当年的健旺，托起轻轻的微笑，仿佛欲言又止。忽然，母亲来到了我的身边，伸出那双曾千百次温抱过我的双手，轻轻地扶起我跪拜的身子，又轻轻地把我搂进她的怀里，再轻轻地梳理着我零乱的发丝。轻轻地、轻轻地，饱含慈爱的指尖把无尽的暖情揉进了我的心灵，将灵魂的爱意凝结在我的发尖，母子深深的情爱久久地流动在母亲的指间。不知不觉我已泪水满脸，不知是自己的还是母亲的。

母亲的手掌不停地抚摸着我的脸，把一行行的泪水擦干，将一层层的愁颜洗尽。母亲的脸贴到了我的脸上，那是世上最亲的疼爱。母亲的嘴唇贴近我的耳朵，轻轻地说："儿呀，别哭了，娘在你的身边，儿在娘的心间……"

娘啊，儿子不能没有娘，没娘的儿子如同走失的心魂没有归宿，如同浪尖的小舟没有港湾，如同沙漠的小鸟没有树林，如同沙滩上的小鱼失去了流水……

记忆中的那次周末放学回家，我艰难地徒步在崎岖蜿蜒的山道上。难挨的饥饿已夺去了脚步的力量，实在无力再爬过眼前的那座大山，我已瘫软在母亲每周接送我的那棵大树下，盼着望着母亲的到来。模糊的视线里仿佛出现了母亲的身影，那影子越来越近、越来越大，渐渐地清晰在我的目光里。是的，是的，正是我的母亲来了，我已清楚地看到山路上碎石伴随的尘土在母亲急速的脚步下飞扬。我扑向了母亲的怀里：妈啊，我实在走不动了。”我在妈妈的怀里放声大哭了……

“孩儿呀！别哭，别哭，妈在你的身边了，快把这个红薯吃了，妈背你走。”母亲从衣怀里取出一个带着体温的烧熟的红薯，又细心地剥了皮，送进我的嘴里。香甜的红薯甜透了儿子的心肠，更甜透了母亲的心灵。我轻轻地掰开一块红薯塞进母亲的嘴里，母亲笑了……

“快走吧，儿啊，天色已晚，怕要下雨啦！来，妈背你走。”

“不用妈背，儿吃了红薯，有劲啦，看儿跑得快吧！”

“千万别跑，碎岩子在脚底下乱滚，要摔倒的，妈托你走就稳当点儿。”

起风了，林涛的吼声呼呼啦啦让人害怕，转眼间，山雨密急地瓢泼而来。母亲紧紧地拉着我，脚步迈得更快了。“别怕，娘在你身边，不会摔倒的。慢点儿，娘给你脱件衣盖着头，别淋湿了身子，会伤风感冒的。”

母亲脱下了自己的上衣盖到我的头上，裹着我的身子，紧拉着我的手，半跑步地行走在弯曲陡峭的山路上。

天色已经黑暗，雨水更是紧密地泼洒，下山的路更是行走艰难。突然，一块石头从母亲的脚底崩塌，母亲一手将我搂进怀里，滚落到三丈多远的路脚坎下的荆丛藤蔓里。我在黑夜里睁开双眼，已看不清母亲的脸容了，只知道自己仍躺在母亲的怀里。我摸着母亲的脸，只觉是满脸水浆黏糊着我的手指，不知是雨水、汗水，还是血水。母亲说：“儿子呀，别怕，妈在你身边……”

“轰隆！”一声伴随着闪电的炸雷颤抖了山湾，我紧抱着母亲的身子，借着闪电的光亮，闪眼间只见母亲的脸上血水横流。“哇！”我又一次放声大哭了……

梦醒了，坟头的母亲如一缕青烟缠绵着燃烧的纸钱香烟，一半在地上，一半在云海。我的泪水早已潮湿了襟怀，而思绪又仿佛走进了梦境。

（发表于2015年4月7日《怀化日报·副刊》）

清明，温暖在母亲的怀里

清明又至，这是一段难得的时日。身居小城的我常常要在日光明朗的时刻走出家门，选定方位，仰头遥望那起伏绵延的群山，竭力集聚双目，穿透朦胧的烟雾，只想把心中的向往投向那座烟雾缭绕的高峰，只想把久久低温的身躯暖进母亲的怀抱。

正是晴光放亮、绿色鲜嫩、泥土温润、心潮湿漉的日子，我来到了母亲的坟头。一同前往的二弟和三弟已把祭品陈列，点燃香纸。旺旺的火烟正在眼前忽明忽暗地燃烧着，淡蓝轻柔的纸钱香烟已渐渐飘过头顶，软软柔柔地旋舞而上，与雾气云烟缠绕升腾，把树梢枝叶熨帖眷恋。我跪拜在母亲的坟头，如同温暖在母亲的怀里，无限的思念仿佛无数交错的烟丝，飘然云空，走向那渺渺茫茫的远方。

母亲命苦，14岁时在山里被毒蛇咬去了右手，幸存的只是一条仅能弯曲的半截手臂。那时起，一颗终身痛苦的种子便种进了一个弱小少女的心田。于是母亲只能靠一只左手和那半截右手臂劳动讨吃，煎熬着那些苦得不能再苦的岁月时日。

残疾的母亲只有委身屈嫁于一个穷得叮当响的父亲，落脚于翻山越岭、百里之外的峰高林深的半山腰中。两间茅舍，一个薯洞（收藏红薯的土洞）便是父亲的全部家当，因而母亲仅获两套粗布衣服就过门为人之妻了。

母亲虽只有一只手，可农家之事样样在行，割草、砍柴、挑粪、种地，除了耕田收割之外，没有难倒她的农活。尤其是家务活儿，三餐茶饭、喂猪养狗、鸡鸭禽兽，她都弄得有声有色，许多双手俱全的农家妇人远比不上她。母亲更有惊人之处，就是那针线活儿，她也做得的确细致精彩。

在我上中学的那年，母亲为我赶做一双棉鞋，整整熬了三个通宵。严寒的夜晚，我静静地坐在母亲的身边，手持铁钳，不停地拨弄着火膛的火，我细心地观察着母亲纳鞋的动作。母亲是将鞋底摆放在脚的膝盖上，再用那半截弯曲的手臂用力按紧鞋底，左手牵拉着针线，一针一针地插进鞋底，又一针一针地从鞋底扯出。儿多回，针嘴刺破了母亲那半截手臂尖处的皮肉，点点滴滴的血迹冒了出来，又冒了出来。母亲生怕我发现血滴，当针嘴不听使唤而刺伤皮肉之时，母亲只是在嘴角上轻微地扭动了一下，忍住疼痛，便迅速用手掌窝封住血口，抹去了血迹。母亲又担心她的动作掩不住我的眼神，只是一个劲地催着我："楚儿，快去睡吧，时辰不早了，明天要赶课呀！快去睡吧，明天要赶课呀！"突然，我又一次发现，母亲那半截手臂尖处又一次冒出了血滴。就在这一瞬间，我那早已忍不住的泪滴如同母亲手臂的血滴，怦然冒了出来。我的心头如同针刺，猛然，我站了起来，一手夺走了母亲膝盖上的鞋底，冲出门外将鞋底甩出去老远老远。母亲一下傻了，看到我的泪眼，先是轻轻一笑，然后是严厉地说："傻儿呀，冬天读书坐课堂很冷，如是冻病了，哪有钱治病呢，不是要妈流更多的血吗，快去拿火把，陪妈一起去找回鞋底……"三天过后，母亲手里的那双鞋果然做得精致漂亮，村里人见了惊叹不已，邻居的伯娘、婶娘、阿姨、姐妹全都跑来家里观看那双令人羡慕的棉鞋。几多双手俱全的妇人都无法做到的事，而只手的母亲却能做得如此精致，可想她吃了多少的苦啊！

母亲操持家务的确不愧为能手，就以制作腌菜为例，可见她超凡的勤劳和智慧。灶屋里终年都陈列着大小一致的 12 个坛子，按照农事季节生产的作物，四季都要制作腌菜，尤其是山里的自然野菜更多。长豆角、萝卜皮、萝卜丝、萝卜米、茄子皮、青菜、辣椒、大蒜、四季豆、蕨菜、竹笋、麻叶等都可制成腌菜，后来的日子过得好一点儿还要腌肉、腌鱼、腌鸡、腌鸭……凡能制作成腌菜的，在母亲的手里都不成问题，因而一年四季都不缺菜。村里哪家突然来了客人，一时少菜都要跑来我家向母亲求援。母亲当然有求必应，不管是谁，不管是借油借粮，都会尽力为其解难。

一天黄昏，正是炊烟升腾、农人收工之时，一位家庭出身不好的农妇来到我的家门，面有难色，母亲心中有数，来人肯定是有难相求，便放下手中的活儿。原来农妇是想求借一升晚饭米，无米下锅的年月苦了多少农家的人啊！母亲急忙将家里仅有的三升米送去一升给了那位妇人。那妇人在村里辈分较高，母亲叫她"娘娘"。母亲为了防止村人的耳目，便从衣怀里取出装着那升米的布兜，轻轻地对妇人说："陈娘娘，这升米就送给你吃了，今后无论在什么时候都千万不要再提这件事，就等于没有发生过，一定要记住啊，娘娘！"陈娘娘颤抖的双手提着那个布兜，眼泪如同断线的玉珠，颗颗打在那布兜上。陈娘娘紧紧地拉着母亲的手，久久地、久久地……如今母亲与那位陈娘娘都早已成为青山黄土，可她的子女仍常常在我面前说起母亲当年那份善良、那份入骨的深情。

香纸已经化为了灰烬，烟香仍在芬芳着空气，草木枝叶仿佛沐浴过清凉的雨露，在清明的暖风里摇摆着丛丛新绿。忽然，一群鸟儿欢快地落到了母亲的坟头，叽叽喳喳、喳喳叽叽。这是不是母亲的大爱震撼了这群天真的生灵？这是不是母亲的胸怀容纳了自然万物？我站在母亲的坟头，顿然感悟，我又重新获得了母亲，获得了母亲的爱，获得了心灵的安定，获得了无限的力量，更如同一棵飘摇在风雨中的小树，重新生长了一条深扎进泥土的根。

又一次，我又一次温暖在母亲的怀里。

（发表于2012年4月5日《怀化日报·副刊》）

清明泪洒落日里

时值清明，坡岭上撒满了灿烂阳光的那片升高的黄土，便是我牵挂的母亲。虽然已别 3 年，依然清晰地记得母亲您的音容笑貌。今天，我仰望着那个方向，仿佛看到您的身影就坐在那棵千年树下，又仿佛听到您正在呼唤我名字的声音，使我努力地爬行在高高的山坡上。

自幼寒苦的您，童年仅凭一只怀揣的破碗随外祖父乞讨。一条毒蛇食去了右手，使您臂断肢残、九死一生。自此，一颗悲凉酸苦的种子种进了您一个 14 岁少女的心田。出嫁那一天，您仅获两套粗布衣服，跟随穷得叮当响的父亲落脚于古老原始的大山林中。住以茅草遮天，睡以地铺当床，披露风寒、餐食蕨根，于崖畔悬岩的山岭里磨炼着青春的岁月。

那漫漫长夜，您点亮那盏古老的油灯，在灶锅里煎熬薯糖，为的是换回几个铜钱送儿上学。天籁夜静时，您突然在灶背后倒下，您是昏倒在想儿能从书本里走出母亲怀抱的苦累里。稚嫩的我，哪懂得您那颗如同桐油灯闪亮的心灵。母亲，您还记得吗？您和姐背着满背篓的柴草从黄昏里走来，我接您到那大山脚下的弯弯田角，怯怯地对您说："妈，罐里那钵饭我吃光了。""楚儿，不要紧的。"您说着，脸上略显笑意。迈出几步，我又对您说："妈，那钵饭，我真的吃光了。"您将背篓靠在田埂上，脸上仍挂着淌满汗水的那丝苦笑："光了就光了，不要紧的。"姐姐却默默地将话语埋进心底。目睹您背上那个被压得歪歪的背篓和垒过您头顶的那座"小山"，我心里也仿佛淌起了汗水。我踮起脚，举起我那并不干净的小手擦抹您的额头和脸颊。母亲，您又笑了，苦笑中蕴含几分甜意。

当姐姐揭开铁罐的盖子，那饭钵里却真的没有一粒饭了。姐姐哭了，我也哭了。母亲，我看到您的双眼也同时湿润了……

母亲，您已撒手人寰，慷慨地把幸福和欢乐赐予儿孙，将坎坷和磨难留给了自己。您为什么不能给儿孙们道别而走？您为什么不能久留一会儿呢？

母亲，您可知道，儿的泪水已滴落在您的墓碑上了，儿的心魂已同您跨鹤仙游。您放心吧，儿孙们今天的日子也像今天撒满你坟头上的灿烂阳光。我跪拜在这堆黄土地上，也仿佛依偎在您的怀抱，感受着您灵魂缠绵的滋润……我已无法用言语与您作心灵的沟通，只有将这杯悲戚的水酒，化作滴滴泪水，化作心灵的泉水，融进您的心海，汇入奔流不息的九泉长河。

下山的路上洒满了落日的余晖，我踏着黄昏的山路，望着遥远的天边那轮辉煌的落日，突然又一次想起了您当年领我去爷爷坟上时曾说的那句话："太阳落下去还会升起，可人老去了，却再也不能复生。"是啊，我再一次领悟到了母亲的生命已永远消逝在那落日的远方了，我的生命也正以挽留不住的速度前行。在这日落的时刻，想起出自一个农民的母亲对人生如此禅悟的那句话语，又一次使自己的灵魂得到了升华。思想至此，我的泪水又洒落在黄昏的落日里了。

母亲啊，我多么希望您也能像太阳那样，落下去又升起来。

（发表于2013年4月9日《边城晚报·副刊》，获全国散文大赛优秀奖）

温情暖意荡心底

深秋的夜晚，阵阵凉风拍打着我的衣角，拍打着我心灵的深处。秋冬交汇的气息带着几分寒意，揉乱了妻子的长发，更揉乱了我冰凉的心境。我背着久患严重心脏病的妻子，如同背着一个沉重的长夜，于 10 月 15 日深夜登上了 2160 次列车，从辰溪直奔长沙。列车在颤抖地驰行，妻子的心脏更是在颤抖地激跳。妻滴着眼泪说："要花这么大笔钱到哪里去借呢？叫你不要来，你硬要背着我来，到长沙后会更难的呀，下车算了，下车算了……"妻子说着说着又泪流满面了。我用餐巾纸抹去妻子的泪水，尽量地宽慰着她："不要太着急，长沙有省政协、有省工商局、有作家协会、有书法家协会，也还有一些朋友，到那里会有办法的。"妻子听到我的口气也感到了些许的安慰。

经过朋友的帮助，妻子终于住进了湘雅二医院三病区。检查确诊，必须实行心脏二尖瓣切换手术，预交住院手术费 8 万元。"8 万元？"妻子听到这个数字一下子被惊呆了，而后又泪水涟涟。突然，妻子跳下病床，一手擦着泪水，一手拖着行李冲出门去。我迅速追上妻子，双手将其抱回病房。在场的医师和护士都围了上来轻言细语地做妻子的工作："你有这样的好老公，我们会尽量照顾你的，希望你能配合手术……"妻子从医师和护士的话语里听到了一点儿希望，于是，心情也平缓了一些，而我的思绪却走进了漫无边际的海浪颠簸之中……

夜深了，妻子迷迷糊糊如醒如睡，秋凉的寒意随着夜风从窗缝间钻进病房，我感到了清冷的意味。我下床去，走近窗前，贴着玻璃往外望，心里顿时惊动，窗外是丝丝细雨，如同我的缕缕思绪在随风飘舞，在沾湿衣衫，也更是仿佛沾湿了我的心境。我回到妻的病床上，那湿润的心境似乎冷却了妻的脚尖。我问妻冷吗，妻说："我还有点儿热。"那就好，那就好，说明妻的心房有了一定暖意。妻的话语为我湿润的心境提升了一点儿温度。

明天到哪里去呢？三天内必须凑齐 8 万元，不然的话，手术时间越往后推，花的钱就会越多。思虑再三，首先想到的是政协。我一个基层委员能去找省政协吗？第二天一早，我坐上9路车直奔省政协。

省政协大门外，两排武警战士毕恭毕敬地站立于国旗之下。一个庄严地敬礼后说："您好！请问您找谁？有证件吗？""您好！我找政协办公厅！"我毫不犹豫地拿出预备好的作协会员证递到武警战士的手上。武警验对照片后，笑着说："啊，还是位作家，对不起，请进，请进！"我回答说："谢谢！"

踏进电梯，我毫无思虑地按了一个"8"字，下意识想先去8楼问问。走出电梯，最先入目的是"值班室"三个字眼。我有点儿拘束地站在门口，还来不及发问，室内一位文静而丽质的女子看到我恭敬站立的样子便和颜悦色地说："请进！请坐，有事吗？您想找谁？"我紧张的心情被她这"两请两问"的亲切话语滋润得一下子轻松了。我便大胆地回答："我有个私事想向您汇报并想求您帮忙找一找秘书长。""不要紧，请说吧，先请坐。"她那蓄满温情的眼神和含着笑意的容颜使我更加安心地坐了下来。我从手提包里取出那份满载疾难的报告递给她。她双手接过报告，看完头一行"关于妻子心脏瓣膜切换手术请求资金援助的报告"就问："您爱人多大年龄啦？"我回答："今年40岁。""哎呀！正和我是同龄的。""您有40岁啦？一点儿也看不出来。"我心里真的有点儿惊讶，这么年轻就40岁啦？

"这个事可以找找秘书长，他会为您尽力的。他的办公室就在对面，你先喝杯茶，他等会儿会来的。"她热情地沏上一杯茶送到我的手里。我端过热茶轻轻地喝上一口，思绪却已浸到了茶水里，政协的温情暖意就如这香热的茶水暖到了心底。片刻之后，李秘书长终于来了，我在女子的鼓励下，踏进了秘书长的办公室。这一次我便开口了："秘书长，您好！""有什么事吗？请坐！"秘书长关切地问。

"我有个特殊困难想向您汇报。"我有些心神不安地说。

"说吧，先请坐！"秘书长仍是那样亲热。我便毫不犹豫地将报告递给了他。他认真地看过之后，即刻关切和同情地说："哎呀！刘委员，您辛苦了，报告暂放在我这里，请您留个电话号码，等我向领导汇报后再答复您好吗？"

听了秘书长的话，仿佛一股暖流灌入心窝，我的心里一下子激动了。我在心里想，政协领导真好啊！激情之时，我毕恭毕敬地向秘书长敬了一个礼，即刻离开了他的办公室。秘书长又关切地将我送到门口说："刘委员，不要急，好走啊！”

我回到病房里，欣喜地将政协领导的口气和热情告诉了妻子，妻子也动情地说：“那是政协领导的仁慈和同情。”是啊！妻子的话又让我陷入了深思之中。

第二天上午9时许，我突然接到了一个陌生的电话，一看手机屏幕上的号码，我即刻将手机贴到耳边，直听到对方亲切地问话：“喂，刘委员吗？我是省政协联络处，我们现在准备去看望你的妻子，这是李秘书长安排的，你是在哪个病房？”听完电话里的话语，我的心潮陡然热流涌动，料想不到这么快省政协的领导竟会来看望我们。激动的心情还没有平静，联络处的李处长和周副处长已来到妻子病房的门口。

“请问，你就是刘本楚委员吗？我们是省政协联络处的，我姓李，他姓周……”

“这就是我们的李处长。”周副处长介绍说。

“李秘书长安排我们来看望你和你的妻子，这是我们的一点儿心意。请你收下，杯水车薪啊！你有困难需要我们帮助，可随时跟我们联系，我们会尽力帮你渡过难关……”李处长的句句话语如春风暖阳热拂着我的周身，如雨露甘甜滋润着我的心田。她那字字句句的腔音、她那温情暖意的表情，轻柔而深久地拨动着我激动的心弦，催落了我的滴滴热泪。我双手捧着李处长递给的那个饱含着省政协深情厚谊的信封，久久地、久久地立在李处长的面前，静悄悄地滴泪。李处长和周副处长看到我激动的情形，也为此而动容，他们的眼角仿佛也显出了红润的色彩。李处长拉着我妻子的手说：“小谢啊，好好休息，做好手术，到时我们再来看你。刘委员，辛苦你啦，我们就走啦。”

李处长和周副处长离开了病房，我目送着她们的背影，思绪却又走进了深久的回味。我用心捧着那个厚重的信封，久久地不愿拆开，我想让省政协的这份厚重的温情暖意久久地封存，久久地封存在我心灵的深处。

（发表于2008年1月8日《边城晚报·副刊》）

她为娃儿动真情

辞去村妇女主任的黄早珍，当上了湖南省辰溪县柿溪乡纱帽坪村小学的编外幼师，这让村民们想不明白，黄主任为何要辞去妇女主任而去当每月只有200元工资的编外幼师，而且还自愿给离校路远的学生提供免费中餐，这真是让很多人费解。

每天早上，她早早地站在校门口迎着一个一个如山花烂漫的娃儿，放学后又一个一个地送出校门。村民们问她为什么对娃儿这么好，她没有回答，总是露出憨厚的微笑。

一天中午，天空突然下起了细雨，风儿把雨水吹得乱飘。山里的风雨要怎么凉就怎么凉，要怎么冷就怎么冷。一个别名叫山娃的5岁娃儿跑到黄老师的怀里说："黄妈，我冷，肚肚也有点儿痛。"黄早珍飞箭一般地跑回家中，她怕其他的娃儿也冷也饿，拿起好几件衣服，把父母和家人要吃的饭菜全提到学校分给娃儿们吃了。山娃的肚子不痛了，身子也暖了，又一次扑到了黄老师的怀里，全班的娃娃都扑到了黄老师的身上……

娃儿们对黄老师如此亲近，更使黄老师心神难安。当天夜里，她向丈夫刘本有老师说出了心里话。她决定拿出自己仅有的800元积蓄，为离校路远的娃儿们免费提供午餐。丈夫听了妻子的倾诉，先是大为吃惊，然后是感动不已。

第二天，天刚发亮，黄早珍夫妻俩就把家里的全套炊具和碗筷搬到了学校。那是2005年10月8日，就从那日起，全校离校较远的25名学生就吃上了黄早珍准备的免费午餐。村民们问起黄老师："你那点儿工资，哪来的钱给娃们提供免费午饭呢？"黄老师仍然没有回答，还是憨然地一笑。黄早珍的家庭并不宽裕，主要收入就是丈夫每月的工资和自己每年养的两头肥猪。前不久为母亲住院治病还欠下了7000多元的债务。因无钱医治，致使57岁的母亲过早地离开了人世。她多么想也能吃上一餐自己女儿做的免费午餐啊！

可是还来不及，她就匆匆地离去了。

为了娃儿们能按时就餐，黄早珍不但要利用每个周末上山砍柴，而且还要利用每天晚上或清早的时间去水井里挑水，有时应急就在村口边的村民刘生兴家里提几桶。因为学校是建在一座小小的山头上，那儿没有水井，没有自来水，所以要去山脚下村院边的水井里挑水。为了赶时间，又为了挑得早上第一轮净水，黎明朦胧之中的黄早珍突然倒在了那个飘着风雪的早晨，倒在了那雪花深厚的上坡路上。满满的一担清水翻泼了，连人带水滚到了路脚。水桶打破了，脚也摔伤了，幸亏遇上几位村民，将寒冷中全身颤抖的她扶进了学校。黄早珍的伤情和真情感动了村民，也感动了娃儿们的家长。于是便有村民经常来挑水、来送柴。就在前几天，园湾村的两位家长从 10 里远的家里肩挑徒步送来了两担柴火。正是那个飘着风雪的早晨，冷水湿透了早珍的全身，她感冒了，打了三天吊针，但是她仍然不顾伤痛和病情，跛着脚、昏着头，每天坚持为娃儿们做午餐。那位驻村的工商干部欧组长又来到学校，看到黄老师带着伤痛为娃儿们劳作的样子，深深地被感动了，他也拿出 100 元现金递给黄老师。黄早珍说：“这是我的事，不用你给钱。”山娃却把钱抢了过去，塞进了老师的衣袋。可是黄早珍瞪了山娃一眼，婉言地谢绝了欧组长的好意，决意将钱退给了这位工商干部。

黄早珍给娃儿们提供免费午餐的消息传遍了村村寨寨、山山岭岭，很多村民都来学校要求，要把自己的娃儿送到学校来。这使黄早珍就有苦难言了。自那年 10 月 8 日到第二年年底，黄早珍夫妻俩为娃儿们提供的“免费午餐”已花去 3200 多元了。家里所欠的债务还没有偿还……笔者在采访即将结束时，情不自禁地问：“黄老师，你这种吃苦耐劳、无私奉献的精神的确令人敬佩。但你这样的‘免费午餐’能坚持多久呢？”她果断而又坚定地回答：“争取再坚持 15 年，直到我丈夫退休。”笔者的心灵已被黄早珍说的 15 个字深深地震撼了。

午阳高照，春风和暖，大山里湿润而纯净的空气滋润了我的心肺，更滋润了我的心灵。“当当，当当……”下课铃响了，黄早珍老师又去忙她的“免费午餐”了，我却在她的挽留声中踏上了归途。我思绪万千、百般感慨，眼前的青山、小溪、田野、芳草都似乎不在眼前，唯有黄早珍老师和她的那群娃儿的身影始终鲜活在我的眼里。

（发表于2012年7月6日《边城晚报·副刊》）

大哥，等你回来杀年猪

“大哥，等你回来杀年猪！”这是小弟媳黄早珍心底浓情厚谊凝结成的一句最朴素的话语。看着弟媳那淡淡红润的脸膛，泛溢着实在和真诚，那闪动心灵的双眼更是写满了祈盼。我没有立即回答弟媳的话，只是轻轻地笑着、快慰地笑着、惭愧地笑着。弟媳似乎看出了我的心思，又爽朗地补充说：“大哥啊，今年过年鸡、鸭、鹅，家里都养着，白菜、萝卜、大蒜、葱有满满的一园，如果你们还想吃点儿稀有的什么就自己带点儿回来，年猪一定要等三个哥一起回来杀，全家人一起吃两餐‘血花汤’，这是我和你小弟的心意，你一定要邀大家一起回来。我没什么更多的要求，一年到头就这个要求，大哥，你能做到吗？如果这点你都做不到，我就不叫你大哥啦！大哥，行吗？行吗？”弟媳真情激动的话语不断地从笑声里流出。在她说出那一长串话尾的那个“大哥”时，我已明显地发现她那双汪亮的眸子已经润湿，闪烁着饱满亲情的泪光。我被震颤的心灵早已敌不住她那洒满泪水的情意，我也泪水满眶了，已止不住连连点头。弟媳用手拂去满脸的泪迹，然后屈指梳理着发丝，又一次对我说：“大哥，你放心，二哥，我去找，我一定想办法托人把他找回来……”

弟媳口里的二哥是我的大弟，他是一个从小就失去了光明的孩子，命运夺去了他的双眼。曾经治疗后，一只眼睛仅获得五六成的光亮，另一只什么也看不见，父母家人留不住他，他成了云游四方的流浪汉。不知哪个时候，他学会了打渔鼓唱土地神的拿手绝技和唱词，加上他天生的一副好嗓门，竟然唱遍了四邻八乡、千家万户。于是吃的是百家饭，用的是万户钱。因而要想找到他实在是难呀！弟媳主动担当了这个任务，我的心情就轻松多了。弟媳当然有把握叫回大弟的，因为只要大弟每次回家都是弟媳为他接风洗尘，把床铺得平平整整、厚厚实实、温温暖暖；把衣服换得整整齐齐，里里外外，干干净净；把饭菜做得香甜可口，把酒杯斟得满满当当，还要为他理发剃须、整理衣装、修饰身面，多好的弟媳啊！大弟他只要是听到弟媳的来信，哪怕是风雨黑夜也挡不住他那护身探路的拐杖，他肯定是迎着风霜雨雪或摸着月光晨露，轻轻地哼着渔鼓小调，唱着土地神曲，踏着音乐的节奏艰难而愉快地走在回家的路上。

弟媳是一把当家的能手，更是一位全家老小都放心喜爱的好媳妇。父亲对我说："你的小弟媳确实很不错，全家的大小家务全是她做，再多事情她都会一件一件耐心地做好，从来没有半句怨言。"父亲还说，有一次她做好家务就去山上砍柴，回来时已经天黑了。在学校教书的小弟放学回家不见妻子，就感觉家里冷冰冰的，吃惯了现成热饭热菜的小弟不知如何生火做饭，不知从哪里做起，于是心头便冒起一股火焰。正在这时，弟媳挑着一大担柴火进屋了，她全身的衣服都已湿透，圆圆的脸蛋上湿润着蓬乱的发丝，前额的根根发尖不停地滴着汗珠，疲惫的脸上透露出自慰的笑意。

此时的小弟正在气头上，直抱怨妻子回来太晚……父亲说："那一次全是你小弟的错，你必须严肃地教训他。"我知道小弟是火性子，他会知错的，更会疼爱自己的妻子，那只是一时之气。弟媳是一位聪明大度的女子，处处都谦让着小弟的性子，宁愿自己忍受委屈，用勤劳和善良、宽厚和爱心营造着一个家和人兴的温馨氛围。弟媳操持家务，待人接物、烹调饭菜确是小村里一个小有名气的人物。县里来人、乡干部下乡、亲朋好友吃了她的饭菜后，都是吃了一餐还想第二餐。有一次，几个好友迫切要求去我老家看看，我仗着有弟媳的接待和她炒菜的手艺，满口答应了弟兄们的要求。于是一个兄弟叫来一辆小车，风风火火地赶到了我的老家。大家刚刚坐定，满满的一桌酒菜已摆到了大家的眼前，五六双眼珠霎时全被惊呆了，所有的目光全被吸在八方桌面上。突然有人问："老兄啊，你打埋伏了，什么时候给老弟媳妇通话了？这诱人的美味，真是惹人垂涎。"弟媳春风满面地走过来，大方地介绍说："这是城里人很少吃到的酸蕨菜，它的味道是酸酸的、脆脆的，最开胃；这是腌制的竹笋，这是保鲜的冬笋，这是南瓜皮，这是苦瓜干，这是干长豆角炒肉，这是猪血豆腐，这鱼、肉、鸡、鸭就不用介绍了。大家慢慢吃吧，炒得不好，就不要见笑啰！"

"好吃！好吃！太好吃了！真有特色，老弟媳的手艺太好啦！"大家异口同声地赞不绝口。

"哪里，哪里，山里人土里土气，哪有你们城里人的花样多呢。"弟媳一转身又回到厨房里去了。

弟媳把一年的日子都安排得妥妥帖帖、顺顺当当，冬天有春菜，春季有冬菜。春夏秋冬在她精心巧手的调配下，日子如静水清流，有滋有味地悠然荡漾。还有最令人敬佩的是弟媳的大方做事、厚道为人，可谓是小村里的典范。有一次，邻居看见弟媳养的一只失踪的大母鸡引领着一群刚刚出巢的小鸡，叽叽咯咯从山里摇摇摆摆而来，即刻回家去向久别的主人报喜。邻居惊喜地跑来告诉弟媳："早珍啊，早珍，你快来看，这不是你很久不见的那只母鸡吗？已经孵出一群小鸡啦！好人真有天照顾啊！"

弟媳惊喜而感动地说："感谢老天哦，这鸡是你发现的，送你5只小鸡，以后你也一定会有上天照顾的。"是啊，善心育人，厚德载福，弟媳就是如此高德厚仁、冰心玉灵，把乡情、亲情、友情和爱情这根长长的红线牢牢地、长久地拴在自己的心尖上。

昨晚，弟媳又打来电话，电波里传出弟媳那爽朗而开心的话音："大哥啊！二哥回来啦，他是从百多里路外的溆浦那老山里赶来的。现在就等你和三哥两家人啦，后天是腊月二十八啦，差两天就过年啦！你们必须在二十八日前赶回来！向单位请个假啰，家在农村的应该可以提前两天回家吧？人家的年猪都杀了，我还在等你们，等你们哪……""好！我一定请假，一定请假！"在弟媳连连的呼唤声中，我微微颤抖着手指挂断了电话。此时的我被如此深厚绵长的亲情久久地牵思萦怀，我深深地感受着弟媳那种迫切祈盼的心情是那样真纯，又是那样浓烈。我在静思默念的怀想中，心灵的深处不断地重复着这句话："大哥，等你回来杀年猪！"

（发表于2010年2月13日《怀化日报·副刊》）

山魂

穿着孝衣的长队人群托起乳色曼舞的晨雾，白去了半边大山。“八仙”的唢呐、锣钹鼓声和着孝子们的哭声、柩夫们的呼喊，汇成了一曲悲壮的哀乐，撼动群山、撼动心灵，催人泪流肠断，绵延在村前那条历经沧桑的山道上。

我是昨夜才从县城赶回老家的。匆匆步入科伯的灵堂，眼前顿然模糊，整个世界变得黯淡无光。我只是跪在灵前，一个劲地弯腰曲背……抹去泪水，抬头望见灵前那张脸部受伤的遗像，我的神经又一次抽动，全身颤抖。转过身去，眼前跪着三排白衣孝子，灵柩周围是一步一停、三步一跪的长队，这是四邻村民在科伯出殡前夜赶来打“佛灯”的。灵堂门外的禾场上是大圈唱“老人歌”的乡邻老者和敲击响乐、喊着高腔的“八仙”。我坐守灵堂，和烧香焚纸的乡民一样，伴陪着这个碎心断肠的不眠之夜，苦想思索着科伯的身世。

我叫他科伯，这是按村里叔侄的辈分而称。虽不是亲伯，但在亲戚的圈内里，没有哪个比他对我更亲的了，而且村里和乡邻的人都这样称呼他，有的干脆叫他老大。科伯耿直火性，遇到不平之事，不管辈分大小、男女老少，他总是挺身而出，论个公理。于是乡民们不管是私事或公事都要与他商量，众乡亲都誉他为地方上的好头人。新中国成立初，科伯担任当地剿匪民兵中队长，为乡村救了三条人命。当年英雄豪气，灿烂辉煌，可谓有志之士。而立年后其二子夭折，此后，科伯立志学医，为辰溪、溆浦、沅陵、麻阳四县乡民治病 40 余载，曾一度被乡民誉为“药到病除，华佗再世”的草医，名扬了一方山水，荣耀了一方乡民。

一个风雪黄昏，科伯背着那只满载朝露夕晖的竹篾药筐，就像背着大山的灵魂，背着山民的吉祥，跋涉在那条崎岖的山道上。呼呼喘息和着匆匆足音，把山脚、山腰、山顶，山头、山脉、山弯，呵成个个音符、段段旋律。

涉足悬岩崖壁之间，伸手刚刚采取那株药材，突然，石块断裂，身坠悬崖。是山脚溪槽边知情的藤藤蔓蔓缠住了这位下凡的“药仙”。他没有死。手里的那株药被他攥得紧紧，脸上却被岩石割去了一块血肉。幸亏两个晚归的牧童护挽着“药仙”下了山。

“老大呀，你回来了，脸上怎么冒血？”服了科伯采的草药得救的病人是村里的“五保”老人。老人呆望着科伯受伤的脸，横流的老泪滚荡成满脸交错的细流，冲洗着他自己久病的苦痛，亦冲洗着科伯脸上的血迹。两位老人紧紧地抱着，如同久别重逢的情人，亦如同一座巍峨的大山。

那次，母亲胆囊炎复发，正是那个刻骨铭心的夜晚，父亲外出，邻居入梦，母亲在床上打滚，手抓胸口流血，欲哭而无声。12 岁的我只好含泪出门去叫科伯。凄凉的月光抚摸我孤身独影，惨冷的夜风吻拂我惊慌的心境，打颤的双脚立在科伯门前，久久不敢出声。想起母亲的惨痛，我只好斗胆伸出抖动的小手，叩开科伯的大门。“哇——”我放声大哭，哭得什么也说不出。

科伯心里明白，“楚儿，别哭，伯伯在，妈妈不会死，快走！”

母亲房间清清冷冷，静无声息。只见母亲牙齿咬紧、双目紧闭，两行泪珠凝结着全部心痛，滴滴滚落。科伯伸手摸了摸母亲的胸口，翻了眼皮，拧了鼻子，然后取出几粒墨黑的药丸放入开水碗里捣碎，再用筷子撬开母亲的牙齿，将药水灌入口腔。科伯的连串动作活像司机开车换挡，一气呵成。

母亲终于醒过来了，第一句话就是：“老大，你来了！”科伯点点头，脸上掠过一丝笑意。科伯告诉我：“楚儿，这就是伯伯的救命药呀！”

科伯的药极灵，治愈过百岁老翁，亦治愈过初生婴儿。大山里的男女老少，没有不吃过他那大大小小、长长短短、圆圆扁扁的药根儿。他给人治病从未收钱，路远的地方，只需一餐小菜便饭、两杯老酒，便使他其乐无穷。乡亲们常常叨念：“科老大治病不论贫富，只管病好。”

在这出殡前夜，母亲跪在科伯灵前，嘶了嗓音，红了双眼，灵堂里每个空隙都挤满了哭灵的乡亲。

有哭：“老大啊，是你的灵药，治好了我的老疾……”

有哭：“老叔啊，是你的秘方根治了我的绝症，接了我一房香火……”

我呢，早已进入了哭的海洋、哭的世界，被哭者的泪声和逝者的英魂紧紧缠绕。

科伯的灵柩在山道上前行。这条弯弯曲曲的山道就是他老人家生前上山采药、下山治病，千百次弯腰曲背、曲背弯腰走出来的一条黄土路。这是一条沧桑人生的山道，一条通向纯朴而善良心灵的山道，一条医治山民祖祖辈辈疾苦的山道。科伯虽已乘鹤而去，但他那踏得山响的足音和他那心跳的韵律，至今仍在这条山道上回响，在山民心灵的深处回响。

［原载于2003年1月11日《怀化日报·副刊》，此文获中国文化艺术终身成就奖（文学类）银奖］

重走故乡路

“天涯地角有穷时，只有相思无尽处。”一句绝妙的宋词把我的情丝又一次牵到了那山重水复的故乡，牵到了那湾弥漫着清风涟漪的小溪流畔，那林木茂密、松涛轰鸣、鸡肠曲折的乡路上。

将上高中的轸儿趁暑假的空闲要去看望爷爷，正应了我很久的思念。父亲已近80高龄，可想在世间的日子不会太长。儿孙们当然希望他能百岁不老，可是时光流逝，人将老去是不可抗拒的自然规律。想到这里，就很想去看看老父了。又想父亲7岁看牛、12岁帮地主做工，自幼就泡在苦水里，多少回生生死死，终于熬到今天。想到这里，能不想赶紧去看看老父吗？再想，今日的父亲仍是那么硬朗，精神仍是那么健旺。每日晨光初露，人们还在睡梦之中，他已挑着柴火从那高坡上颤颤悠悠而来，堆放得柴屋里一层高出一层。思想至此，看望老父就更是心切了。

去看父亲，必得走那条乡路，那条弯曲出那方山土的历史，那条写满了那方烟火人家的沧桑，那条袒露山里人的面容、臂膀、胸怀和心肠的乡路。乡路弯弯，说长又短，说短又长。一头接着沅水，一头接着云天。只要爬上那座山峰，翻过那个山坳，就一面看到江流，一面看到故乡了。此次回乡，是携妻儿回归的。从县城上车，到了那条公路的臂弯处，便要下车过河。“哎呀！好机会，渡船正在河边。”儿子那股高兴劲儿正代表了大人的心愿。我们踏上跳板，坐进船舱。历史上的手摇渡船早已换成了机动，船头水面清波翻涌，船尾白浪腾空，那船身如同一只粗壮的手臂，轻轻地伸展便将我们递到了河岸。熟悉的船老板钻出机舱来收取过河钱，亲热地向我招呼：“今儿全家回乡，是不是你父亲的生日？”

“不是，是我的大儿子要去看爷爷。”

“啊！还有这样的好孙儿！我这船钱就免收了，给你的儿子做奖励。好儿啊好儿，真是文墨人家的子孙呀！”船老板感叹不已，硬是要将从我手里收去的一元钱塞进了轸儿的口袋。

乡路正如这条沅水河长长的“脐带”，从河的“肚眼”里弯曲而延，伸向山海、云峰、蓝天去。我们踩着这条脐带，起步河滩，迈步田埂，爬山而上。行至山腰，轸儿与其弟阳儿虽已满脸汗水、衣衫润湿，但还是那样兴奋蹦跳，仿佛毫无倦意。可患病的妻子就不行了，头发尖滴出了汗珠，衣襟已经湿透，心脏仿佛就要跳出胸腔，已经上气不接下气了，必得坐下来歇息，缓缓地擦干汗水，风凉衣衫。想起这是要去看望父亲，心跳便平缓了许多，双手撑着膝盖，直起腰杆，又继续艰难地往上爬。我看着妻子那消瘦的背影、乏力的步履，看着两个懂事的儿子扶着他们妈妈的身子缓缓前行，我已在后面偷偷地落泪了。因为病重的她本该享受亲人们对她的关爱和慰藉，可她硬是要陪丈夫和儿子去看父亲，去看儿子的爷爷。聪慧善良、吃苦耐劳、孝顺父母、疼爱丈夫和儿子的她，能不使我饮泪心碎吗？突然，阳儿转过头来，看到了我的眼脸，他说：“妈，你看，爸的眼睛出汗了。”妻子停住脚步、认认真真地读着我的容颜，她似乎已经心领神会，默默无语。还是轸儿多读几年书，他说：“那不是汗水，那是心的泉水在流动着爸的心思。”我笑了，欣慰地笑了。我既笑阳儿的话语，更笑轸儿的话意。体味深处，自觉脸上的汗水和泪水都已荡然无存，妻子的脸上也同时写出了会意的微笑。

爬上山峰，登高山坳处，来到岩坳上。到了这里，这条乡路算是走完了大半，再往前去全是下坡路，老家村院就在落坡的山湾里。我们落座于被路人磨得光亮的石板上，顿觉清凉袭人，全身的热气和汗水全被石板所吸纳。这大概是古人的英气渗透于石板，后人坐了就会在凉爽之中显出英俊、豪迈，气度非凡，怪不得这山里人个个都那样彪悍倔强、体态壮实。两个孩子天真地说：“要是家里也有这么一块大石板就好了！”我告诉儿子：“这石板只能是属于大山的，因为它聚集着山的脉气和地的润气，才具有其独特的灵气。你们的爷爷也就像这里的石板，具有石板一样的身板、石板一样的骨气。曾经，爷爷只凭一把柴刀、一根扁担，披星戴月、风餐露宿，艰辛地爬行在这条乡路上，养活一家人。一日要砍 5 担柴，就是从这个山坳上挑到河边去，两块钱 100 斤，卖给河边的船老板，每天可收入 10 块钱，给生产队交 5 块，自己还有 5 块。其他社员每天只要给队里交 4 块，都没人愿干这活儿，只有你爷爷自愿给队里交 5 块来干这种活。肩膀磨破了，贴块胶布，垫个棉包；扁担挑断了，再换一根。手板的老茧将刀把磨亮，肩上的血汗把扁担浸透……到了今天，爷爷仍然还在使用那把刀、那根扁担，依旧日夜往返在这条乡路上。爷爷是否就是这块大石板，越到老时越是发亮、越是清凉？”儿子听得入了神。许久许久，我终于发现小儿阳阳那闪亮的眸子开始说话，他问：“爸，你是否也像爷爷呢？”我回答儿子：“我很像爷爷，但远不如爷爷，要是你们长大以后能真正像爷爷那样，凭自己的本事吃饭，那就好了。”大儿轸轸却陷入了沉思。

下坡路上，儿子跑得更欢，我只好陪着妻子慢慢游。走在这条乡路上，如同走进了自己生命的摇篮，有回想不完的往事，有品尝不尽的滋味。那年，为抢耕天水田，半夜里，父亲扛着犁，我牵着牛，顶着狂风暴雨爬行在这条山路上。有一个午后，母亲打猪草昏倒在这条乡路上，昏倒在高高背篓里垒起的那座小山的旁边，待我哭喊着跑去山湾里打来凉水喂给母亲、唤醒母亲的时候，已是日头落山。还有那好多好多个月夜里，我与一位老师来到这条乡路上，迈步小溪边，谈《青春之歌》，说《苦菜花》，讲《红楼梦》。夜深之时，我们望着亮丽的天空，读着满天繁星，不知什么时候，我们好像在夜的天幕上读到了李白的《把酒问月》、张若虚的《春江花月夜》、苏轼的《水调歌头》……好久好久，又仿佛听到那溪流的源头悠悠传来阿炳的《二泉映月》，如怨如诉、有声有韵。我们在不知不觉中步入了梦境，步入了自然与人情缠绵的意境。

猛然，儿子跑回来叫喊：“爸！你看，前面那挑担柴火的背影，不就是爷爷吗？”“快，快追上爷爷！”我忘了身边的妻子，与儿子一同追赶着前方那个挑担柴火的背影。

重走故乡路，回望人生；人生如路，路是人生；人在行走，路在伸延……

（发表于《边城晚报·副刊》）

第二辑

山水流韵

水是山的柔情，山为水的脊梁。水的缠绵，护卫着山的身躯，滋润着山的心灵；山的挺拔，高举着水的志气，昂扬着水的生命。山水血肉交融，汇成了深深浅浅的生命长河。

聆听小溪的歌声

小溪从莽莽群山茂林深处的岩窝里涌出，流成叮叮咚咚的节拍、潺潺涓涓的旋律，如一曲婉转悠扬的《空山鸟语》，从纱帽山下的村前淌过，流向沅江。

小溪从春风里走来，托着林海的绿波，集聚深壑的涧流，把温暖的浪漫流进村院，把甜润的春曲灌进农舍。小溪边上的人们，在春风暖意的热流拱动中早早地起床了，纷纷来到小溪边，任春情满怀的晨风撩拨着长长飘飞的秀发，把姑娘和小媳妇们红润的脸蛋吹出生动的气韵。年长的妇人们脸上堆满柔情，那深深浅浅的笑意酒窝里，闪烁着千思万虑的光亮。高高扬起的棒槌，把石板上的衣服捶得踏实、捶得响亮，捶出了生活的殷实，捶出了生命的火花。

一位妇人在笑声中说："这回红薯加工厂又发了两套新式工作服，质量比先前的强多了……"又一位小媳妇接过话头："那厂里抓得紧呀，我家里那酒鬼，昨晚连酒都不敢喝，又加班去了。"这时，从溪桥上传来一位后生的话音："告诉你们一个好消息，通往我们红薯基地的两条公路全都开通了，峰顶的路也开通了。这乡村振兴呀，真的要兴旺起来啦，你们的老公再也不用肩挑背负了。"妇人们的棒槌扬得更高、捶得更响了，随着棒槌飞扬的水花，把溪流的清波溅起了朵朵浪花，点缀着个个音符。小溪的歌声更加婉转与悠扬。

小溪从夏阳里走来，澎湃着哗哗啦啦的强音。激动人心的旋律把清凉流进锅碗瓢罐，把鲜活注入昂扬的心房。小溪村院的人们在火热中，把汗水滴进溪流，将犁头沁出清浪。从田地山林里回来的老爷子们，坐在溪边的石头上，点燃一支香烟，吐出满口的岚烟，与溪岸的柳丝、花草、绿叶缠绵。一位老汉深情地感叹："这田地呀，还是要耕种的。荒芜了土地，种子能在何处发芽？"

“是呀，荒了田地，农人的根又扎向何方？我看呀，在外打工的年轻人不应该忘了家园啊！”另一位老者接过话题。一群小鸟拂过水面，如个个音符在跳动。欢跃的鸟儿和着溪流两岸的绿林与解乏的爷们，正静静地聆听着溪流的歌声，品味着意味深长的生活。

小溪从秋色里走来，荡漾着金色的稻浪，把满山烂漫的秋意流成动人的风景。溪边的片片竹林在秋风里摇曳，腾飞的黄叶在风儿的舞动中飘落水面，如同只只轻巧而灵动的小船，摇荡出一曲曲“船歌”。溪岸几树通红的柿果映入清波细浪，如朵朵盛开在水面的红花，仿佛弹奏起《映山红》的曲音，伴随溪水的长浪久久流淌。坝潭高处块块岩石上的流泉，滴成了《泉水叮咚响》的清脆歌声。泉水呀泉水，你到哪里去？带着我们的心愿，唱着心中的歌儿，把乡村振兴的梦想流向远方。

小溪从严冬走来，不畏冷冽的寒风，把冰雪融化。不弃万涓涧水，把细流汇聚。纵然曲折逶迤，依然唱出健壮、从容、舒坦、自然的歌，为春潮蓄力，为春歌发声。

“片片竹叶似小舟，细浪腾波风流走。政策归心顺民意，乡村美景满溪流。”冬日里的牧童唱起了新编的山歌，歌音声浪在大山中回响，在小溪里流淌。

（发表于2021年8月31日《湖南日报·湘江周刊》）

文化骑士队，足迹万重山

“沅水通波接武冈，送君不觉有离伤。青山一道同云雨，明月何曾是两乡。”此乃唐代王昌龄所作的一首千古名诗《送柴侍御》，将人分两地、情同一心的厚谊深情蕴含诗中。

有一支探索挖掘乡土文化的队伍，正日夜奔走在王昌龄的诗情画意之中，那就是辰溪县乡土文化研究会。由中文名师团队与有志于乡土文化挖掘传承的各界人士组成的乡土文化拓荒骑士队，志向一致、情同一心地在广袤的五溪连绵的大山里挖掘，把足迹印进巅岭起伏的峰峦间，将汗水注入纵横交错的流泉中，用心血熔铸乡村振兴的锦绣篇章。

日前，乡土文化拓荒骑士队又一次踏上了奔赴纱帽山的崎岖山道。自沅江中游的分水口进入支流柿溪乡。沿溪行，穿越观音阁、刘家湾、椆木湾、坡下田、纱帽坪 5 村 50 公里，抵达纱帽山下，再登上海拔 800 米高处牛冲，便是纱帽山山顶。

山势峻峭、林木丰茂、竹林青翠、老树参天的纱帽山，绿浪回荡在枝繁叶茂的尖头，啼鸟跳跃于颤抖的枝叶草尖。觅食的鸟群偶尔怦然起飞，散落于密枝茂叶的深处，惊扰了许多野兽动物，满山窜跑，欢悦了林木的生气，又鲜活了幽深的林海。

峰头峦怀的深处涌出一泓清泉，熨帖着山势的崎岖，跌宕蜿蜒而下，流出岩石的清亮、石板的音韵、长沟的曲流、林木的青翠、花草的鲜润……一股大山的心泉叮叮咚咚、潺潺缓缓、曲曲折折、幽幽静静地一路欢歌笑语，跌入山下溪流。荡起溪水细波，流成沅江长浪，灌入洞庭波澜。

探索乡土文化的足音，如婉转的旋律，踏得山响；似跳跃的琴键，印进泥土。步履山前，远观其形，有大小纱帽山并肩耸立；近闻其音，有涓涓细流与群鸟啼声和鸣；静察其色，名木老树，五颜六色，芳草鲜美。纵横十里，色彩斑斓，春夏秋冬，烂漫妖娆。山头脚下，留有民国时期曾任溆浦、辰溪、泸溪三县县长刘英渠的住宅，中共地下党员刘子滕的茅舍痕迹仍深印在纱帽山下。

纱帽形状的纱帽山究竟深藏着多少乡土文化呢？蓦然间，山那边的山头嘹亮地响起茶山号子：“千亩茶林茶果红，茶叶翻荡绿浪头，今年茶油价钱好嘞，声声茶歌唱丰收。”山湾里的田角边也悠扬着车水欢歌：“水车连起千片叶，片片叶子向上翻。滴水穿石汇成河，润育高坡万亩田。”侧耳细听，后山又传来了山歌对唱：“请哥唱歌哥不应，是否嫌妹不相配？好好丑丑唱一句哟，人不相配歌相配。”花木满山，歌声连天。伫立纱帽山山巅，陶醉于绿浪歌声与文化激情的荡漾之中，不由诗意情浪涌动心潮：“秀峰破云烟，绿色浪尖颠。文化骑士队，足迹万重山。”

以中文名师团队为主力的县乡土文化研究会，在300多个日日夜夜里，5乡30多个村庄的山山水水都印进了乡土文化研究的足迹。以怀化市中文名师导师刘建华为主讲的四场乡土文化研究报告会，传授了乡土文化的精髓内涵，使其深入渗透了乡村人民的心灵。他们对如何引领传统景观的活态保护、如何挖掘传统文化的遗韵流风、如何开发传统文化的源远流长、如何营造诗意乡村与田园风光等进行了深刻研究，详尽论述。26000多字的报告论文闪烁着夜阑灯火、星月晨光，凝结了精力神情、汗水心血。建华老师的笔头和键盘仍在夜以继日、马不停蹄。眼神目光灼热着颗颗闪动的文字，苦思冥想，清晰着层层理论纹路。下一道命题又闪烁在她文理思路的深处。乡土文化研究会的主要负责人，以从事40多年文学创作的艰辛笔力，用艰辛的血肉文字、艰辛的精神心力，艰辛地创作了乡土文学生动的篇章。他们把乡土文化的精粹灵音传遍了山乡大地，注入了万众心灵。2022年9月，召开了《文学点亮心灵，放飞诗意梦想》乡土文学讲座，在辰溪一中两千多名学子的心海里激起了文学的波澜。乡土文学的诗意梦想用文学的力量，引领学子的人生梦想飞向远方。

长田湾雷家坡古村人民正在弓腰曲背，挖掘细耕乡土文化的土地，把古树、古井、古建筑的传统文化挖出古朴，写出精细；桥头溪枫香坡村的驻村工作队与全村人一道，以千年红枫的精神挖掘剿匪文化，打造红枫乡村；柿溪傅家湾村挖掘千古文脉，化育英才后代；溪口村的子民们正追寻着千古诗人王昌龄的诗意足迹：“沅江流水到辰阳，溪口逢君驿路长。远谪谁知望雷雨，明年春水共还乡。”用柔波情浪的沅江风光造就一个省级文明示范村……

“足尖笔锋凿万壑，骑士车轮丈山河。青山一道同云雨，乡土文脉古今和。”辰溪县乡土文化研究的脚步正艰辛地跋涉在崎岖的山道上，无论悬崖险路或平地坦途，都将与青山流水同举步，踏破云雨勇奋进。

（发表于2022年12月2日《湖南日报·湘江副刊》）

小村的感动

群山环列，峰峦重叠，林木葱茏，涧水深流。一条透亮的小溪，自峰脚峦怀的岩层深处喷涌而出，流成百里长浪，清风帘卷、波澜涌动，从小村的门前蜿蜒荡漾而去，投入沅江怀抱。清波细浪的小溪，滋润了小村千年，喂养着小村的代代子民，更是承载了小村的苦辣酸甜和枯荣兴衰。

小村从千年风雨历史的云烟中走来，从茹毛饮血、刀耕火种的月岁中走来，从肩挑背负，徒步山林，崎岖蜿蜒的小道上走来，穿越了莽莽深山，踏遍了重重沟壑，把世代文明的脚步踏得坚实，将未来春风的梦想做出浪漫。

小村从长夜里走来，走出了光明，走出了精彩；从冰雪严寒中走来，走进了春天，走进了温暖；从贫穷艰难中走来，走进了殷实，走进了快乐……

小村很小，1800 多人口，坐落于四面环山、山多田少的山窝里。小村里，荡漾着一条天然清亮的小溪，波波浪浪，终年从村前欢笑地流淌，颜容亮丽、浪声悠长。

自从小村踏进了新时代的门槛，便迎来了“精准扶贫”的春风。半坡上的自然村搬到了山下的大院子，告别了云烟缭绕的深处。危房改造的木屋瓦房换成了砖木结构的小洋楼。先前的老屋也在不断地焕新，大都修成了两层或三层的砖墙楼。村院里横竖两条大路，将小村割成四块。从溪边起脚，傍山成梯形而上，层层升高，屋基连着屋基、瓦檐接着瓦檐，鳞次栉比、错落有致，年年月月拥抱着风雨、拥抱着温暖。如此温馨着唐诗宋词般诗情画意的气象和着村院上空升腾的紫气，终日萦绕在灿烂的阳光中。

小村的背后耸立着三座山峰，中间那座高大，两边的峰矮而脉长，酷似旧时朝廷文武百官的纱帽形状，古人将其取名为纱帽山。纱帽山山脚下就是溪流流出的一块平地，良田土地肥沃，便有了祖先在这儿落脚耕种，故自然得名纱帽坪村。

纱帽坪村是辰溪县柿溪乡最偏远的小村，离县城 50 多公里，属贫困村。

市委扶贫工作队进驻之后，3 年时间，5 条村级硬化公路盘旋方圆了百里大山，尤其修通了溆浦的接边公路与高速贯通，实现了小村的百年梦想。通车那天，百姓欢呼，小村人们献出家养的鹅鸭，专业户送来山鸡，老大爷、小媳妇从腊炕（熏烤腊货的炕床，通常用竹木制成）上取下黑里透红的腊肉，还有冬藏的南瓜、冬瓜、黄豆，地里的萝卜、白菜、大蒜，统统在欢笑的声浪里汇入村部楼。全村人们凝心聚力，摆了 10 桌，请工作队队员、乡村干部同桌共饮。用酒水为他们洗落风尘，让笑声滋润百姓心田。碰得山响的土钵碗，碰亮了胸膛，碰落了月亮。

村院人行便道，条条油光青亮，路灯闪烁，彻夜通明，辉映着白墙红瓦、绿树红花。自来水流进了家家户户的灶房，流进了小村人们的心田，全村人彻底告别了在一口水井里喝水的岁月。白天，老人们在村部楼前的座椅上享受阳光。夜晚，儿童欢乐在广场的旗杆下，把国旗仰望。

村前的溪流两岸绿树成行，鲜草野花，四季流芳。溪水鲜亮，笑声激荡在石头的浪花里，动听地欢呼着冲浪漫游的鱼虾。小鸟自然跳跃在溪岸柳林的枝头，偶尔扑腾在溪流的浪尖上，打湿了翅膀，带走了浪花。

鹅鸭在溪床游荡，撒欢的翅膀总把水面扑打，那呱呱嘎嘎的欢叫声，着实欢乐了溪流、欢乐了田野，更是欢乐了小村。白鹭飞落在溪床的石头上，金黄的脚爪紧抓石头，任浪波拍打，依然稳立昂首，把细浪清波张望，寻觅着浅滩沙石间游动的鱼虾。

红薯产业正当兴旺，把荒芜的山地复垦，将尘封的沃土翻耕。金黄色的红薯粉丝走出了山窝，闯进了外面的大世界。无任何添加的纯绿色食品走出了一条绿色大道，其产品远销北京、上海、广州、深圳等地，带动了辰溆两县的经济，传承发展了传统绿色环保产品。

今日的小村，人们心花怒放。笑容写在脸上，歌声哼在嘴里。《建设家乡美天堂》的村歌唱响了京城，传遍了天涯。从此，小村在经久的感动中感动，在无限的快乐中快乐。

（发表于2021年1月8日《湖南日报·湘江副刊》）

小村的香樟

一棵香樟，生长在小村的村口，生长着小村芬芳的风景，把小村的门面撑开了光鲜亮丽，把小村风貌撑出了郁郁葱葱，小村的富足、祥和与温暖，日夜丰饶在香樟的繁枝茂叶之中。

童年的岁月里，樟树伸展得厚实茂密，荫庇着那块宽大的土地，便是我们欢跃的乐园。春夏之际，我们放学后，总是三五成群，快乐于香樟树下，数着长长的树根，看着大大小小、长长短短、弯弯曲曲的根须如同张开的网丝，网住了一块沃土、网开了一片蓝天、网起了一片绿荫，深深扎进了泥土的深处。尤其那拱起的粗壮大根，遒劲盘曲着桌面似的圆盘，我们常常就趴在根盘上，于晚风与夕晖的柔情中完成作业。然后，就在树下捡着片片叶子，再将叶子夹进书页，芳香着笔墨，也芳香了书文。有时也用削铅笔的小刀子划着根的皮，常常会遭到大人们敲脑袋，或者恶狠狠地骂："让我拿刀来削你的皮，看你痛不痛……"有时，为躲避父母的追打，便迅速爬上樟树，轻轻嬉笑在枝繁叶茂之中，只见父母在树下跺脚。樟树成了我们童年的保护神。

20 世纪 70 年代，一位如花的知青姑娘随父母下放纱帽山下，与山下村庄的一位民办教师有了情意，便偷偷牵手香樟树下。明月下的樟树阴影里，紧紧地贴合着一对依依缠绵的身影。樟树红叶成了彼此的定情物，遮天蔽日的樟树也成了月下老人。后来知青姑娘回城了，留下了孩子在大山的深处……

多少年过去后，知青姑娘又毅然回到了纱帽山下，回到了美丽乡村，回到了香樟树下。那位历经风霜的民办教师伸展着温暖而强劲的臂膀，如同当初的青春力量，将知青姑娘与两个孩子紧紧地拥抱入怀，如同拥抱着樟树那浓浓的芳香。

江南四大名木之一，唯樟木为首。千年古樟，于西汉《史记》就有记载："江南出樟，蓊郁壮阔。"樟树的形象早就生长在司马迁的笔下。明代《本草纲目》也有记载："其木理多文章，故谓之樟。"这是李时珍的慧眼独见。

“挥手杭越间，樟亭望潮还”“富阳山底樟亭畔，立马停舟飞酒盂”“豫樟翻风白日动，鲸鱼跋浪沧溟开”，李白、白居易、杜甫的千古诗文，更是描画了樟树森茂与芬芳流彩的诗意画卷。

撩开葱郁含烟的古樟，细品湘西“五溪”的文化叶脉，在物华天宝的“五溪”大地上，经风沐雨的纱帽坪小村正辉煌着人们生活的日新月异与乡土文化的风采，如同古樟的蓊郁森茂、参天盖地，祥和丰饶着小村的人们。竹篱编墙栏，绿柳绣溪岸。花木织村院，清流绘彩岩。纱帽山蔚蓝了这方天空，香樟树芬芳了这片土地，一条涌着清波细浪的小溪，日夜流淌着万种风情与迷人的美景。

樟树高高登，子孙昌荣景。绿叶层层浪，万古涌长青。带着时间酝酿的芳香氤氲飘散，蕴含日月凝聚的光华，蓬勃着豪迈而不朽的情怀。生机勃发的樟树啊，再度勃发了小村的生机；古老的小村啊，在奔向小康的路上，又一次蓬勃了青春的活力。我伫立蓬勃的树冠之下，诗意情浪，澎湃心潮：“举首望蔚蓝，绿浪波连天。生命回春潮，满目飞紫烟。”我久久地仰望着眼前高空的浓密绿团，深度地呼吸着清凉的芳香，如同聆听一首悠扬的心曲，婉转回响着生命的旋律。

（首发于2023年4月14日《湖南日报·湘江周刊·湘韵》，再发于2023年第八期《散文选刊·下半月》，获全国散文大赛二等奖）

青青卵石路

又一次沿着锦江和沅水吻合而洗出的冗长巷道，我尽情享受这一派古朴、幽深的静谧。这就是小小山城——辰溪柳树湾街给我的珍贵的馈赠。

站在这块哺育了具有辰河性格的沃土上，我捧着的是全部的敬仰，而领略到的除了醇厚洁莹的乡情，还杂含几分神秘。

静静的山城里只有在身边流淌的清清泛绿的辰河水，以其无词奇曲的歌吟在喋喋叨叨。可是，千百年来，无人能听得明白。我的脚底，总是那绵延无尽的卵石路，溜滑光平、大大小小的卵石头挨着头，手牵着手，伴和着水泥紧紧地凝结着。卵石路面湿漉漉的，冬秋夏春从没有干燥的时候。路两边的阴沟岩缝里生长着绿茸茸的青苔，自古至今，从未枯黄过。

我知道，辰河是慷慨的、勇敢的、强悍的，给一代代的辰河儿女一块得天独厚的领地，一个虽偏远，却非荒落的摇篮。柳树湾河边，那伸进水中的吊脚木楼，吊垂着颇有湘西特色的山城故事；楼下，那些丝丝缕缕的柳条儿舞风弄雾，划破水面，点点滴滴，尽显山城无尽的风月梦；楼脚，那些漂洗衣裳的姑娘沿河岸一字排开，在春光里漂洗生活的色彩，那笑声、那捶声，伴着河水的浪声，总有着令人采撷不尽的古朴风韵与清新明丽的情趣。

陈杂错落的吊脚楼缠绵着辰河，年年月月支撑着依悬岩而筑的屋宇，构成了山城浪漫而自然的容貌，近看是辰河上的卫士，远观是辰河上云雾中的仙山琼阁，毫无人为的着意安排。旧日近乎破残的吊脚楼与今日白墙、青瓦、红玻璃窗的新型楼房斑驳相间，注视着这方历史的不断变迁。

也许，最能透视生活色彩的莫过于女孩子们的装束了。这山城巷道上的每个女孩，都显得那么丰腴红润、灵秀聪慧，一身身讲究、得体的服饰，无不显露着质朴的自然美。

依然是青青的卵石路上，我与刚从菜地归来的农妇攀谈。望着那菜摊上紫色的菜薹、嫩鲜的青蒜、油绿的白菜、滴翠的香葱、肥硕的菜头……实在撩动人心。

一排赤臂大汉从柳树湾茶馆挤出，一张张红红的脸膛像辰河的江面，脖颈上的青筋胀成了一把把树根，写满了辰河上的风风雨雨、潭水滩浪，这就是铤而走险的排工、船工们，他们吆喝着，挺直了腰杆又要去闯滩斗浪了。

青青卵石路，幽幽柳树湾。我走在这条路上，深深领悟到一方水土养一方人的深邃哲理。渐渐地、缓缓地，我也同时步入一种清新的境界，依然悠长悠长，仿佛步入了远古，又仿佛迈进了未来……

（原载1994年1月27日《湖南日报·湘江副刊》）

小村的觉醒

庚子大年初一，黎明前的鞭炮烟花早已弥漫灿烂了小村的天空，冲天炮的巨响撼动了山岳群峦，远山的弯弯岭岭连响着起伏绵延的回音。堂前燃烧的香纸火烟已把小村点亮，堂上飘荡的缕缕茶香正把家族祖人的灵魂醉醒。小村醒了，新年醒了。这就是2020年元月25日的早晨，老家纱帽坪这个大山窝里的小村正沉浸在新春的幸福之中。

突然，村支书刘仁忠打来电话说："本楚哥啊，你好啊，电话给你拜年啦。听说你回老家来过年啦，正好，今天村里有个特别的会议，想请你参加啊，你是我们村的文人，想你来说句话啊……"

"哎呀，回到老家就是一个普通村民，村里有什么需要，我一定尽力。话就不多说了，有事我去做，我一定参加会议。"

八点半，我准时赶到村部楼的会议室。主席台上的刘书记见到我的到来，便即刻起立走下主席台向我招手呼唤，迎面走来，握手致意，并拉着我的手去主席台就座，我执意不肯。他只好顺我之意让我落座于会场后排的座位上。

"开会了，请大家安静。今天是大年初一，特别的时候，把全村的党员和组长请来，召开一个特别的会议，并请我们村的文人本楚哥参会。大家用热烈的掌声表示欢迎！"这是刘书记的开场话语。

在一阵响亮的掌声中，刘书记又接着说："根据上级指示，我们要做好保护野生动物的宣传工作。我们要立即放下我们手中的'屠刀'，废除套钩、铁笼、猎犬、火铳等猎具，认真保护好森林资源，给天上飞的、地上走的一切野生动物一个自然原始的生态生存环境，创造一个我们赖以生存的美好家园……"刘书记讲完后，会议室响起一阵起伏响亮的掌声，之后还让我发言。

一石激起千重浪，心海波澜翻古今。简短的会议，使我的思绪陷入了对保护野生动物的深思，陷入了对小村过去的回忆。

50多年前，在我幼小的心灵就曾摇荡着一个恐怖的话题，那就是村里的老人说，在我们小村的山林里曾出现华南虎的行踪，而且夜里闯入猪圈咬死母猪，叼走猪崽。还说我们村里有个地名叫洞湾的山顶上，那个通向溆浦大江口沅水江河的大溶洞里，藏有一条千年蟒蛇。还有许多关于原始森林的传说。这就是自然资源的造化，原始生态的养育。

那时候的山林，野猪成群、黄鹿结对，果子狸、穿山甲、刺猬、斑鸠、竹鸡、金鸡、乌鸦、老鹰、白鹭等，飞禽走兽，漫山遍野。特别是到了秋天，群群斑鸠在茅草丛觅食，在山林里欢跃。春夏之季，行行白鹭飞翔于田野，画出美景。记得老屋后山头有几棵参天古枫，繁枝茂叶间挤满了白鹭。白天，枝叶摇荡，鹭翅扇动出白绿流动的画面，夜晚常常会听到雌雄交配和母子喂食而发出的嘎嘎啼鸣，那真是天籁。

有一次夜晚，我随父亲去山顶上的玉米地和红薯地看守以防野猪。高高的地边上搭起一个茅草棚，条木树枝支起的草棚里扎起一张树枝竹篾床。先是在上面铺上一层厚厚的稻草，再铺一床竹垫，竹垫上就是一床破旧的棉被。夏日睡竹垫，冬天睡棉被。正值中秋的下半夜，明亮的月光照得山地如同白昼。父亲将我从甜梦中摇醒，贴着我的耳朵轻轻地说："你看着那地边上的来路，野猪很快就会来了，待我放响枪声的时候，你一定要用手封住耳朵，就在床上千万别动啊。"

我亲眼看到，一头长嘴巴、宽肚皮的黑色野猪摇摇晃晃而来，后面还跟着三个小猪崽，我的心里才明白那大的准是一头母猪。母猪刚刚进地的刹那间，"轰隆——"一声惊天动地的巨响吓得野猪掉头拼命逃窜。瞬间，山林里一阵喧嚣号叫，仿佛惊跑了许多野兽，还有野兽相互撕咬的叫声。父亲对我说："楚儿啊，现在可以安心睡觉啦。"

我责怪地问父亲："爹爹呀，你的枪法不准呀？是火铳走火失灵了？"

"傻孩子，不是爹的枪法不准，而是有意朝天放炮。野猪呀，只能赶跑它，不能打死它。因为野猪在山林生活可以赶走和咬死很多别的有毒的野兽，它还是国家的保护动物呢。要是野兽也像人类一样，有一个自然美好的生活环境，能与人类和平相处，那该多好啊！"

啊，现在想来，在当年的岁月里，一个农民父亲对野生动物的保护就有了如此深刻的认识和思想境界，是多么难能可贵啊！

我仍然清晰地记得在我儿时，父亲认真地对我说："一般的野生动物，只要人不碰着、惊吓和伤害它，它都不会伤人的。譬如蛇是老鼠的天敌，也是应该保护的。只要小心谨慎，不碰到它，它是不会咬人的……"

今天，我又回到了小村，远远望见小村的人们劳作在田间地头，迈步在溪流两岸。公路两旁的树林里传来了群群小鸟欢快跳跃的歌声，伴随小溪潺潺的流水声，悠扬而又悦耳。一群山羊摇摇摆摆行走在我的身边，那羊脖上的个个风铃摇荡出的铃声，拨动了我心头欢快的琴弦。村口儿童们撒欢的烟花燃得正旺，绚烂了一片天空，仿佛正为初春的阳光加热升温。难怪家家户户的老人和小孩都坐到门前的禾场上享受着春阳的温暖，享受着中国的温暖，享受着中华民族的温暖。

踏过村口小桥，我在村部楼前的球场站定，许多村民立刻围了上来："本楚啊，你回来啦！回来得好，回来得好！大家都想念你啊！"话意里无限的慈爱写满了乡亲的脸膛。

"谢谢大家啦，我也深深地想念着我的小村和父老乡亲啊！"

"哎呀，刘书记来啦，刘书记来迎接我们村里的文人啦！"一位村民高声地呼喊着。

仁忠书记从楼上办公室跑步下来，满面喜悦地紧紧握着我的手说："楚哥呀，难得你回村一次啊，十分感谢你上次在会上的发言，讲得好，讲得好啊！村里几个爱放套、爱赶山的村民把所有的套具和猎具都交到村里废除了。大家都决心要好好保护野生动物和森林资源……"

是啊，一定要让我们小村的天空有飞鸟、山林有野兽、溪流有鱼虾，要是群群白鹭能够重返我们的家园那就好啦，那就真正成就了画意诗情的自然生态，拥有飞禽走兽、绿水青山的美丽乡村啦！

寒冬已经过去，暖春必将到来。在喷薄欲出的红日霞光里，在和煦春风的温暖中，大山觉醒了，小村觉醒了，小村人们的灵魂深处觉醒了。

（发表于2020年3月7日《湖北文学季刊》）

诗意画卷读古村

叠翠的峰峦张开了雄奇健壮的双臂，紧紧拥抱着连绵起伏的山岭，高大茂密的老树森林深深地收藏着原始古朴的风景。林间的绿浪和着清风，拍打着满地的黄叶绿草，柔柔绵绵的山岚和白云慰舔着青瓦白墙，一个满盛荡漾涟漪的大大水塘，倒映着一个四面环山、绿荫掩映、画里藏诗、诗里蕴情的优雅别致的村庄。这儿便是古人叫出来的一个诗意的名字——雷家坡，坐落于海拔 800 米的山顶平地间，系湖南辰溪县长田湾乡的中国传统古村落。

滚动的车轮转动着绵绵的思绪，山间的田野牵念着我专注的目光，深深林海、参天古树，起伏绿浪，伴随着激情涌动的心潮，似有朵朵浪花绽放于心海。雷家坡，令人牵念的古村，我已来过多次了，总想为其写点儿什么，可一直未能成篇，愧疚之意久久地扎进心田。应上届村支部书记王宏仕的邀请到这里参加春晚，为村民免费写春联；为挖掘红色文化，到这里采写中央地下共产党员陈策的故事；为创作报告文学《金凤飞翔在故乡的田野》，到这里采访雷金凤的创业经历；陪同司法所李所长到这里办案，为曾经任职几十年的老支书雷世有化解了心头之痛……今天，应乡政府之请，再度来到雷家坡进行传统村落的文化研究，并请来了怀化市中文名师导师刘建华老师，在此作了传统村落文化的挖掘、开发、保护的主题报告，为辰溪古村文化研究开创了历史的先河。

在新任村支书曾子华与驻村工作队队长李刚引领下，我们步入村口的百年树林。参天的枝叶密茂阴凉了天空，遒劲茎交错的根系曲延深扎沃土。林间，情意缠绵的枝叶筛下的点点光斑，铺洒着满地的黄叶，随着清风飘飞的肥叶细蔓，舞动着秋色黄花，拍打着绿草翠浪，画卷诗意，起伏浪漫着古木森林的袅袅云烟，人踪烟飘，语音云飞。

林深之处洞出一汪清泉，汩汩喷流，一口井眼涌出的涓涓清流，仿佛在诉说着古村千年的辛酸历程和许多动人的故事，又仿佛在倾吐着雷家坡今天的辉煌和千余子民对美好生活的追求。井眼分三级水池，由高到低，层叠而出，源头为饮水，二级为洗菜，三级为洗衣，级级池水满盈，清流微波荡漾，一股跌跌宕宕的流泉灵动幽静了大山森林。村支书深情地对我说：“刘老师呀，喝口凉泉吧，我们村的百岁老人一年四季都是喝这个水的。”

越林间弯曲小径，登上山顶平地，那口大大的山塘水库仍有肥水细浪，轻风拂面，波光闪动，丝柳垂堤，姿容亮丽。堤岸文化长廊，建在30米长的风雨亭上，个个远古与现代融合的文化盆景，浓缩了古村悠远的文脉与现代文明的万千气象。鳞次栉比的白墙青瓦、屋宇楼阁，层次梯形，瓦檐紧连，沿水塘四周依山而建，飞檐翘角，烟云缠绵。屋后群峦叠翠、秀峰连绵、林木丰茂、绿浪翻腾，一颗千年银杏树枝繁叶茂、参天盖地，五人合抱也无法丈量它的体围。原野，草木葱茏；峰巅，云蒸霞蔚。倒映水塘，锦绣风流，满塘风荡波追，画意诗情，映亮了鲜活的村容，漪涟着古村的风景。

村中，三百多年的将军府、县长楼依然原貌犹存。远去的历史风尘，仿佛牢牢地挑在马头墙的翘檐尖头，高高的烽火墙内，不知尘封了多少历史烟云。斑驳的墙面陈迹点点，似有颗颗文字，漫漶难辨，墙脚石板，细錾密织、纹路清晰，足迹石面，清凉沁心。洞开木门，屋内井然有序，中堂、厢房、天井、吊楼、马脑火房、花坛后院，仿佛鲜活着明清时期砖木结构的建筑风格。举头仰望，更有美景写在眼前：雕梁画栋、凤舞龙飞，门楣窗格，雀鸟跳跃、花卉芳草，栩栩如生，似乎看不到岁月的陈迹。但细细品读，总觉一股历史文脉的灵光闪烁其间，让人思牵远古、情怀沧桑。

沿村西头翻过坳去，便见一片古树松林，一条红军路与古商道依然清晰可辨。满目秋意枝头，如同红军鲜血染红的霜叶铺满林间，流光溢彩。中共地下党员陈策也曾隐藏此地，其活动居住的民居仍有村民住守，保护完好。还有当年吴三桂征战抢夺民女与方霸王护妹对战的传说，在地灵人杰的这方山水里，留下了多少离合悲欢的动人故事。

“会当凌绝顶，一览众山小。”伫立峰顶，纵目远眺，群山环抱、林木葱茏、绿树掩映的雷家坡啊，如同安然祥和于“田中有水，水岸有宅，宅中有园，园里有屋，屋中有院，院中有树，树上有天，天上有月”的诗意画卷里。我贪婪陶醉于如画的古村山间，心潮陡然涌起了诗文的浪花：“纵览群山秀峰青，崎岖蜿蜒茂林行。文化研究进古村，一草一木总关情。”

（发表于2022年9月16日《湖南日报·湘江副刊》）

一缕清流润万家

新春的浓情年味还在温暖缠绵，辰溪县乡土文化研究会全体会员踏着沅江的清波细浪，沐浴着新春的和风暖阳，走进了沅辰城南水厂并召开了水务研讨座谈会。

正月初十，乡土文化研究会应怀化沅辰水务公司的邀请，深入怀化沅辰城南水厂，开展实地采访采风活动，研讨并见证“放心水”。

在依依杨柳的亲切牵袖里，在水浪涟漪的耳濡目染中，我们轻步漫过花木芬芳的丛林，步入水泵房、絮凝池、过滤池、加药间、制水间、化验室、调度中心等技术车间。在细细倾听技术人员的全程讲解中，直观感受到自来水制水的工艺流程、水质检测与生产调度等供水的全过程，尤其细致了解了市民直饮水和全套设备的工作流程。在公司总经理范哲文的引领下，大家亲口试饮了直饮水，于细细品味之中，一股清凉甘甜滋润口腔，回味喉管……

中控台前，我仔细观察了工艺流程的屏幕上显示的所有数据，从技术员的解释中，我彻底领悟了其数字化、智能化的科学与精准。于是，我又情不自禁地跑回厂部大门口，又一次洞察到生物预警池中的鱼儿，它们个个聪慧漫游、鲜活灵动。假山石脚的岩洞里，时而蹿出眼珠清亮的个个锦鱼，鳞动尾摆，不时跃出水面，欢欣跳跃……可见生物预警池对水质的检测既简单实用，又环保有效。

座谈会上，中文名师导师刘建华深刻阐述了水的文化源流。从《诗经》里的源泉讲到秦汉乐府的水脉，讲到魏晋南北朝、隋唐宋元，把水的源远，水的文化与文明透析明澈。她还说到水与古人、水与古诗的流长意境：“孤山寺北贾亭西，水面初平云脚低”“黄河之水天上来，奔流到海不复回”“天门中断楚江开，碧水东流至此回”“山重水复疑无路，柳暗花明又一村”……

会员们聚精会神，争先发言。水务工作者与乡土文化研究会会员们在情谊与见解的交融中激情振奋，激发了会员的灵感，即兴赋诗：“高标制水厂，工艺育精华。艰辛酿甘泉，清流暖万家。”

总经理范哲文深情感叹地说：“感谢各位作家名师见证了自来水的工艺流程，见证了水务工作者的艰辛劳苦，为水务公司架起了市民与水务的友谊桥梁。”

“问渠那得清如许？为有源头活水来。”我站在水厂上游两公里处的悬崖下，这儿正是滩流激浪的沅水江畔。波澜涌荡的回流撞击着悬崖的岩脚，似乎形成一种回澜澎湃的旋涡，激起浪花飞腾之后又平波涟漪而去。带路的水务工作者石玉忠先生告诉我，这儿就是沅辰城南水厂的取水点。他说：“这儿远离村庄农舍，远离工厂污染，又在电站大坝下游，水源充沛，水浪既有流速，又有回澜，尤其这岩山脚底还有活水资源，今年干旱 4 个多月，这儿依然清流汪洋……”古人说：“岩窝深洞处，必有活水来。”可见这儿的水质就毋庸置疑了。难怪沅辰水务公司已创造了怀化区域最佳水厂与水质的历史新纪录。

我抬头仰望石山，凌空之势，俯瞰江流。我突然发现，那伸出崖壁峰顶的巨石形似昂首奔驰的马头，横空出世，纵览江面，荫庇着粗壮脖颈下的水浪清流。白居易说：“乱花渐欲迷人眼，浅草才能没马蹄。”我说，浪花飞溅波迷眼，云烟岂能没马蹄。锋棱瘦骨、豪迈剽悍、威武无畏的钢腿铁脚，扎进江流深处。无论洪潮恶浪、风雨冰河，都丝毫动摇不了骨峻刚强骏马的英武形象与精神。这是否象征着沅辰水务劳动者与乡土文化研究者那“铁马冰河入梦来”的坚强与刚毅呢？

笔凿波澜登悬崖，脚踏风流破浪花。洪涛大潮卷云烟，一缕清流润万家。

（发表于2023年“掌上怀化”）

渔村楼头望江流

桂香菊黄艳阳天，渔村楼头江流烟。
遥望秋色山水静，诗意画卷醉心田。

握手渔业村支书杨文武于村阁望江楼头，伫立眺望，满眼风清日朗、流光溢彩。村院绿树葱茏、杨柳依依，池水清流，风吹波荡。画船灯笼闪烁，珠帘玉润窗格，船头少女腰肢闪动、秀发柔舞，多情的柳丝撩拨着粉嫩的脸蛋，撩出了姑娘的姿态容颜；风动珠帘碰撞的音韵撞出了鲜嫩脆亮的笑声，船动柳阴细浪动，波荡满池笑声荡。

再看白墙青瓦、楼宇阁廊，飞檐翘角、雕梁画栋，瑶乡民族风情如细浪流淌楼阁，民族文脉清流似彩霞披挂檐角。流连民族文化广场与接待中心，彩旗轻舞，空旷雅静；步入渔俗文化与沅江记忆博物馆，物象神韵、实景珍奇；千年阴沉木精雕细刻，万古奇石形态自然异景，都是那么神工天成，那么栩栩如生；登上山水舞台与景观楼头，如同杜甫的登临，“会当凌绝顶，一览众山小。”天地万物，尽收眼底；漫步露营基地与观鱼码头，更是景情耀眼。一条玉带沅江推波排浪而来，流经位于沅江中游的辰溪县仙人湾瑶族乡渔业村头。两岸山脉连绵，群峰重峦叠嶂，岸柳绿浪跌宕，秋色层林尽染，碧波清澜，浪光闪烁。值此，宽阔的江面河场与长浪清流，轻轻跳跃着流入了我记忆的长河。

20年前，我曾来到渔业小村，那是来看望今天的杨书记父母的。作为当时的文学青年与文武弟有过神交，他在担任国营磷肥厂厂办主任时，邀请我到厂里对全厂青年职工进行文学创作培训后而去到他家的。

正值午后时分，如同今天的秋阳，我们徜徉河岸，谈文学创作、说《青春之歌》、想人生征途、踏浪花飞溅……正当兴致浓厚之时，我们的目光不约而同地落到了江面的渔船上。

小小渔舟归晚霞，荡桨收网柳荫下，鲜活跳闪船舱满，竹篙点水破浪花。我们看到满河的渔船从下游溯江而来，从上游顺风而至。桨荡千重波，浪开万朵花，风送江流曲，船灯照渔家。收篙挂桨，登岸归家，点燃柴灶，小酌轻唱。

紧紧依偎在河岸的两排矮小木屋在夕阳的辉映下，俨然一幅沧桑的油画，这便是渔业村村民的岸上归宿。室内简易木制行床，花格土布铺盖，板凳小桌，粗糙简陋。我们坐定火塘边，小桌已摆上热气腾腾的满满四盘，青椒炒小鱼、水煮红南瓜、黄豆酸辣椒、青菜猪油香。文武的父亲捧出满腔的情意，把我的酒杯斟得满满的，其母亲又端来了笑容满罐的清香。原来是文武早有安排，将家中唯一的一只老母鸡炖了汤端到我的眼前，其母夺过我的饭碗，把鸡肉和汤盛得满满，那份慈母的真情浓意满满地灌进了我的心窝，久久地、久久地滋润着我蓬勃的心田……

把稻种在船上，把菜种在船上，船是田园、船是大地、船是泥土、船是山林的日子已消失在遥远的梦中了。

2019 年，党中央决定对长江流域实行全面禁捕退捕，渔业村全面落实 10 年禁渔计划，辰溪仙人湾瑶族乡渔业村 69 只专业渔船、50 只副业船只在全省率先完成船只拆解和捕鱼工具回收焚烧任务，全村渔民 100% 正常上岸，彻底告别百年渔民以捕鱼为生的历史。渔业村的典型经验得到了国家督查组的充分肯定。今天渔业村的巨变，展现了政策的强劲东风与人民群众的智慧。

今天，渔业村的领航人紧紧抓住文化振兴的主脉振兴乡村，把民族特色文化高悬于亭台楼阁、飞檐翘角。将传统文化的文脉江流灌进民舍，滋润心灵，创造性地打造了众多传统而又新奇的特色景观。通过举办渔村鳜鱼节、瑶乡盘王节、瑶乡山歌节、瑶乡美食节、乡土文化节、奇石联谊会和民族团结进步篝火晚会等文化旅游活动，不断发展壮大村集体经济。仅在 2023 年，渔业村成功举办了各项文化活动 38 场次，营业收入突破 70 多万元，集体经济纯收入已达 10 万多元。全省唯一袖珍渔业村的 487 人正奔跑在文化兴村、旅游创业的坦途上。

10 年奋斗坎坷路，心血和泪铸新篇。杨文武出任渔业村村支书至今已 13 个春秋岁月了，完成投资 2000 多万元的村院建设，眼下，依然快马加鞭。他感叹不已而又充满激情地对我说：“下一步，我们将在各级党政部门领导的鼎力扶持中，着力打造水上文化景观，决心从仙人湾到溆浦大江口至辰溪大洑潭电站，开通‘百里画廊’的水上旅游线路，构建沅江中游的一山一奇观、一村一风景的沅江旅游线路，勾画出波绘山乡景、山村浪花情、村容荡波澜、浪花开秀山的风流奇观。”

是呀！沅江中游的“百里画廊”从千古文脉中波涌激荡而来，从鬼斧神工的自然天成而来。这条流淌千古的江流啊，澎湃着千古诗人屈原的仰天浩叹，波映着王昌龄的玉壶冰心，荡漾着沈从文的诗文足迹……

我再度登上观景台，遥望晨雾弥漫的沅江，诗意情浪又一次涌动心潮：“雾撩江上天，楼阁飞云烟。渔业村头驻，今昔换人间。”我久久地沉浸在波澜壮阔的美景画图中。

（发表于2023年12月1日《湖南日报·湘江周刊·湘韵》）

小村

久久深藏于山环水抱、云涌雾缭的大山窝里，如唐宋的诗画、似元明的曲调，悠悠扬扬地缠绵于空谷、悬崖、林海、绿浪之中。峰峦重叠、绿树翠叶掩映着幢幢参差不齐、高高低低的农家小楼，那吊楼瓦檐、红壁白墙、楼廊栏杆、雕花窗格，全都写满了小村的诗情画意。一湾清亮浪漫的小溪从村前环绕轻流，低吟浅唱。把山脚的林木、溪边的田野，把路边的芳草、急驰的车流，把牛羊的欢唱、村民的快乐，全都生动地摄入闪烁跳动的碎波细浪之中，这就是画在山林绣、景随风水流的辰溪县柿溪乡纱帽坪村。

小村坐落于群山林海的怀抱，伸手便能揉摸大山丰满的脸颊，抬头即能撞动绿荫微荡的浪花。苍莽巍然的山峰、挺拔茁壮的树木拼命地伸向天空。繁茂葱茏的山岭、苍翠蓬勃的林木，把层层绿浪高高地扬起，借助流风的强劲，奋力地推向跌宕的远山，小村如同一首水墨清雅的小诗，古朴、明静于恬淡的自然之中。

小村门前的小溪源于深山的地脉深处，那儿叫谢家自然村，再翻过山去便是溆浦的山水了。辽阔地域的脉气通连，无数山泉涧水的汇聚，流成这一泓明镜清波，眷恋着蓝天白云、滋润着绿树青山，坷坷坎坎、九曲回环而来，诉说着大山的心思、流荡着大山的灵慧，穿山越岭、凿石破土地来到了小村的身边，如同久久地拨动着山脉的心弦，琴曲优雅地弹奏出小村的欢乐。

飞鸟欢唱于茂林深处，跳跃的身子把密枝稠叶翻动，婉转清脆的歌喉和着小村人家的鸡鸣犬吠，合成一曲优美动人的大山晨曲，唤来了山山岭岭、弯弯曲曲的回音。大山醒了，小村醒了，小村的人们也正在晨曲清幽的旋律中醒来。

雾飘云荡的清晨，林木在含羞地洗脸，枝叶在悄悄地擦眼。群山在云雾中朦胧，小村在云雾中躲闪，时浓时淡、若隐若现。山间林中，雾随风走、云伴雾动，忽而轻薄，如飘柔的白纱，慢条斯理地飘拂于大山的眉眼，缠绕着峰峦的脖子；忽而浓重，如棉团涌来，击起林海朵朵浪花，密密地挂上绿枝翠叶。大山的轮廓在浓雾渐淡中出露，小村的容貌在雾流云荡中神秘。

大山彻底醒了，小村彻底醒了。云雾随着山风散淡，林木亲迎山风洗礼，姿容鲜亮的峰峦岭脉，枝叶神情，彻底被清晨多情的山风唤醒了。

小村在山风中抖起了清醒的精神，牛哞羊欢，鸡鸣犬吠，门声摇曳，孩儿哭啼，瓢盆锅碗的碰撞声，中巴车拨动的喇叭声，各种声响的掺和，汇成了一首动听的晨曲，如《空山鸟语》，似《高山流水》，把大山和小村唱得清流悠扬、鲜活生动。

“狗儿呀！吃早饭啦！黑牛娃，花妹，细妹，快来呀！饭菜快凉啦！”母亲们在亲亲地呼唤儿女们的乳名。早饭过后，背刀肩锄的村人们准备上山了；背着书包的孩子们已奔跑在上学的路上；背篓正在村妇们肩背后摇摆，胸怀的娃儿还在乳头尖蠕动；摩托车在小伙儿们的脚手下奔驰；老农已高高地扬起响亮的牛鞭，把吆喝声甩向田野，把犁尖儿扎进了泥土……充满生机和活力的小村正涌动着蓬勃的青春。

（发表于2014年9月9日《怀化日报·副刊》）

一支出没在大山的猎枪

峻岭、林海托起的那个小小护林哨栅已模糊在风雪黑夜里，模糊在辰溆两县接邻的山坳上。森林雪夜，一片寂静，护林哨棚里也静无声息。只有山脚的沅水河畔吹来的风掠过山坳，在木叶上、茅草尖，与飘舞的雪花一同落音。哨棚的主人田千云老汉早已离开哨棚，背着他那支祖传三代的猎枪，顶着风雪，到山头、山尾、山腰、山脚，山那边的山、山这边的山，把坚实的足迹印刻在山山岭岭。

突然，远处传来“邦邦——当当——”的声音，侧耳细听，又是一阵唰唰声。老田熟悉这样的声音就像熟悉他手中的猎枪一样，他心里有底儿，这是有人乘着风雪黑夜在干偷砍木材的勾当！他搓了搓被风霜咬伤的双手，紧了紧系在腰间的青纱巾，攥紧手中的猎枪，猫着腰一步一探地循着声响的方向爬行。

大雪洋洋洒洒，林间的枝枝丫丫都委屈得弯了又弯，偶尔唰啦一声，积雪崩塌，落在头顶，总令老田打几个寒战。

爬过山岭，山腰处的弯槽里在白雪映托之下晃动着两个人影，“邦邦——当当”，正干得火劲。老田侧着身子，从腰间那纱巾锁紧的口袋里摸出火炮子，装在枪头的“鱼嘴”上，然后将枪托紧夹在腋间，左手端起枪管，右手扣动扳机，很有经验地朝人影下方扫地一枪，轰隆一声，惊天动地。枪音未落，老田迅速抽出系在腰间的长条电筒，唰的白光闪闪，两个人影活像惊弓之鸟，萎缩呆蹲在地上，只见两双眼珠在闪动。

“亲家，是我呀！亲家母病重，你还不回去看看？”

“亲家，你怎么干这种事？前两天，你问我要木材，我叫你去办手续，可你……”

“爸爸！”老田未来的儿媳妇跪到老田面前的雪地上说，“你就饶了我们这一次吧！哥哥结婚的日期不能再推。不然，我和他的婚期也……”

“小兰，”老田上前扶起儿媳，“你哥的婚期是不能再推，你与我儿子的婚期也已定了，但你们父女不能这样干呀！”

“亲家，你瞒着，哪个晓得？”

“亲家呀，我的脾气你晓得，村里把整个林山交给了我，如果那样做，我还算什么共产党员？对得起1200多村民吗？来吧，你帮我一起把树扛到哨棚去，等天亮我们一起去村里接受处理。”

天蒙蒙亮，雪花飘得稀稀薄薄，一行急匆匆的脚步从积雪厚厚的山道上印进哨棚。

“老田，你妻子病重，你马上回家吧，我来顶班！”

“村主任，你来得正好，我亲家昨夜偷砍了两棵杉树，按规定罚款150元，树全部没收交村里。”

“老田呀，你对妻子太不关心，昨天给你捎了三道口信，你还是没回去。你赶快回去！这里的事我来处理！”

“亲家，罚款一分不能少，千万别割我的嘴巴，坏了规矩。”

老田甩下几句坚硬的话，下山了。

体魄壮健的七尺男汉哪有不惦记妻子的呢？

下山的路弯弯曲曲，老田的思绪也曲曲弯弯，村主任的话语、亲家的哀求、妻子的病情，都让他感到不安，心里悬得更紧的是未来的儿媳。这一次，儿子的婚事会不会吹？可是，不能为了儿媳坏了规矩啊！

又一次风雪之夜，老田正梦到那次擒拿盗贼的情景：盗伐木材的歹徒将老田的右臂划了一刀，鲜血和疼痛惊醒了他。他猛然从床上坐了起来，敏感的耳朵里响起了叽叽喳喳和悄悄的脚步声。老田起身轻轻揭开用茅草扎成的哨棚小窗，望见山坳上的绵绵细雨里有人在偷运木材。他纵身跳下床，钻出哨棚，站到山坳的路口，双手紧握着猎枪，截断了来人的去路。

“不许动，哪来的木材，有手续吗？”老田的喊声吓得来人肩上的木头咣当一声掉落了地。

“田老，是我呀，好商量，好商量……”来人连连弓腰点头。

“啊！又是你们几个生意人，给我把木头统统扛进哨棚，没有手续全部没收！”老田的态度强硬如铁。

坐进哨棚的生意人端出一副亲热的笑脸，从早已备好的包袱里取出两条高级香烟丢在老田的床铺上：“田老，上次受了你的处罚，我们情愿，这次就求你帮忙放一马吧！”

“请你们不要来这一招，我是守林人，吸‘喇叭筒’草烟的，哪里有吸这样高级香烟的口福呢？不过，你们送上门来的我也收。烟和木材全没收，明天，你们去找村主任和乡林管站。你们走吧，我老田的脾气你们都清楚。”

是啊，田千云与这百里大山的片片绿林已结缘整整20年，7200多个日日夜夜吃住在哨棚、出没在大山，就凭着那支猎枪鸣信号，聚村民、灭野火、赶盗贼、拒贿赂。他没有愧对大山，没有愧对乡亲，他不后悔……是的，乡亲们常说，他是生在长在这山坳上一棵硬壮的树。他对村民说，他死后，要后人将他的尸体埋在哨棚边，让阴魂驱赶盗贼，守护林木。

老田匆匆赶到家，只见床前坐着一位白衣姑娘，长长的输液管牵着妻子的手在悬挂的盐水瓶里吮吸。原来，村主任派人到卫生院请来了医生，正在给妻子输液。白衣姑娘向老田摇手，示意不要惊醒昏迷的妻子。老田木然立在床前，一双灯笼眼直瞪妻子，满脸络腮胡也显得温柔多了，那支猎枪仍紧贴在背间。他望着妻子的前额、眼圈和脸色，两行酸楚的泪水泉涌般地滚落下来。他的家与哨棚仅三里路程，可他已连续三个月未回家了……眼前的场景，怎不使他伤心落泪呢？

妻子醒过来了，看到床前从未落过泪的丈夫而今却泪流满面，心里也隐隐作痛，她轻声说：“千云，有村干部和村民的关心，我不怪你，外头雪大，添件衣，守林去吧。”

老田像孩儿听着母亲的嘱咐，只是默默地点头，他把愧对妻子的内疚之情悄悄地藏进心里。

大雪飘飘，田千云又走进大山去了，那支乌黑发亮的猎枪在严冬的风雪中更加锐气逼人。

（发表于2012年7月19日《边城晚报·副刊》，获全国林业征文大赛散文类二等奖）

遗韵流风纱帽山

起伏连绵的山峦如同江涛海浪，拍打着一座高矗云天的山峰，红、黄、绿、紫的各色树冠，辉映成一个色彩斑斓的世界，这就是纱帽山。

俯仰之间，层层绿叶翻卷着绿色的浪花，一头涌入长空，染绿了蓝天白云；一头流进山溪，映亮了村庄田野。一个绿色的世界镶嵌于这山重水复的天边，定格在这树密林茂的深处。纱帽山上各种乔木杂树丰茂着，松杉居多，阳光下片片落叶青松铸成了幅幅天然的水墨画。那随意点缀其间的行行松柏显得格外惹眼，恰似一曲厚重、平和的交响乐中蓦然跳出几声欢快、清脆的笛音，给山野平添了许多生气。那红叶落处更是姹紫嫣红、流光溢彩。

就在这样一个林密树茂的年代，走进纱帽山，如同走进了“远看山有色，近听水无声，春去花还在，人来鸟不惊”的花红鸟鸣的世界，更是走进了“深林人不知，明月来相照”的林静幽深的意境。如此 95% 以上的森林覆盖率的丰饶植被得益于国家对林业的管理政策，村里专门聘请了管山员巡查于满山遍野，行走于百里大山。

少年时的自己，一次与同伴们进山砍柴，偷砍了一棵小杂树。正在刀声落定、小树刚刚倒下之时，管山员突然从背后出现，缴去了我手中的柴刀，责令我双膝跪在那棵小树上，很久很久……

同伴们滴着泪水，全都跪在管山公公面前为我求饶。管山公公心软了，扶起我的身子，抚摸着我的膝盖说：“狗娃呀，我知道你这儿很痛，我的心更痛。这棵树的心正在滴血，你们看到了吗？它也是一个生命，和你们一样正在长大。可是这么小，这么小的就被你杀害了……”就在管山公公的泪水欲流又止之时，他向我们讲述了一个撼动心灵的古老故事。

乾隆年间，一位朝廷文官随乾隆下江南路经此地，不幸身患重病，加上钱粮几近耗尽。这位文官看到山村农夫没有饭吃，却不顾自己的病痛，就将自己身上仅有的二十两银子给了我们这个村的老祖宗，以度山民饥荒。乾隆看到文官正处重病危困之中，既不能骑马，又不能步行，只好含泪将其留在我们的村子，让我们的先祖照料。待乾隆回到朝廷派人来接这位文官时，文官已经离开了人世。祖先们就把他安葬在这座山的山顶上，于是就叫这山“纱帽山”，后来就叫这村“纱帽坪村”。只要站到山对面去看，就可以看出这座山就像过去朝廷文武百官头上戴的纱帽一样……

此后，纱帽坪的人们再也不去纱帽山上砍柴了。如今的纱帽山古木参天、葱茏繁茂，乡土文化的源泉正孕育着纱帽坪红薯产业的兴旺，红薯粉丝这一古老传统产品在乡土文化元素的滋养下脱颖而出，享誉北京、上海、深圳、广州等全国各地。纱帽山上正勃发着乡村振兴的生机活力。

（发表于2022年《边城晚报·副刊》）

小溪流动的风景

一条涓涓细流滋润着小村的千年文脉，流淌着烟火升腾、子孙繁衍、田园丰饶、万物繁茂，更是流淌着温暖与祥和。

小溪洞出峰头峦怀的密林深处，汇万淙声韵、聚千涧山泉，曲曲弯弯、弯弯曲曲，弯出了万千泉眼清流，洞开了千万岩窝石穴；曲曲折折，折出了一条婉转悠扬的流泉长沟；折折曲曲，曲出了一条细波荡漾、潮涌跌宕的长浪溪流。悠悠扬扬的波音浪声和着溪浪烟云里的雀鸟莺啼，孕育了两岸的葱茏林木，把溪床的石头流出了透明的五彩缤纷；把鲜美的芳草流出了亮眼的碧绿青翠。水波欢笑，浪声悠长。

小时候，目睹一夜春雨千山浪，百壑波涌万溪潮；丝雨轻飞迎红日，木排树筒旋涡摇。顽皮的孩儿们都会闹着要妈妈牵手溪岸，看爷爷、爸爸在洪水中放排时，双脚呈八字形，稳立木排之上，衣袖高高挽起，赤露手臂、背披蓑衣、手挥竹篙的英武形象。妈妈们也自然会欢笑着向父亲送去祝福，向丈夫投去牵挂的目光。柔柔软软的心窝啊，可要装下这条崎岖山溪的险滩洪浪。溪流有多少弯道、多少坝潭、多少悬崖、多少旋涡，多少滩头激流、多少长潭巨浪，都在妈妈们的心窝里漩流激荡……

“回来啦，回来啦！爷爷回来啦！爸爸回来啦！”牵着娃儿的妈妈在门前打望，惊呼着娃儿：“山娃，你看，爷爷的竹篙上挑着蓑衣和斗笠，爸爸的竹篙上挑着一块大猪肉啊！我山娃有肉吃啦，有肉吃啦！”妈妈对着山娃的脸蛋重重地吻了两下，撒娇的欢笑声从山娃的口水里滴落，妈妈更是笑进了心窝。

在山娃和妈妈的笑声中，爷爷和爸爸已跨进了大门。

“爷爷！爸爸！都回来了！”山娃欢喜的高喊声应山应湾，那山里的清脆童音久久地撩拨着山湾里的人家，撩拨着青山绿浪、溪流细波，更是撩拨着爷爷爸爸和妈妈的心灵暖流……

因为放排的山民也偶有被洪潮吞食、被旋涡淹没，留下的只有门前守望的妻儿，泪入潮流，把生离死别的割舍泪泉滴成长长的丝线，牵向恶涛浪尖，牵向长空的尽头，那相濡以沫的身影啊，从此模糊滴干在泪眼的深处。

因此，山娃的妈妈不顾身边的阿公与山娃，情潮决堤般一头扎进了丈夫那浪翻波涌的胸怀，放声大哭……

健壮的双臂轻轻扶起妻子那柔软的身子，双手抹着妻子的泪脸，瞬间，一朵出水芙蓉的俏丽融进了丈夫的双目。

“放心吧，我和爹爹都不会有事的，这不是好好地回来了吗！”妻子的两个拳头，在娇滴的笑声中雨点似的擂响了丈夫的胸膛……

一条小溪流淌着小村的千年文脉，流淌着山民生活的甜酸苦辣。如今不再在洪浪中放排闯险了，洪潮旋涡、坝潭悬崖、险滩长浪所颠簸的悲剧不再重演。公路村村通、山坡机耕道，车辆运输、农田机耕，绿水青山、花木芬芳。美丽乡村的景象在洪潮里跌宕，在清波中流淌。下游电站蓄出的潭水湖面波光荡漾，细浪涟漪；白鹭展翅，飞出林海，划出了江流一道道迷人的景色，金黄的脚爪、洁白的翅羽，轻点拍打着江面，激起朵朵翻飞的浪花，波峰浪尖的奇景在白鹭的翅羽间飞荡流淌；两岸的群山如万马奔腾，连绵长空，舞动着烟云的姿容，江浪的声韵；农舍村庄，白墙红瓦，建在山前水上；猪狗牛羊、鹅兔鸡鸭，流连村边池塘，门前翠竹摇曳，屋后绿浪翻腾；竹林里的竹鸡嘎嘎呼唤着同伴，布谷的啼鸣唤醒了春天的生机，百灵鸟奇迹般飞进了大山，婉转的歌声和着金鸡的啼音，迎来了春天的黎明，还有画眉、喜鹊、野鸡和许多不知名的鸟儿，都把鹅黄的蓓蕾啼成了花朵，把浅黄的叶儿叫成了绿荫……

一条小溪哟，流淌着大山的生命季节，流淌着勃发的春天激情，浪漫着花瓣的滴滴清露，波涌着花蕊的摇荡心旌。大山欢腾的绿浪动情着小溪的笑容，大山深情的激流温暖着小溪的心灵。大山在小溪里流淌，小溪把大山装下。古老的村庄哟，澎湃着时代的旋律，把山上翻卷的绿浪、把田野蓬勃的葱茏、把大地拱动的生机、把山民欢悦的眉眼，统统汇成了小溪流动的风景，锦波画浪，诗意跳跃，荡漾远方。

（发表于2023年12月30日《长沙晚报·副刊》）

两口古井

两口古井装下了一个村庄，装下了 1200 多个生命的源泉，装下了苦辣甘甜的生活滋味，更装下了小村源远流长的历史文脉。

两口古井，一口在下村，紧贴屋脚、依偎溪流，把柳丝与桂花映照清香，把岩坎与石板润滋鲜亮。落到井眼的级级石阶，以健壮旺盛的精力扛起半个村庄的重量，承担万千足迹的生命记忆。

那个年代是有记忆的年代。井里泉水汪汪，既是傍溪流水，又是村庄的低处，所以水流丰满。但因水井不深，水位自然较浅，时常供不应求。母亲为了儿女们能喝上清净的井水，只好在夜晚借着月明星光或摸着黑夜挑水，有时为了一担水，母亲要被气得暗暗流泪。原因是我的祖人从麻阳的山角落讨米逃荒而流落此地的半山腰中，颠沛流离于新中国成立后，才下山分得地主的一间房屋，喝上了这口古井里的水。个别村人借自己的某些势力竟说出了：“这个水井姓刘，是溆浦搬来的刘，你是麻阳刘，不能喝这个水井的水，只能去溪里挑水……”母亲不做任何理论，就去溪里挑水了。所以才有了在月夜与黑夜里去偷水。若偶尔碰上村人，就马上提起水桶，让其先打水挑走之后，母亲再将水桶伸进水井。由于担惊受怕，匆忙打水，自然就将浮动的沉淀泥沙也挑回了家。父亲发现问题后，细细追问母亲：“为什么要半夜三更去挑水，又为什么都是泥巴水？”开始母亲隐瞒了真相，怕引起更大的矛盾。后来父亲亲自去挑了几次水，隐约听到个别村民的议论，父亲明白了。

母亲轻轻地对父亲说：“你是大队书记，不要管这点儿小事，看她能把‘麻阳刘’的话说得多久。”后来在一次社员大会上，父亲还是说出了一句坚硬的话：“我们都是中国刘，中国只有一个刘，中国土地上的一切资源都是中国的……”当时全场的掌声使母亲松了一口气。后来，关于“麻阳刘”的议论慢慢消失了。

另一口水井在上村。上村人较少，兴旺的井水自然富裕。峰腰峦怀的岩脚深处镶嵌着这汪清泉，嵌出了智慧祖宗的眼光，嵌出了一道深久的风景。井坎上长着一棵常青的刺树，不知道是先有树后有井，还是先有井后有树，村人众说纷纭、莫衷一是。枝叶丰茂的刺树常年荫庇着这口汪泉清流，荫庇着井坎井沿的青苔，荫庇着挑水、洗菜的村人形影，更荫庇着村人心波起伏的笑浪……

由于自家住房窄小拥挤，父亲在上村的菜园里建了一栋新房。当时那个饥饿的年代要建一栋房子多难啊，真的是用多少汗水与心血筑成的柱头、方片、壁板、青瓦……后来，我写了一篇题为《父亲的房子和我》的文章，发表在《散文选刊》上，还获得了一个奖。于是，我们搬进了新房，自然就搬到了上村。就在那一年，上村的井里掉进了一只小狗，父亲发现了，就亲自领头组织几个村民，连夜打着火把，义务将水井彻底淘洗了一次。第二天早上，井水清澈见底，汩汩流淌的清泉重新波动涟漪，映照着村人欢悦的笑脸。村人纷纷赞誉着："还是老书记厉害啊，淘出了一口中国井。"父亲朗笑着对村人说："不管上村下村，我们都是中国村，无论下井上井，都是一个中国井，我们都同喝中国井的水啊……"如今，家家户户的水缸里满盈着自来水，但是，村人们依然难以割舍冬暖夏凉的古井水。

（发表于1997年《怀化日报·副刊》）

清波浪花里的村庄

坐落于波光流霞的烟云深处，掩映在绿浪轻柔的岸柳丛中，这便是荡漾于沅江浪花里的诗意古村——辰溪县柿溪乡溪口村。一块“湖南省美丽乡村示范村”的岩石标牌高高地稳立于村口桥头，闪亮了水上人家，辉映着江流波澜，把绿树红花、楼宇秀阁、亭台水榭、家园道路和全村1400多村民的容颜映照得光鲜亮丽。

步入村口，一排色彩淡雅的水墨文化墙，深藏着一个美丽乡村的缩影。从“村情简介中”发现：溪口村历史悠久，文物古迹罕见。不但有距今6000多年的史前贝丘遗址，又有保存完好的东汉时期所建的伏波庙宇，还有历史悠远的回龙庵、张氏宗祠、唐万福庙堂等。从“村规民约”和张氏宗祠里的“百忍堂”“大戏台”“张氏家训”“教子中堂”的内容中，可见其渗透了乡土文化的根脉源泉和智慧灵光。文化之根，根在家家中堂的敬祖神龛，根在家训家风的骨肉筋络，根在中堂教子、枕头教妻的血脉深情，根在孝敬父母、和睦乡邻的慈怀善德与义道仁爱之中……

明亮的溪口大院，两条主道呈十字形将村院割成四块，整齐划一的设计式样，高矮一致的楼层建筑，规格统一的门窗风向，色调共同的花格铁栏大门，一切都在蓬勃着鲜美、庄严、古色古香、春意盎然的绿色生命的风韵。当我们走进农家，握着乡亲们热流滚烫的双手，望着张张沐浴春风的笑脸，看到室内崭新亮堂的家具，我们由衷地感叹，真的要感谢党的政策好哟！

今天，我站在这片历史文脉与红色文风飘洒的天地间，仿佛听到当年红军队伍长途跋涉的足音，又仿佛听到“朝发枉渚兮，夕宿辰阳”屈子的行吟，还有那沈从文先生的小船也仿佛在此一缕晨曦的朝霞里撑篙起航了……

我享受着眼前和煦温暖的阳光，饱览着碧绿清澈的江水和山花一样明媚的村姑笑脸；从新修公路与新架大桥的耳语交流中，从柔和的清风与新居楼房门窗的亲吻处，从娃娃们的蹦跳欢笑中和乡亲们感激的笑容眉眼间，我深深地掂量到祖国怀抱的无限温暖和古村新貌所呈现的生机活力。

越江岸前行，三面玉带环流、群山拥抱，显然一个水外有山、山外有水，山水照映、风光秀丽的小岛。这是下游的电站蓄出的湖水江流，山荡澜波、浪拍峰峦，山水融合的美丽乡村美丽了乡村人民的美丽生活。在新时代乡村建设的步伐中，溪口已确立实行乡村产业与乡村治理一体两翼，融合发展的战略。依托独立的区位优势与资源禀赋，开启打造山地田园综合体的全新实践。以度假休闲、康养、水产养殖、采摘、蔬菜种植、婚庆花园等几大功能区域规划发展。流转土地 1000 余亩，建成了百果香园，黄桃、葡萄、柑橘、冬桃、香梨、火龙果等数十种水果都在成熟生长，绿树红果满园，香飘水上人间。全程开启守正创新、重教淳风、文明守法、优秀媳妇、典范公婆、文明院落等常年评选活动，谱写了新时代村规民约、产业发展、传统文化、人文元素、环境幽雅的动人诗篇。

伫立浪漫江岸，徜徉绿色长廊，远望，婀娜的白云与啼鸣的群鸟在蓝天与波光中欢舞；近看，岸柳葱茏、野花飘香，翻腾的绿浪拍打着江面的水波，涌起朵朵欢笑的浪花。枝头的小鸟把林间的绿叶翻动，歌吟着雌雄亲昵的濡耳乐音。远山绿林、江浪风流，百果飘香、花草鲜美，融汇于此，荡漾出江南水乡的迷人画卷。一块高大的石头如同一幅艺术的图画耸立江畔，“溪口驿”三个行书大字烙印其中，可见溪口的繁华历史。果然，石碑的另一面深刻着诗人王昌龄《送吴十九往沅陵》的诗篇：“沅江流水到辰阳，溪口逢君驿路长。远谪谁知望雷雨，明年春水共还乡。”要是王昌龄今日再渡溪口，眼前的十里画廊、山间的甘甜百果、复兴的乡土文化、迷人的山水风光，又将会使他写出多少壮丽的诗篇，描绘出多少激荡人心的诗意画卷呢？

清波荡漾的村庄啊，正翻卷着崭新的时代图景。浪花闪烁，江流悠长……

（发表于2024年8月5日《怀化日报·副刊》）

第三辑

泥土心曲

泥土的心曲，吟唱着世间万物的生命，辽阔宽厚的胸怀温暖着大地人间。地久天长的一曲厚重深沉的心曲，婉转悠扬着天长地久……

跪拜泥土

远远望见父亲的背影，我心中充满了喜悦。

那是20世纪80年代初，我参加工作的头一年。当时，我在县里本乡之外的一个乡镇中学里教书。因刚参加工作，尚未婚配，一般情况每周末都要回家一次。此次回家正值秋季，是栽种油菜时节，可想父亲一定会在田间忙碌，因此，我没有直接回家，而是直奔自家责任田而去。

穿过一窝窝深深的田垄，再越梯形田坎层层上爬，又步入转过来折过去弯曲而行的田埂，父亲的背影已近距离嵌入眼帘了。我眨了眨眼，突然发现父亲是跪在泥土上的。哎呀，莫非父亲的腰疾发作？他穿着那件已被汗水浸染泛黄的白色短袖汗衫，低着头、躬着腰，佝偻着瘦小的身子，似乎缩成了一团。屁股是坐在双脚后跟上的，双脚脚背和膝盖紧紧贴在泥土上。身子的重量几乎落在膝盖和脚后跟上了。他非常认真地，右手扬起一把短小的锄头，左手握着一株油菜苗。右手用力挖一锄下去将土坯翻转来，再用锄锋反复将泥土扎碎推散，又细心地将油菜苗的根理直摆正种进细末的泥土里，还用双手手指合拢在油菜苗的根脚处将泥土轻轻按紧，而后用锄头轻轻敲打两下，这样才算种好了一株。

父亲的身子随着右手用力举锄微微起伏，扬起来又弯下去，弯下去又扬起来。看样子实在有些累了，他又用右手的小锄头抵住泥土停一停，紧握锄把，直起手臂，撑起腰杆歇口气，又埋头继续了。眼前的这个身影，单薄而执拗、瘦弱而坚韧，如一颗闪烁的火苗，在阵阵的秋风里颤抖。

我呆呆地痴望着，双目灼热，泪盈满眶。此时的父亲还没有发现我的到来，我更加害怕惊吓了父亲，不敢放声哭喊，只好强忍着心头的酸痛，从颤抖的喉管里挤压出三个字：“爹爹呀！”我再也忍不住哭出了声，颗颗泪珠如颗颗石头从脸上滚落……

又一个春季的周末，我回到家中。

天未亮，母亲就叫醒了我，说："楚儿啊，爹已经去秧田扯秧了，今天要栽那丘大田，爹想让你多睡会儿就先去了。""哎呀！"我心里一惊，"爹不是腰痛吗？怎么不叫我一声？"爹是腰痛，可他那股蛮劲谁拦得住？还不是忍痛啊！"母亲的话语流露出一丝心痛的责怪，既像是责怪爹，又像是责怪我。

去往秧田的路上铺满了厚厚的月辉。我抬头望天，一轮满月把整个小小的山村映照得透亮。这是下夜的月光，更是黎明前的辉煌。满脑子想象着父亲的背影，就如同眼前的月光，指引着我前进的方向，把我的前路照亮。

我疾步行走在溪畔蜿蜒的小路上，清清脆脆的流水声如同母亲的话音，在我的心灵里滋滋地流动，阵阵不知停歇的蛙鸣如同敲击着密集的鼓点，在我的耳边嘹亮。月光下的一片秧田绿油闪亮，在沐浴着春夜的缕缕清风里，翻涌着层层绿浪，不断地、悄悄地与溪流相伴，浪向远方。

几处羊肠弯曲的田埂，把我急速的脚步引向了秧苗田角。风拂秧苗起伏的绿波中，正起伏闪动着父亲的背影，眼前的情景又一次使我惊呆了。父亲的背后已留下了长串的秧垛，都是用稻草扎紧的一条一条的秧垛。一条秧垛是四拍秧苗组成的。扯秧的时候是双手同时下水，用五指紧贴泥土，摸着秧苗的根和泥托出，待双手握满了秧苗时再托出水面，洗去泥土。如此，一手一拍，待扯满四拍便合成一条秧垛。这都是父亲后来细心教导我的。此时，我数了数父亲背后，已扯好 50 多条秧垛了。按农人扯秧的一般时间来说，最快也要 4 至 5 分钟一条，可父亲扯秧最长的时间也只需两分钟一条，可见父亲扯秧的速度要超出常人的一倍。

待我想仔细观察一下父亲的动作时，又突然发现父亲是双脚跪在秧田里，屁股仍是坐在双脚的后跟上，身子随着双手扯秧的动作微微起伏，低着头、躬着腰，如一团紧缩的泥土凸在田间，又如一块圆圆的石头半淹水中，整个下身全被泥水淹没。一会儿又抽出半只脚，用膝盖顶住胸部，似乎缓过一口气，又似乎轻松一下弯曲的腰杆，一会儿又从泥水中抽出另外半只脚，膝盖仍是顶住胸部。就这样双脚换过去又换过来，跪下去又抽出来，抽出来又跪下去，但我从未听到父亲的半声呻吟和叹息。

我木然抖立田角，痴睹着父亲的背影，实在忍不住双泪俱下，泪流在父亲的背影里，泪落在秧苗的叶尖上，更如同清波涌荡的溪流饱含着父亲艰辛的心血，浸透了这春夜里明明朗朗的月光。

父亲常对村民说：泥土是需要跪拜的。我们跪拜泥土如同我们对共产党的忠诚，只有跪拜泥土才能获得泥土的养育。村前土地堂上的对联告诉我们："土能生万物，地可发千祥。"

当了32年村支书的父亲啊，如今已永久地跪拜在泥土里了。我的父亲呀！我的泥土！我心灵的深处将永远扎下一个跪拜泥土的鲜活灵魂。

（发表于2021年1月22日《湖南日报·湘江周刊·湘韵》，获全国散文年评二等奖）

果红大地

云搅雾缠的群山峰峦在海拔千米的高处直耸蓝天，阡陌交错的山地果园红绿了大片绵延的山脉，层层梯地满载着绿树红果向天空攀登，朵朵白云彩霞把绿浪红波捧入怀中。一位大山的汉子稳立果园峰巅，举头仰望，对着长空高呼："我的果子熟了！"他张开双臂，拥抱着风云雨雾，对着群山高呼，"我的山地红啦！"他俯首山下，对着合作社农场高喊，"兄弟们，快上山顶来呀，上面的水蜜桃红透啦！"

此时此刻，我已爬上了云雾缭绕、树绿果红、色彩斑斓的思牛湾。在听到这位汉子高高的声音在山湾里回荡的同时，我又听到了山那边飘来的歌声："阿哥爬上思牛湾，思牛湾里桃果鲜。要是阿哥爱鲜桃，乡妹陪哥到明天。"我听出了歌声里那灵魂深处的滋味，这是用山歌调唱出的湘西民歌风味。情意绵绵的歌声撩拨着我激动的心弦，迫使我按捺不住对着那歌声传出的密林深处也亮开了歌喉："乡妹陪哥到明天，哥将登上山峰巅。满坡甜桃哥全收，送去天涯海角边。"歌声还在坡岭上回响，山那边的风景又更加动人了。

突然，一群漂亮的山里姑娘从山湾的桃林里蜂拥而起，带着欢笑的声浪，翻腾奔涌而来，把我们 5 个作协会员团团围住。她们每人手里提着装满殷红且洗净的果子，个个被塞进了我们的口中，真的让你张口难闭、闭口必张，非吃不可。

这就是湖南省辰溪县谭家场思牛湾生态农业科技开发基地，正在火红的七月里火红啦！黄桃、水蜜桃，累累硕果随着梯形的山峦层层堆上峰顶、垒向天边，被果实压弯的条条树枝如同条条驼背果农的汉子，低着头，默默地耕耘于树下。果子满浴着滴滴露珠，如烈日下驼汉裸露背间的汗粒，颗颗滚淌滴落泥土里。拳头大小的堆堆圆滚红黄，把丛丛绿叶拱动，露出满满的灿烂笑容，如青春丰满的少女脸蛋，鲜嫩而红润，惹得你想亲想吻，欲捧欲吃。

哪知道那独立峰顶对着长天吆喝的汉子就是农场的法人代表张茂爱，于

2014年投资1200多万元在此半山腰中，舞云弄雾、开山拓土，流转荒山土地2800多亩，创建了辰溪县谭家场思牛湾生态农业科技开发基地。种植黄桃、水蜜桃1500多亩，松杉及各种杂木1300多亩，碧绿了这座大山、红遍了这方土地。3万多棵红黄桃树撑起朵朵绿云红霞，铺满长空，翻腾层层绿浪云烟，波连蓝天。熟透的桃果映红了山地泥土，脆嫩的果肉香甜了五湖四海。火车、汽车把鲜果运往四面八方，电商平台将香甜送进千家万户。近3年来，思牛湾农场共生产鲜桃两百多万公斤，年收入300多万元，其中桃果收入200多万元，养鸡收入100多万元。常年固定安排贫困户用工20多人，临时用工每年500多人，每年为全场工人发放工资120多万元。3年为全乡5村200多贫困户共分红利37万多元。每当张茂爱把红利送到贫困户手里时，个个无不感激涕流。尤其年近花甲的张茂七，其妻患过严重脑膜炎，已成有智力障碍，生活无法自理，全家3人，全靠农场每年发放35000多元抚养全家。张茂爱以无限慈怀善良的大爱之心养育着众多的贫困人员及其子女，用挚诚的爱心和深厚的真情温暖着大山中的贫困人们。

我们沿着盘山而行的机耕道步入了桃林深处。串串透红的桃果碰到肩头，厚实实、沉甸甸，仿佛碰开了我们怒放的心花。我紧紧地拉着身边这位个头墩厚、肤色红黑的汉子张茂爱，如同拉着一棵枝繁果丰的桃树。我问："张总啊，你这种桃果为何红得如此透亮？而果肉又为何如此的脆甜？"憨厚的张总露出憨厚的笑容说："刘老师呀！这个一言难尽啊！主要是源于品种、土质、阳光、气候，加之施肥和管理，我们这大山峰顶的土质和气温是比较特殊的。早晚温差极大，终年烟雾弥漫。但只要太阳一亮眼，就会照到这个山头，向阳的一面果子透红脆香，背阴的一面果子鲜嫩水甜。商家特别喜欢我们的果子呀，每年开园不到半个月，两百多万公斤就被一抢而空了……"难怪呀，这里姑娘们的脸蛋如同这红透的桃果，鲜嫩而红润。这是大山灵气的养育，还是香甜桃果的滋润？

落日的余晖把满山映照得通红辉煌。下山的路口列着一排让你意外而更是恋恋难舍的温柔笑脸，含笑脆亮的声音又一次起伏飘荡，萦绕耳际："阿哥下坡慢慢走，细看弯路有石头。别忘乡妹山歌情，红果鲜桃甜心中。"甜美的歌声伴随夕阳的落晖，似乎摇动了满山的桃树红果，摇动着我们的心潮情浪，我禁不住心头的激情灵动，当以歌声回敬："阿哥下坡脚难走，回望金色满山头。乡妹歌声传天涯，红果鲜桃甜九州。"

"大哥的歌声真棒呀！下次一定再来啊！"

满山的歌声、满山的笑声，如同激水滩头的浪花，不停地打湿着我的视线、滋润着我的思念。当我再一次回首思牛湾，更是满眼辉映桃林、果红大地。

（发表于2020年8月14日《湖南日报·湘江周刊·湘韵》，后被“掌上长沙”与《潇湘晨报》转载）

走失灵魂的乡村

乡村是我的老家。那儿有我重叠的深深浅浅的脚印，长长短短的时日、高高低低的话音、轻轻重重的叹息……因而我的思绪和灵魂常常游走在老家乡村的山山水水里，同乡村的心脉合拍，与乡村的灵魂同步。于是与老家乡村母体上紧紧牵系的那根脐带已永久地深扎在老家乡村的土地里。

父亲说，过去的老家是两间茅房和一个土洞（人工挖的储藏红薯的土洞）。有一天，祖父的一杆旱烟烧掉了两间茅房，全家人只好挤在那个土洞里，好长的一段日子后才又搭建起那两间茅房。父亲还说，那时的山林丰茂、植被深厚，满坡满岭都是松杉和杂树。大的松树，一棵要两人合抱，一棵大的杉树直径也有两尺多。但无论是山林还是田地都不是我们家的，我们家仅能种点儿当地人废弃的荒地，以此为生。因为我的祖父是从外乡讨米逃荒而来，最终落脚于那半山腰中的深山老林里。

我记忆中的乡村，已是父亲、母亲当家作主的乡村，我们住上了自己的瓦屋木房，种上了自己的山林田地。菜园里绿油油的青菜、白菜、大蒜、萝卜、大葱、香葱……在母亲辛劳的身子下蓬勃着繁茂，个个鲜嫩。山地紫红辣椒满树满枝的，茂绿的红薯藤叶一行一行的，大片大片的苞谷、高粱和黄豆……那是父亲艰辛的锄头和着颗颗汗珠写出的诗行。村后有一片高大的古枫，枝繁叶茂、参天蔽日。每年春夏之季，白鹭群飞，结队而来，筑巢于古枫的枝叶之间。那嘎嘎的叫声如同天使的呼唤，那扇动的翅膀如同翻飞的白云，一片绿海白帆，浪卷帆影，排空腾飞，声色景美蔚为壮观。可是乡村的顽童们时常裸露着脚板爬上古枫的枝丫，去白鹭的巢窝里取蛋，我也因此被父亲和母亲打骂得屁滚尿流。村里有经验的老者为了保护白鹭生儿育女，便砍来大堆的荆条竹枝捆绑在枫树蔸上。若有破荆而上树者，一来会被挂得皮破血流，二来会被挨打受罚，于是再淘气的顽童也就望而却步了。

那时的乡村，家家户户都养有猪、牛、羊、兔、猫、狗、鸡、鸭、鹅，尤其是鸡鸭居多。禾场菜园、山边地角、溪岸篱笆，无处不有鸡群觅食撒欢；溪床坝潭、泥田水塘，无处不有鹅鸭呷泥游玩。还有部分村民坚持每年喂养母猪，所产的猪仔基本都是在乡村里自销，多余的就被送到街市上去销售，抢手得很呢！

村前有一湾清亮的小溪，鲜活而透明。每年春水过后，夏夜的溪流里，鱼虾欢跃，尤其是白鱼婆、红旗子（鱼的名称）都纷纷列队而游、成群而聚，在坝潭里转悠嬉戏，在沙滩上展翅冲浪。虾子与螃蟹也争先爬出石洞岩窝，来到沙滩和水草边乘凉。

今天，我又回到老家乡村，故乡的情景的确变了许多，两条翻山越岭的车路早已修通，如今还铺成了水泥公路，一条通向辰溪，一条连着溆浦。昔日一排排低矮的木瓦房已变成了一幢幢气派的砖瓦房，网络覆盖了整个村庄，乡亲们白天劳作后，晚上也能像城里人一样看电视节目、上网聊天、看新闻……生活质量逐渐提升。

走进村院，放眼望去，乡村生出的许多变化在让人惊喜的同时，又令人忧心。村里的青壮年大多背井离乡，外出打工，三五年过去了，背井离乡的人依然奔波远方。留守的都是老人和儿童。村里的老房子大多已破败不堪，依稀还有两幢清末的建筑，雕梁画栋、飞檐走阁，鸟雀花草窗格，显得格外珍贵。可是在新修的幢幢楼房面前，这两幢摇摇欲坠的陈年古屋又显得逊色了许多。我爬上屋后的那座山顶，纵观四面环山的村落，心头陡然震颤。先前的大树森林，茂密的植被、葱茏的绿色、芳香的山花、灿烂的春色，都消失在光秃秃的、一片灰暗而焦黄的坡土上……即使我拨开芭茅，寻找到几株似乎新栽不久的树苗，也被杂草荆棘所淹没。我痛心地叹息，没有大山和森林、没有绿色和野花、没有高山流水、没有峡谷深潭、没有飞禽走兽、没有鸟鸣虫啾……哪有美丽的乡村呢？

我又来到儿时的溪边，眼前的景观更令我目光呆傻。本是春水旺季，为何溪水如此瘦弱？旧时清亮透明的流水，洁净亮丽的沙滩卵石都被矿山混浊的泥浆所浸染。两岸鲜美的芳草全被坛坛罐罐、玻璃酒瓶，红红绿绿的塑料袋以及柴草泥沙、果皮等，这些源源不断的生活垃圾、污水所葬埋。坝潭被泥沙填平，溪床渐渐增高，溪边婀娜多姿的杨柳、戏水展翅的小鸟、点水旋飞的蜻蜓、轻游撒欢的鱼虾以及许多自然景观，全都消失在遥远的梦中了……我又一次深深地叹息：没有小桥流水、没有清亮溪流、没有溪岸花草、没有鱼欢鸟啼……又哪有美丽的乡村呢？

我沿着田园小径迈步村前，目光所及，公路两边的稻田也建起了民房。这可是水源充足的上等稻田啊！我走着走着，脚步越来越沉重起来。眼前的许多稻田正在荒芜中蔓延，更有许多山地在蔓延着荒芜。我心灵的重重叹息啊，也仿佛走进了蔓延的荒芜之中。我再一次在心灵深处发问：没有田园风光、没有山地庄稼、没有春耕冬种、没有夏催秋收，那美丽的乡村又在何方？

我久久地伫立在村口，这个令我千思万念的乡村，岂能是失去灵魂的乡村呢？我遥望远方，耳边似又响起隆隆的机械轰鸣，一块块乡村的土地正在被农村城市化的大刀阔斧所切割。真正创造人类财富的乡村人和真正属于乡村人的灵魂又将走向何方？我多么渴望能走进唐诗宋词和古老中国画画卷中的乡村风韵里。

（发表于2010年9月6日《边城晚报·副刊》）

仰望大坡头

峰岭穿云破雾，峦脉蜿蜒连绵。辰沅公路主道间分出的一条仅容一辆车行的水泥公路，平行 10 里余外再弯曲而上，行至田地合欢、群峰拥抱的山头上戛然而止，这就是辰溪板桥乡坪里村大坡头。一座气势宏大，四层欧式建筑，造价 600 多万元的山野别墅巍然坐落于大坡头的胸怀里。

车至别墅外墙大门处，我迫不及待地跳下车，第一眼看到的是一块被修整得光滑闪亮的巨石上的四个红色篆书大字——李府庄园。秋日的阳光在红色的字眼上辉映闪烁，温润着我的眼帘，看着看着，眼里的字形如同刻在拉锯式的镜头里渐渐地被放大、放大。缓过神来，眼前两丈多高的电动铁栏大门分向两边，金龙彩凤的鲜活图案凸铸于大门两边的外墙上，金黄的颜色如同皇宫图彩，映亮了这座坡头。

步入庄院，一块开阔的平地上芳草鲜美，枝繁叶茂的名贵乔木陪伴着两行成林的桂花树，正值秋高气爽，绿波跌宕，翠色诱人。淡黄的桂花清香飘荡，亦在庭院的空气中弥漫轻流，一个个小巧玲珑的红色灯笼在绿林的枝叶间闪烁，一树一树，精致高雅、璀璨绚丽，其景养眼、其色悦目，疑心是走进了童话世界。草坪的弯道处，一棵绿叶繁茂的老樟树下，是一座新修的小巧而精致的土地堂。那石砖、石柱，那翘檐、瓦楞，都是过了细錾子的麻卵石块砌成的。土地堂内是雕塑得炯炯有神的土地神像，金鼎香炉里正袅袅升腾着纸钱香烟，于绿荫枝叶间与云雾同舞，与秋风撒欢。草坪的尽头是一个小型的篮球运动场，橡胶地面、钢制球架，球场两边设有条石坐凳，单杠、双杠、吊床、藤椅。草坪边角处还设置了别致的大理石小圆桌、鼓儿岩凳……

护栏沿石阶转弯而上，是别墅二楼中堂门前的露天楼台，白玉石栏杆，可移动的藤椅、藤桌静候于楼台之上。护栏沿线的花钵里有泥土养育的玉兰红花，与楼下的桂花吐芳，自然贴合，一同呼吸，香气扑鼻，的确如同身在幽谷、心在自然，沉浸于清风芬芳的滋润之中。步入中堂，令人震惊，即使运用“金碧辉煌”一词也不足以形容这里的华丽景致。中堂顶头壁上安有家仙神盒，两盏长明神灯闪亮光耀，纸钱微燃，香烟缭绕，金色香炉别致耀眼。神盒下八张广式红木靠椅排列两边向堂中伸延，四壁均为大理石封砌，吊顶为金黄色银边线条、五盏金色大吊灯分布于中间和四角，灯光齐明，富丽堂皇。中堂右侧洞开着两扇镀金铁门。一处是高雅的客厅，其间一方长条藤皮合制的沙发，据主人介绍这是一条较大的沙发。其他的雅座茶几，茶杯烟缸以及一切设施都是那样华贵艳丽。另一处是餐厅厨房，餐桌是由洁白的大理石制成，5 米多长，红木靠凳 38 张，排列于餐桌两旁，红白相间，既显出质朴的古风，又显出现代的气息。厨房的一切设备就更现代化了。两位煮饭炒菜的山里姑娘脸上堆满了笑容，细看那无声的眉眼之间吐露的情意，可知姑娘应该是主人的小妹或亲属。

旋梯而上，到了三楼，便是住房楼。据了解，主人有健在的父母，有兄弟 3 人，还有姐有妹。这里每间住房均为套间，客厅、卧室、卫生间的一切设施全是现代化，鲜亮夺目，看上去令人眼花缭乱、耳目一新。再上一层就是宾客入住的四楼，清一色的宾馆式的客房真有点儿诱人心眼。主人真诚地对我说：“请文人老兄今后常来这里做客吧，看看我的花草，看看我的林木……”

随着主人的导引回到一楼，右转弯傍山拾级而上，再平行数十步拐弯处，一座修新的八角凉亭耸立于别墅后院的石壁悬崖之上。临亭观景，上下高悬，苍松翠柏，枝繁叶绿，的确惊人眼目、动人心魄。转头上行，启开铁门，穿墙而过，一座更加高大的八角亭巍然屹立。主人说：“这就是大坡头的坡顶啦。”啊，四面环山，峰峦重叠，林木葱茏，鸟语花香。凉亭的四周均为人工种植的花草乔木，更有自然天成的奇石翠竹。眺望远方，重峦叠嶂，于陡峭中充满阳刚雄峻的气势，在天地间独立着雄健挺拔的风骨。再看山脚处，是一湾碧波清流，如玉带细浪，荡漾在开阔的坪地田野间。人立亭中，心入佳境，此情此景本应是春天的景情，可此时此地是秋天的春天啦！

正值我思驰神往之时，主人拍拍我的肩膀：“老兄呀，我俩坐坐吧！”我缓过神来，尚未坐定，就感叹着由衷地对主人说：“李董呀，真正有作为的人，是对社会作出贡献的人，你的确是事业有成、作为非凡啊！我早有所知，你为汶川地震捐献了 120 多万元，当然这只是其一，更多的是你为全县的大型建设、教育事业、慈善事业、税费增收和县域经济的振兴都作出了较大的贡献。尤其是你为改变乡村面貌，引领百姓创业致富立下了汗马功劳。”

“哪里哪里，我李志春也是从贫困艰难中走过来的，能有今天的光景，全靠党的政策和地方政府的支持以及乡邻百姓的帮助……”是啊，志春从小就摸爬滚打在煤洞里，他的身子还没有煤炭背篓那么高的时候，就背起了背煤的背篓，日日夜夜跟随着父辈们，背着朝露下井，背着晚霞回家。细小的身子坚挺在背篓的下面，白嫩的肤色隐藏在煤尘黑亮的深处，艰辛在煤洞的垱头，重复着，汗水从背篓的篾缝里滴落。志春他是在煤洞里、背篓中踏着辛酸的血和泪，慢慢滚大而成为今天的董事长。

“算了算了，好汉莫论当年勇，如今莫谈昔日穷。老兄呀，今天请你来是想请你为我的新居落成和这两个凉亭竣工做几副对联并请你书写，后天是我选定的接客请酒之日，很多朋友乡亲要来，这对联是少不了的呀！”

“哎呀！感谢李董的看重，这个任务我难以担当呀，我的字是不能登大雅之堂的，还是另请高手吧！”

“别谦虚啦，我已请定你了，我知道你是我们县里的文化名人，县委书记都请你写字，在老弟面前你还要推辞什么？劳烦你帮忙了。”

“千万别这么说，名人是虚假的，文人也不够标准，只能算个穷书生。难得李董如此诚意，恭敬不如从命，只有献丑了。”

楹联创作和书写，我的确不是内行，只在修炼之中，偶尔所作，勉强出手，也投合了一些观众的胃口，故登门索字者时而有之，这只能是普通人的普通眼光了。

下坡的路上，我深深地感受到，总有一股花香甜润的瀑流从坡头上悄然流泻，而后在清风中萧然飘散，使草木沉醉、鸟雀怡然。我急切地思索着联语的字眼，脑海里跳动着这样的词句：“山水发奇观彩凤金龙旋地轴；庭院生瑞气玉兰宝树茁天葩。”横批：“地灵人杰”，可做外墙大门之联。“华厦落成吉星高照千秋业；宏基永固旭日长延万代荣。”横批：“金玉满堂”，可做中堂之联。我把联语读给李董听，他说：“你老兄搞的不会差的，10副对联由你定吧！”

我重返外墙大门口，用无限崇敬的心情久久地仰望着这座别致的别墅，仰望着巍峨的大坡头和那两座雕梁画栋、飞檐流霞、鸟语绕阁的八角凉亭。我静静地、深情地思索着：一个极其平凡的贫困农家之子，用渴望的汗水、用追求的心血、用奋斗的智慧，在贫瘠的土地上创造蓬勃，在绝望的阴河里开拓希望，在高峰、悬崖险要处插满了极不平凡的理想的旗帜。如今、这位已过不惑之年的湘西汉子如秋天般成熟，火热质朴、坚强奉献、独具慧智，然而更如同大坡头不乏温情脉脉的胸怀……

至此，我站在秋阳温润的这方热土上，再一次昂首仰望着高大坡头，心头再一次涌起了波涛潮澜。

（发表于2011年11月24日《怀化日报·副刊》）

大树下的村庄

一棵4人合抱有余的参天古枫矗立在道光屯村头山坳的风口处。水桶粗壮的老枝层层向四面弯曲伸展，手臂般大小的分枝上下八方昂然张扬，大枝出小枝、粗枝分细枝，枝繁叶茂，撑出大片浓浓的绿荫，把这片蓝天和太阳遮蔽得严严实实。大树抵御着酷暑严寒，遮挡着风雨霜雪，年年月月眷顾着这方村民物产、这方鸟兽禽畜，见证着这方山水枯荣、这方风景变化。

辰溪县道光屯村确属身在深闺人未识的古老山村。这里不但有道光屯，还有柘木屯、王羊屯。古老“三屯”，一屯一村，间距五里之遥。有史记载，汉以后就有“屯”的称谓，“三屯”之称源于明初，当朝出兵“五溪”征蛮，在此屯兵。可见其史之悠久古老、其山之边远高深，的确是深藏在海拔千米之上的峰峦重叠，林密丛深的烟云深处。

道光屯属“三屯”大村，亦是通往县城的出口。自谭家场乡驱车盘山蜿蜒而上、穿云破雾，在青枝绿叶的牵缠中爬上峰顶，再越过连绵山弯，稍有落坡处便是平地道光屯。车停了，人轻了，跳下车来，极目四望，如入云霄仙境，一幅云蒸霞蔚的立体画卷铺展眼前。大树下的村庄就散落在这山上的山边，山边的山脚、山脚的山弯、山弯的山岭、山岭的山坳、山坳的山头处。我伫立大树之下，纵目远眺，心中顿生“群山生足下，云气漫胸前”的无限慨叹。眼下，四面的层层山脉仍在起伏绵延，大大小小的樟树乔木托着瓜棚藤蔓高高低低、疏疏密密地错落在大大小小、密密疏疏的自然村庄里，浓浓淡淡的团团绿荫在淡淡浓浓的烟云中缠绵依恋。如同幅幅水墨画活泼在田园、山间、村庄的上空。虽然时过中秋，可田埂山道旁仍有繁茂的青草，也有紫蓝黄橙的野花，更有青青翠竹浓绿在屋前院后，与远山的松林碧翠遥相呼应。近处见几片橘林柿树叶黄果熟，金黄的橘子、鲜红的柿果如同红黄相间的小小灯笼，高高地挂在叶蒂枝头，在秋阳的映照下，一幅艳丽耀眼的图画鲜活地画在村庄的瓦屋白墙上。

漫步村头，见一位双目失明的老者拄杖前行，我急忙上前扶起老者的手，拉上了几句家常：“老伯哎，你住哪儿呀？生活还好吗？”

“哎呀，好多啦好多啦，特别是近 3 年来，变化可大哟，先前的土墙茅屋换上了砖墙瓦房，生活呀，荤菜不断、粮钱足用，我们村的潘书记还经常上门来为我们残疾人量血压检查身体呢，感谢政府，感谢潘书记哟！”“呵，村书记还会量血压呀？”“哎呀！你是哪里来的贵客呀，不晓得吧？我们村书记既是书记又是医生，这十里八村的百姓都要来这里求医，还有百里路外的溆浦县的人也要来这里治病，他是一个好支书也是一个好医生，还经常为特困户免费治病的。”

村人的话语使我感动不已，这里远离县乡，天边村庄的百姓求医是何等艰难啊，一位村支书能有如此的技术特长和善待村民的慈怀，真的把党和政府的温暖注入了百姓的心田。

步出村外，有牧童遥指：“对面山脚处的那湾渠水像一条小溪，比城里的河水强多了。”我急切地跑了过去，确见一渠哗哗清流如玉带环山而走，如甘露滋养风物。这满渠轻轻漾起的涟漪波浪，流淌在这云海深处，实属人间天上珍奇的风景。难怪这田园花草、山边树木、土地庄稼都长得如此丰茂而鲜嫩，就连那收割后的禾蔸根上也抽出了嫩苗。眼前的山水田园、风物景情，陡然使我想起了古人的诗语：“问渠那得清如许？为有源头活水来。”我向同行的本乡邓光权老师和潘远学老师探问：“这活水源头在何处？”“哎呀，这水的来路可远哟，是从 5 里之外山洞的阴河里引来的，听说村支书花了很大的代价，引领村民修复了这条早已报废的水渠，真的不易啊。”

我站在清泉曲弯的渠沿上，胸中涌起了“岭树重遮千里目，渠水曲似九回肠”的感慨。说话间，潘家明支书已站到了我的身边：“对不起，刘老师，我是到后山里板桥垅给村民打针去了，听邓老师打电话说有位写文章的老师要来，我一直在盼望哟，辛苦啦，辛苦啦！”握手间，我感受到潘书记的手掌长满了老茧，结实的身子敦厚朴实，黑红的脸膛透出健康，话语轻声、言辞简单，像是一位吃苦耐劳的人。

“今年呀，全靠这渠水，全村有 400 多亩粮田获得了满收，1800 人的大村就有 1500 多人受益，还有人畜饮水也是从这儿分出去的。”潘支书轻轻慢慢地说，他的话语如同这清清的山泉，滋润清凉着我的心田。

“老师，能去学校看看吗？”我从潘支书说话时的眼神里看到他那祈盼心切的目光。

一块宽大的水泥操坪护着高高的围墙，钢制标准篮球架配上两边的高杆灯，在边远乡村小学里有这样的球场确是全县屈指难数的。学校老师告诉我："多亏了村党支部的艰苦努力，一身灰尘一身泥的操场已成历史。"是啊，活蹦乱跳的儿童们正在洁净的地板上轻松快乐地玩耍着。

回到大树下的路途中，又突然有了新的发现，一片花团锦簇的花台正置村口的分路处，两条硬化的水泥公路坦然延去，一条通向辰溪，一条连着溆浦。公路两旁花木草丛生机蓬勃，与山边的葱茏林木、村庄的楼宇秀阁、田园的碧草沃土、水渠的清泉绿波相映成画，一片诗情画意。

大树下的村庄啊，温暖清凉在大树的怀抱里，如同大树一样，头顶蓝天白云，根扎丰饶沃土，在风霜冰雪中生长，在阳光雨露里碧绿。

（先发表于 2013 年 11 月 20 日《怀化日报·副刊》，后发表于《边城晚报·副刊》）

溪口库区记

上午的阳光还灿烂地照着这片刚刚被洪水吞噬的土地。未过中午，突然下起了稠密的细雨，村庄的三面高山峭壁便变得朦胧起来，就连村前脚下的这条九曲回肠的沅水河也只能听到退潮时洪浪的喧嚣，看不清它真实的容颜。这是 2008 年 5 月的一天，我随同县委洪灾调查组来到了遭受洪灾的辰溪县柿溪乡溪口村，也就是大洑潭水电站的库区。

这场百年未遇的洪潮大浪，把这里山地的庄稼、田野的禾苗，以及溪河两岸的农舍、果林、菜园全都吞没卷走了，留下的只是倒塌的房屋、摧翻的树根，满目累累伤痕。断墙瓦片间悲伤的灾民们只好栖身于政府应急办临时安排的工棚茅舍里。

5 天调查结束，离开溪口的那一天，我抹去泪水对乡亲们说："我一定会再来这里的。"

今天，我真的来了，黎明的朝阳从沅水河面上、清波细浪间升腾，田间、山巅荡漾着阳光的暖流。溪口金鼎坪，这是我上次来时曾踏过的烂泥石堆的荒草地，当时被洪潮洗劫后悬挂在残枝巴茅蔸上衣物的影子至今仍深印在脑海里。

今天，金鼎坪的一栋栋小楼拔地而起，沅江比往日更加碧透和幽静。屋后的群山连绵起伏，林木葱茏，库区江面水波荡漾，金鼎坪温暖在绿水青山间。仔细看去，这楼房的建筑并不简单，仿古式的基石线条、半圆形镀铜花格铁栏大门、飞檐斗拱的民族风格，的确让人耳目一新、精神振奋。乡亲们说，应急办和当地政府到省城长沙中南设计院请设计师设计了八套图纸方案，经广大转移群众的共同商议，最终采纳了第二套方案。"从群众中来到群众中去"，从选址、设计、建设、搬迁，不到 3 年时间，仅柿溪一个乡就完成了 6 个安置点，共 260 户，1400 多人。

到溪口的大院子，途经一座全长 200 多米，横跨溪流的钢筋水泥大桥。

桥下一条流程百里的柿溪从这儿注入沅江，沅水流域的潭水滩浪如今已积蓄成大洑潭水电站的一片汪洋。一条流淌着清泉的管道从此穿行而过，泉水汩汩流入300多户的新村农家。工程建设时，建设队伍日夜苦战，应急工作组的成员们顶着严冬的寒冷，冒着风霜雨雪，走村串寨，挑灯熬夜召开村组会议，听取群众意见。

这里还有一条新修的公路，全长80公里，沿着沅水河流的走向，弯弯曲曲如同一条飘舞的云带，以库区为起点，途经修溪的清波浪、马泥湾，柿溪的溪口、曾家冲、傅家湾、柳溪，上溯溆浦大江口直至库区的尽头。因为有了这条公路，串起了库区的村村寨寨和山山水水，溪口村才引来了6000多万元的投资，这里将建造一座星级旅游休闲农庄。同时，乡村领导决定在此建造100亩晒红烟种植基地、100亩特色葡萄种植园地，还将在库区新造1700亩油茶基地以及种植金银花与试点网箱养鱼，山上水下多种行业全面发展。看到一望无际的晒红烟和油茶基地时，我们的心胸也和当地乡亲们一样豁然开朗。

溪口大院子新建的农庄是库区一处最亮眼的民居，三面玉带环流，江面群山环绕，是一个山外有水、水外有山、山水照映、风光秀丽的小岛。一条小城镇式的标准马路从村中穿过，四条人行道将新村分割成四块。整齐新颖的设计式样、统一规格的门窗、花格的铁栏大门，一切都是这样生机蓬勃。走进农家，望着张张饱经风霜的笑脸，看着室内崭新的家具与娃娃们的蹦跳欢笑，我深深地被感动，为祖国的巨大凝聚力而自豪。

（发表于2012年9月15日《人民日报·作品副刊》）

雪境

一场铺天盖地的大雪将周围封得一个严严实实。只是一夜的工夫，就建造了一个洁白无瑕、纯净高雅的银色天堂，可见天公的神力是如此惊心动魄。如此的大色调、大境界、大领域、大胸怀，把一个世界紧紧地装下。一个整体合一，一个天成自然的人类大境纯净洁白于天地之间。这是天地之力、自然之力。

好久没有遇见如此的雪境了，触景今日，使思绪走进了记忆的深处。

童年时期，曾不止一次见过这样的雪境，正如同童年的心境一样，彻彻底底的全是深厚的洁白。堆雪人、打雪仗、摇树枝、敲竹竿，洁白的言谈举止、洁白的心灵情感，点点滴滴全洒落在雪境里。

一个红衣女娃的衣领里被一个男孩灌进一个雪球，冷得女娃泪流满面，颗颗洁白的泪珠融进了缠绵的雪境，更融进了我们男孩的心灵。于是我与那个顽童一同拉着女娃的手来到火塘边，轻轻脱去她的棉衣，再脱去她那湿润的内衫，再给其穿上棉衣又安抚其坐在火塘边。我与顽童双手扯开她的内衫，细心地、慢慢地将其烘干，又细心地、慢慢地为她穿上。女娃笑了，笑得如同一朵含苞欲放的白梅，那洁白天真的笑意又重新闪动在双眸之间，那圆圆鲜嫩的脸蛋又红润得灿烂起来。伙伴们又欢乐地扑进了雪境。

几只小狗从雪境中走来，印出朵朵盛开的白梅，没有斑点，没有瑕疵。一群小鸟从雪境的上空展翅划过，落在枝叶之间的雪上，那树那枝仿佛在静候这群精灵的到来，没有丝毫的摆动，只有小鸟落脚之处的几片小小的雪花飞落，消融在偌大的雪境里，没有身影、没有踪迹。牧童牵来一头大黄牯，到溪边放水（落雪天，牛儿被关在栏中，要定时牵出来饮水）。如镜的溪流水面仿佛酣睡的醉汉，仰卧于雪境之中，任凭干渴的黄牯伸出长长的脖颈，大快痛饮。牛蹄踏进雪地深处，一路扬起纷飞的雪花，分明显眼的蹄印在大雪的飞舞中又很快地被覆盖淹没了，又是一个银色的世界嵌在银色的境域里。

鹅鸭在溪面上游动欢唱，鲜活着静流的溪床，那婉转曲流之处，自然发出自由自在、悠悠扬扬的淙淙泉音，久久地缠绵着静悄悄的境界。田园、山川、森林，全都依偎在洁白的胸怀里，静听着优美动人的流泉吟唱。

今日这场大雪已扎实下了两天两夜，真是百年难遇的奇观。过去虽有这样的景情，可今日如此飘洒猛烈，如此积堆深厚，如此热烈的壮景，实属古今罕见。街道路口全被积雪填平，分不清哪高哪低，道路两旁的绿树全然已成银枝玉叶。厚厚的雪垛重重地积压在枝叶之上，枝枝叶叶不断地弯向地面，再弯向地面，翻出了朵朵大大小小轰轰烈烈的雪梅。远山峻岭、连绵峰峦全都悄然失影，满眼银蛇起舞，万里素装。高楼与平房、瓦房与茅屋、大街与小巷、公路与山道、城市与乡村、高山与平地，自然万物，天地之间浑然一体。

棉团锦簇飘满天，玉树银花开遍地。这是天公的伟力，这是自然的大爱，使人间处处平坦，使世间万物洁白。

大雪仍在纷纷扬扬、热烈地下着，天公已被人间感动，他要下出一个公正和谐的人间，更要下出一个洁白如玉的世界。

（发表于2011年2月9日《怀化日报·副刊》）

稻花鱼肥稻谷香

一条激荡奔涌的滔滔沅江呈九曲回肠之势，凿谷穿山而来，澎湃至此。正是锦江投入沅水怀抱的臂弯处，便孕生了一个辰阳，长成了一个辰溪。于是才有了楚国时的三闾大夫、中国杰出的伟大爱国诗人屈老先生的“朝发枉渚兮，夕宿辰阳”的诗篇。而不废万古的清流沅江滋养着两岸的青山大地和肥美的粮田，更哺育出一座古老而生机勃发的小小山城，便是中国稻花鱼之乡——辰溪。

正值初秋骄阳火热之际，我赶上了中国辰溪第三届稻花鱼文化旅游节，直奔辰溪县田湾镇辰溪稻田公园而去。

在莽莽群山、峰峦叠起的山怀水抱之中，在省道 S223 线贯穿的田湾境内，酝酿了一片稻谷飘香的平原沃土。

穿过一道瓜藤缠绕的竹篱荫棚，大片绿黄相间的稻浪正在秋风里翻腾，似乎拍打着远山的苍翠。半绿半黄的禾叶如同溪流两岸蓬勃茂盛的芭茅，锋芒直立，橙黄的稻穗恰似成熟的高粱，躬着头，沉沉甸甸的。颗颗稻谷如同颗颗碎金，在秋阳里闪烁亮眼、摇曳有声。大片的稻田里全都梳理开出了条条细长的水沟。这时候，只见二指或三指并拢大小的个个鱼儿从禾蔸边、从水草根、从脚窝的浅水里，露着黄黄的背、摆着红红的尾、鼓着亮亮的鳃、张着白白的嘴，击水哗哗而来，游入条条水沟。这就是我 40 年前见到的正宗的故乡稻花鱼。

小时候目睹父亲喂养稻花鱼的情景。最初，正当禾苗转青发蔸之际，就从走村串寨、跋山涉水挑担卖鱼苗人的鱼盆里，按多少钱一碗，一碗一碗地连水带鱼舀起来再倒入禾田里。这时的鱼苗最大的不过筷子尖，小的也就只有香杆子那样粗细。鱼儿在稻田里吃草、吃虫、吃稻花粉，至少要生活 5 个月。若到了春天，遇到大雨涨水，必须去田间巡视。因鱼儿要抢生水，必然满田蹦跳，有的要跳上田埂，有的要跳出田埂，跳到另一丘田里去。直到金秋的这个季节时，才能长成今天这样大小的鱼儿，才能在田间开沟放鱼，乡村人们俗称“放黄禾鱼”。这就是当地人们说的“一水两用，一田双收”的稻花鱼。

稻花鱼既可鲜吃，亦可腌制，还可制成火烤稻花鱼。鲜吃，肉质细嫩鲜甜，如伴上生姜、大蒜、鲜红绿椒炒煮，其汤汁尤为开胃明目、润肠通便；若调和糯米粉制成腌鱼，掩藏于土罐坛子里，可保存一至三年，那酸爽而柔糯的滋味，真是美味可口，实属下酒的绝配；而火烤稻花鱼的那种脆香爽口的味道更使食客流连忘返，就连那些外国朋友食了也要高高竖起大拇指，连连称赞：“OK！ OK！”这就是湖南的味道，是湘西的味道，更是辰溪的味道。据当地文人介绍，辰溪稻花鱼养殖历史悠久。清代乾隆年间，辰溪稻花鱼就曾进贡朝廷。清道光《辰溪县志》记载：“禾花鱼，田中小鱼，以气化者……”千年的辰溪人们啊，聚天地之灵气，吸稻田之精华，用勤劳和智慧创造了“以稻养鱼、以鱼育稻”生态环保的鱼米之乡。如今“辰溪稻花鱼”已誉满中华，辰溪稻田养鱼核心面积已达 3 万余亩，总面积已达 15 万余亩，惠及贫困人口 24700 多人。致富一方的稻花鱼已日夜鲜活在辰溪人民的心中了。

我沿着饱满的索索稻谷依依牵挂的田埂，朝田间纵横交错开沟的水路远远望去，群群游客正在稻田里参加捉鱼比赛。偶尔有游客双手紧抓活鱼，兴奋地举过头顶，全忘了那泥水滴落满身，染得衣衫块块泛黄。那激情、那情趣如同欢乐而肥美的鱼儿，顺着水沟跳跃畅游而来。我顺便问到身边的一位正在卖鱼的农妇，她姓石，2021 年，她养了 5 亩田的稻花鱼，可收鱼 500 多斤，近两天已卖出 200 多斤，收入 4000 余元。她感慨万千地说：“赶上党的好政策，村里几乎人人都在喂养稻花鱼，乡亲们脱贫致富真的有了奔头……”说话间正好走来一位个头结实的中年人，卖鱼的妇人告诉我，“这就是我们村的石书记，是他带领我们家家户户喂养稻花鱼。”田湾村支书石绍建介绍说：“稻田养鱼生态环保，比单种水稻每亩纯利润增加 2000 多元，非常适合农户规模养殖，是帮助贫困户脱贫致富的好路子。”

我徜徉在稻浪起伏的田园风光里，陶醉于鱼肥稻香的丰收美景中，目睹农民兄弟担担箩筐里活蹦乱跳的稻花鱼，我的思绪、我的激情和着农民兄弟脸上的笑容，正如同稻田的泥水间、水沟里、箩筐中的稻花鱼，鲜活而跳跃。

（发表于2021年10月15日《湖南日报·湘江周刊·湘韵》）

倾听春天的声音

群山峰峦在春天的声音里长高，把绿色铺展蓝天，连绵山脉在春天的声音里起舞，把舞姿献给江河。江河在欢笑，浪花在飞腾，是春天的声音在翻涌跌宕。万木在生长，枝叶在繁茂，山花在春天的呼唤中烂漫。群鸟在林间欢跃，伴随春天的歌吟；蜜蜂在花间轻唱，用春天的声音酿造甜蜜。山谷幽深、溪潭沉醉，是春天的声音把它唤醒；沟壑纵横，涧水浅唱，是春天的声音在流动。

桃花儿灿烂，灿烂在春天的声音里；李花儿洁白，洁白在春天的歌声中。樱花紫红、茶花艳红、月季鲜红……烂漫山花扑面开，万花怒放都在春天温暖的声音中。

竹笋在山弯里破土，拔节的音响与春天的声音同韵，把青枝翠叶伸向天空的蔚蓝。野菜捧出朵朵鲜嫩，那是春天声音的滋润，把串串闪亮的露珠融汇。

布谷声嘶力竭、昼夜难眠，把春天的声音传递；百灵拍翅欢歌、翘首侧耳，把春天的声音倾听；喜鹊登立高枝，“喳喳，喳喳”，与春天的声音应和；春燕展翅沐风，在春天的声音里衔泥筑窝……百鹊同飞、万鸟齐鸣，歌唱在春天的声音里。

牛儿发出哞哞长音，与山坡上的绿草亲昵。羊儿在蜿蜒崎岖的山路上奔跑，洒一路欢乐铃声。猪崽正掀动栏栅，蹦出圈栏，欢跳在竹林菜园，喜蹦天地馋食着鲜嫩菜叶。鹅鸭在溪床上咯咯嘎嘎，拍翅追赶。欢乐的溪水，笑动着细波漪涟。鱼儿游进了深潭，在潭中团团打转，仿佛也在会聚，会聚在这温暖的春天。

农人把田地梳理，将泥土翻耕，灌进田垄的哗哗水声仿佛在追赶春天的声音。护农的“红盾”闪烁在田野上，把农资检测，将农人牵挂，只为把春天的声音解答。庄稼人动情地说：“感谢党中央，感谢工商管理局。”牧童在山野里把牛鞭高悬，一个甩鞭响在牛屁股，跃身便坐上牛背，与牛儿一同撒欢，听春天的声音，看春天的景色。

娃儿们上学了，小小的书包装满了春天的声音、装满了梦想、装满了憧憬。他们把歌声撒在上学的路上，将心声融进春天的声音里。老师走上了讲台，用智慧的目光温暖着学子，将书中的理想注入学子的心灵。琅琅的读书声传向窗外，与春天的声音合拍……

满蓄浪潮的电站正打开闸门，春天的声音已翻涌着滚滚春潮，浩荡奔流。

“坚持中国道路，弘扬中国精神，凝聚中国力量……继续为实现中华民族伟大复兴的中国梦而努力奋斗。”这是共和国领导者发出的春天的声音，是坦诚和自信把人民的心灵点亮，是刚毅和坚定将民族的责任担当。

万物在春天的声音里复苏，婴儿在春天的声音里长大。春天的声音闪烁着无限的温暖和光亮，春天的声音蕴含着无穷的生机和力量。

（发表于2013年3月28日《边城晚报·副刊》）

再回小村

我的老家是一个古老的小村，有800多年的历史了。村后有一座小山，其形似过去朝廷文武百官头戴的纱帽，故名纱帽坪。小村虽小，但风景诱人。四面环山、群峰迭起，大小山丘，均为森林覆盖。一条清亮的小溪如同一曲欢歌乐音，从村前流过，把群山和田野蜿蜒得亮丽精彩。溪流两岸芳草鲜美、野花飘香，四季吸引着外乡人流连忘返。儿时在溪边放牛，常常俯卧草坪闻香，仰躺沙滩望天。酷暑炎阳之时，便一头扎进坝潭，钻到水底，双手伸进岩洞里摸鱼。

小村是依山而建，两条大路呈十字形从村中穿过，将小村割成四块。祖先也很讲究，将呈竖形的中间那条主道，一头系着村口小溪上那座建了又修、修了又建的古老木板桥，一头沿石阶而上，伸向山顶的那条山路。

小村最热闹的去处，就是村口溪坎上的那棵大樟树下。记得生产队时，樟树下就是社员出工前集合的地方。夏夜月光融融，村里的老人和妇女小孩都会一手摇着蒲扇，一手提着小凳到树下纳凉，诉说旧闻趣事。而我却伴着那盏古老的桐油灯在老屋里读书、写字。母亲守护着我，一会儿用被凉水浸湿的毛巾擦去我额头和背间的汗水，一会儿用蒲扇为我生风驱蚊。我非常理解母亲只想儿能走出大山的心思。

生活在小村的人们每天都要上山下田，禾苗抽穗、稻谷入仓都牵缠着小村人们勤劳的双手，也牵缠着他们心中的苦乐。

我虽然离开了老家，走出了那条弯弯的山道，但始终走不出那条山道，走不出小村老家的门槛。

一年夏季，我又回到了老家，记忆中的老家似乎没有多大的改变，但又让人感觉无时无刻不在变。那天夜里，我来到村口那棵大樟树下，碧绿的樟树叶筛下的月光星星点点、亮亮闪闪，一阵阵微风从村口灌进，使人感觉缕缕清凉拂满全身，白天浑身的汗水就在这明月清风里荡然无存。我独立村口，只觉得好静好静、好凉好凉。先前的景观已不复存在：小凳、藤椅，男女老幼，坐着躺着，在这儿享受月光和凉风，在这儿诉说有趣的话题，此情此景已经远去。现在已有了纳凉的空调，亦有了解渴的冰水，电视机里的节目比樟树下的夜话更加精彩，难怪我走遍了村头村尾、桥头溪边，再也看不到村民的聚会。

今天的小村已变了许多，上千人的烟火让这块天地热闹非凡。村院里的两条大路铺上了清光闪亮的水泥，代替了先前那残缺不齐的石阶；两根长长的水管牵来了村后大山里的清泉，把全村的家家户户都滋润得鲜活；挑水的扁担和水桶都被藏到屋后，那水桶上的棕绳、扁担上的铁钩便成了家庭的“文物”。村前那座写尽了沧桑风雨的木板桥已经作古，矗立的是一座石拱水泥大桥。两条乡级公路坦然延去，一条通向辰溪，一条连着溆浦。村民的心思和梦想伴随着弯弯曲曲的公路伸向外面的世界。进厂打工、进城开店、开车运输，把钞票捞回小村，把外面的姑娘接进小村。走在老家的小村里，沿着穿过小村的那条水泥大路爬上山顶，沿着桥下的溪流环绕半边村院，沿着两条公路走向村外的山坳，我好像失去了什么，又好像发现了什么。溪边的芳草野花和溪潭里的鱼虾，路边的古树森林和林间的小鸟，许多自然风景都已消失在遥远的梦中了，而生发出许多现实的问题正等待着我们去思考。小村的人们是善良而勤劳的，是具有与时俱进的智慧的，他们正走向一个明天的村庄。

（原载 2005 年 1 月 8 日《人民日报·副刊作品版》，获中国散文学会举办的全国散文大赛一等奖）

第四辑

文史脉波

擦亮文眼，窥探史文，让文脉滋润灵魂，用文韵启迪智慧。领悟文史，让人生走向更加高远的坦途。

登岳阳楼

正值中秋骄阳，国庆那天的午后，我怀着虔诚而崇敬的心情，迎着火热的阳光，又一次登上了岳阳楼。

在人头攒动的三层楼顶凭栏远眺，“上下天光，一碧万顷”的洞庭波澜从眼底激情奔涌而来：“衔远山，吞长江，浩浩汤汤，横无际涯。”烟波浩渺的江流自心灵的窗口涌进心潮，久久翻腾在“先天下之忧而忧，后天下之乐而乐”的波峰浪谷上。浪声滔天，波涌云海。

5 年前曾登临斯楼，那是一个偶然的机会，从京城会后，跟随中国作协、散文学会的几位老师来到岳阳楼。当时的心情不知从何说起，总觉无以言表，一种惶恐不安的心绪时时摇晃跌宕在慌张的神情举止之中，那是因为一个小小的业余文艺作者跟随着文学大家的脚步，哪能迈得出稳健步伐呢？！5 年的深深印迹，总把一个岳阳楼的轮廓烙进了心灵。纵有千思万虑，始终不敢启笔，藏进心灵深处的话语时时跌宕在洞庭波涌的浪尖上。

今天与本地文友专程前往，欣登此楼，心情自然是快乐轻松了许多。但节日的脚步与涌动的人流于楼廊阶梯间不容些许停留，只有登上楼顶即下楼层。

心头早有念思，此行岳阳楼，定要认真拜登双公祠，于是我单枪匹马，拨开人群，挤进祠堂。迎面铜像神座便是滕子京与范仲淹两位先贤，从滕子京的首形神色中，可见是在向当年同举进士的学友倾吐心曲、诉说私情。我恭敬地久立铜像前，静默谒拜、深深鞠躬。周围的人群见到我虔诚的神情，也随之鞠躬跪拜起来。

滕子京，系北宋时河南洛阳人，为当朝政治家、文学家，革新派人物之一。据《宋史》载：其自幼研读经史，慧智捷敏、博学多才。后与范仲淹于大中祥符八年（1015）同中进士，经范仲淹荐举召试学士院。从此，有雄才大略的滕子京登上了政治舞台。史学研究者认为，滕子京是一个不太循规蹈矩的人。也有当朝京官认为："滕子京负大才，为众所嫉。"在多次被人陷害中，幸得范仲淹、欧阳修等人的竭力营救。但滕子京终因得罪朝廷的重臣要员，而被谪守于远离"庙堂"的"江湖之远"，来到了范仲淹《岳阳楼记》中的巴陵郡城。

一位忧国忧民、正直有为的京城名臣滕子京，在谪守巴陵郡后，他没有消沉于逆境之中，更没有抱怨于"庙堂"之外，而是精神振作、心志昂扬，励精图治、深入民情、贴近民心，将巴陵郡整治得"政通人和，百废俱兴"。滕子京独立岳阳楼上，目睹破损不堪的情景，他感慨万千。他以为江山胜景"莫不兴于仁智之心，废于愚俗之手"。与其"窃以为天下郡国，非有山水瑰异者不为胜，山水非有楼观登览者不为显，楼观非有文字称记者不为久，文字非出于雄才巨卿者不成著"。于是，便有了"越明年，政通人和，百废俱兴。乃重修岳阳楼，增其旧制，刻唐贤今人诗赋于其上"。选用了 78 首唐代名诗标注于楼廊栋梁之间。滕子京在巴陵郡不到 3 年，就重修了岳阳楼，真不愧为一位有远见卓识的名臣。史载："子京云：落其成，待痛饮一场，凭栏大恸数十声而已。"此种情感的流露，充分说明岳阳楼的成功重建凝结了滕子京的多少汗水心血。于是，庆历六年（1046）六月十五日，滕子京亲笔书信《与范经略求记书》一封，并请来著名画家精细绘作《洞庭秋晚图》，一并派人专程送到当朝的文学、政治、军事大家范仲淹手中，请其为岳阳楼重修作记。

范仲淹接到书信与画图，为之大振，酝酿良久，奋笔疾书，写下了千古名篇《岳阳楼记》。全文 360 余字，字字珠玑、文情并茂、内容博大、哲理精深、气势磅礴、语言铿锵。一时间，其文声贯世，广为传诵。岳阳楼从此誉满江南、绝冠天下。于是，岳阳楼竣工之日，滕子京登上层楼，凭栏远眺，欣喜若狂、万千感慨、激情昂扬，奋笔写下了《临江仙》一词：

> 湖水连天天连水，秋来分外澄清。君山自是小蓬瀛。气蒸云梦泽，波撼岳阳城。
>
> 帝子有灵能鼓瑟，凄然依旧伤情。微闻兰芝动芳馨。曲终人不见，江上数峰青。

滕子京不仅动情于岳阳楼的声名远播，更是陶醉于《岳阳楼记》与众多诗文的文情诗意。于是于夜阑人静之时、皓月之下，他又一次翻阅诵读起《岳阳楼记》来：

……登斯楼也，则有心旷神怡，宠辱偕忘，把酒临风，其喜洋洋者矣……不以物喜，不以己悲，居庙堂之高则忧其民，处江湖之远则忧其君。是进亦忧，退亦忧。然则何时而乐耶？其必曰："先天下之忧而忧，后天下之乐而乐乎。"

读到这里，滕子京自然想起自己重修岳阳楼的艰辛历程。其间既不动用政府公款，也不直接搜刮民财，巧用智慧取之，百姓响应。故此，才有了后人评说："滕子京志大才高。"才有了司马光《涑水记闻》载之："滕子京知岳州，修岳阳楼，不用省库银，不敛于民，但榜于民间有宿债不肯偿者，献以助官，官为督之。民负债者争献之，所得近万缗，置库于厅侧，自掌之，不设主典案籍。楼成，极雄丽，所费甚广，自入者亦不鲜焉。州人不以为非，皆称其能。"又据刘原父在岳州亲眼所见其家境便作诗云："谁信专城千骑居，空斋图籍两三厨。"谁能相信曾经统率千军万马的滕太守家里，除了几橱书外空无他物。再据《宋史·滕子京传》记载："宗谅尚气，倜傥自任，好施与，及卒，无余财。"此乃充分说明其为官之清廉。缔造锦绣江山，当属君民大任，古人尚能垂范于千古，今人更需尊崇于未来。

双公祠里，流连忘返，《岳阳楼记》《洞庭湖》的浮雕屏景依然悬挂眼帘。正堂门外已传来播音回声："尊敬的游客朋友，时至下午6点，景区即将关灯锁门，为了您的旅行安全，请及时离开景区现场，明天再会……"我不敢贪婪时光，再度回到双公铜像前，又一次跪拜之后，退出堂外。数步之余，回头仰望，堂前两边那副长联书法再度夺走了我的目光，留住了我的脚步。上联是："一湖一楼一记，浮乾坤，控南北，叙乐忧，江山胜景辉映千古"；下联是："双公双绩双德，联珠璧，会风云，昭日月，文坛佳话流播九州。"从书法的行草结合展现了"刚柔并济，摇曳多姿"的书风艺格，凭我对书法的眼熟目力，猜测应该出自当代书法家，中国书法家协会原主席沈鹏的笔力书风。经查，正是如此，此作品由北京大学中文系博士生导师、《北京大学学报》原主编龙协涛教授作联，沈鹏作书。古有雄文登楼临风，今有诗联文采飞扬，中华文脉的源流啊，早已注入洞庭湖波，激起浪花涛澜，久久流淌。

岳阳楼因雄丽而光耀天下，《岳阳楼记》因文采而辉映古今。"先天下之忧而忧，后天下之乐而乐。”至此，我为之而深思：江山必由民作主，文墨必把江山捧。

拜登岳阳楼，心在楼上，情入江浪……

（发表于2022年4月《散文选刊·下半月》，获全国散文年评二等奖）

仰望岳麓书院

湘江，一条九曲回肠、源远流长的江流，奔腾不息的千古文脉在这里泛起灵光，浩瀚澎湃的激流烟波在这里涌荡着中华民族悠久的文化潮浪。多少仁人志士在文化的旋涡里潮起潮落，多少英雄儿女从文化的浪尖上走向民族振兴、世界大同。

千古不绝的江流滋养了千古不绝的湘江儿女，更滋养了如画诗意的山川大地。一座闪烁着千古文脉的文化名山，就是在这江水的滋润与孵化中，生长于江流的西岸，它叫岳麓山。名山育名寺，名寺孕名院，一座千古书院就是孕生于岳麓山的怀抱之中，它叫岳麓书院。

在绿荫掩映、江波荡漾、文脉养育的漫长岁月里，岳麓书院于历史烟云的熏陶中，在战乱烽火的环境中，历经风霜雪雨的浸润、波洗浪浴的跌宕，终于成长为中国四大书院之首、闻名世界的著名书院。于是，就在这个春日的曙光中，我独立山下，独立湘江涛浪的濡沫声中，深情地、久久地把它仰望。

赫然于中国历史上的千年学府，坐落于中国历史文化名城湖南长沙的岳麓山下，其古代传统的书院建筑风格至今风貌犹存、原样完整。个个院落、块块石碑、枚枚砖瓦、枝枝风荷，都闪烁着时光淬炼的中华民族的人文精神。

史载，唐末五代，智璇等两个和尚，崇推儒学之道，割地建房，购书办学，兴修校舍。北宋开宝九年（976），潭州太守朱洞在僧人办学的基础上，由官府捐资兴建，正式创立岳麓书院。北宋大中祥符八年（1015），宋真宗召见岳麓山长周式，御笔赐书“岳麓书院”四字门额。至1988年，岳麓书院被列为全国重点文物保护单位。

岳麓书院三面环山，正面临江，巍然静立于马蹄形的地形之中。流连书院，仿佛听到当年的马蹄奔腾、前来探访求学的嗒嗒蹄音。背山面水，后倚长龙，古木参天，浓荫蔽日，山光水色，庄重典雅。其建筑风格与自然山水

“天人合一”，孔庙建筑群、独立文庙设置与庞大的祭祀建筑空间及独特的祭祀文化是其独有的特征。书院的内部设置，从前门到赫曦台，再到大门、二门、讲堂，再至御书楼及教学斋、半学斋、湘水校经堂、先贤祠堂等，无不流淌着千古文脉的长浪波澜，尤其高度体现了尊卑有序与社会伦理道德的儒家文化。

早在南宋乾道三年（1167），一位颇有名望的学者先后两次来到书院，曾一度掀起了文化的浪潮。他不远千里启程于福建崇安，至当年9月8日抵达长沙。这就是宋明理学的代表人物之一——一代圣人朱熹。朱熹来到岳麓书院与时任书院主教的张栻展开了为期两个多月热烈的学术论辩，史称“朱张会讲”。此次岳麓之会也是南宋书院史上较早的一次会讲。从此，开创了不同学派在书院会讲的先河，掀起了岳麓书院自由讲学的风气。

绍熙四年（1193）十二月，已过花甲高龄的朱熹由丞相留正推荐出任湖南安抚使兼知潭州，再度来到阔别26年的长沙。旧地重游，今非昔比，朱张会讲的岳麓书院已是“师道陵夷，讲论废息，士气不振，议者惜之。”故此，朱熹上任后除“修武备，戢奸吏、抑豪民”外，将治教兴学作为从政的头等大事。在复兴州学之后，他将精力心血倾注于岳麓书院的整治与振兴之上，亲临讲堂执教，亲自督课督学，学为人师、行为世范。朱熹知潭州，虽年事已高，而“治郡事甚劳，夜则与诸生讲论，随问而答，略无倦色。多训以切己务实，毋厌卑近而慕高远。恳恻至到，闻者感动。”一次，朱熹来到书院采取抽签的方法让学生讲《大学》的语义，被检查的两个学生解释不清。他便和亲暖谕诸生曰：“前人建书院，本以待四方士友，相与讲学，非止为科举计。”指出书院如果不如州学，还有什么必要在州学之外另建书院呢？严肃认真、周到恳恻是朱熹的教育作风，对学生的思想、学术影响至深。因而仰慕书院的学者众多，迅速恢复了当年会讲时“座不能容”的讲堂风景。至今以碑刻留存“忠孝廉节”的朱熹手迹依然挺立于书院的讲堂之中。一股悠远的文脉流风，风流着岳麓书院的文脉。

“一楫苍江渡，千秋胜迹留。潮添湘水合，沙拥橘洲浮。道岸先登涉，文津共溯游，英英三楚地，事业企前修。”此为清代嘉庆举人李家骏题咏“朱张渡”，以诗颂当年朱张会讲之盛举。后人为了念怀朱张先贤当年会讲于书院，而常常同舟往返于湘江之中所建“朱张渡”的胜迹。可见千古朱张之渡，渡过了千古湘江，这千古风流文脉依然泛波流彩，浪潮翻涌于湘江心海。

仰望书院，我深深感受到悠久而又鲜活的文化灵光，传道千年的儒、释、道，中华优秀传统文化在这里典范融合，共存共荣、相生相顾、相得益彰，积淀形成了深厚而独具特色的岳麓文化。

仰望书院，我仿佛看到了会讲于当年两位大儒那攻学论术的辉厚身影，更看到了两位先贤孜孜以求于讲堂的神色目光。探索于论道，慧智于学子，其共同的心志与灵慧缜密契合于传道授业之中。

仰望书院，我又仿佛意会到“朱张渡”的千古文脉汇流湘江，辉映着两个身影的那缕缕晨光与片片晚霞闪烁江流，那秋霜冬雪、夏阳春风，曾一度将学术玉成冰雪，又将论道扬起风帆。文脉的春风拂过湘江，卷起诗意涛澜浩荡，文脉的根须深扎书院，滋润千古文化厚土，从而缔结了湖湘学派的主脉文风的大雅之果。于是便有了朱张联句的千古诗作：“偶泛长沙渚，振策湘山岑。烟云渺变化，宇宙穷高深。怀古壮士志，忧时君子心。寄言尘中客，莽苍谁能寻。”

江山开奇景，文脉辉千古。朱张会讲使岳麓书院的千古文脉大放异彩，使湖湘文化代表中华优秀传统文化屹立世界东方而源远流长。因此，在这块肥厚的文化沃土上，长出了一棵棵浓绿参天的大树，茁壮了一代代风流英才。

陶澍、魏源、曾国藩、左宗棠、郭嵩焘等确属一批时代大才。“中兴将相，什九湖湘。”曾、左、郭等，就是当年岳麓书院的学霸级人物。

“将相出寒门”，这一批批济世英才，大多是出身农耕之家、耕读门第的寒苦百姓。然而他们从湖湘文化的精髓里破土而出，承受着苦难的生活。在优秀传统文化的熏陶与滋养下，坚挺出生命的强音。今日的学子又将如何倔强而开放生命的花朵？如何迎接艰难，玉汝于成，不负青春韶华、不负时代重托，让最美的芳华成就最绚丽的绽放？

（发表于2023年8月2日“新湖南·湘江深度”）

沅水江上读《涉江》

幼小的时候就常跟随母亲去溆浦大江口的外婆家，而我是住在辰溪柿溪乡纱帽坪，一段遥远的山路常常是母亲拒绝我跟随的理由。可是我总是哭闹着跟母亲走，于是到了路上就只有苦了母亲，走一走背一背，背一背又走一走。

那时候连绵的大山密茂而阴森，曲折的山路蜿蜒而崎岖。爬过一座 7 里高坡再下山去，那山脚便是流淌千古的沅水河。再沿河岸 10 里山道，又上一座陡峭石头山，攀越着云雾缭绕的悬崖，步履艰难地踏着古人凿出的石阶栈道，一手扶着绝壁，一手牵着母亲，目不转睛、一步一摇、提心吊胆地越过险境。

长长的一声叹息，手麻脚软，全身乏力，如雾飘云空，如云浮江面，雾里云里坠落于溆水小河投入沅水怀抱的渡口。

踏上渡船，我的脚不知不觉一软，就倒进了船舱，幸亏渡船老板眼明手快，一手抓住了我的一只胳膊，免去了我头破血流之灾。

“哎呀！真的不得了啦，今天是屈老大夫显灵，保护了你母子平安下山，这样的险山绝壁，你们母子如何能走啊！”渡船老板长吁短叹，如今在我记忆的深处仍珍藏着他那双含泪欲滴的风霜老眼，深嵌在他充满惊叹的颜容里。

我心生疑虑：“屈老大夫是谁呀？”我问母亲。母亲说：“请渡船爷爷告诉你吧！”

“他就是当时我们楚国的爱国诗人屈原，就在江对面犁头嘴这个地方住过。”渡船爷爷告诉我说。

“楚国是什么国呀？”我又问。

“哎呀，以后去问你的老师吧。”渡船爷爷不耐烦了。

渡船划过了江面，停泊在犁头嘴上，溆浦县大江口就在眼前了。

带着对“楚国”和“屈原”的疑问，我走进了长长的学生时代。

为了获取进入屈原殿堂的门票，曾几度，我寻求了许多关于屈原的著作。仔细研读后，我发现了一个时间点：顷襄王二十一年（前 278），秦国大将白起攻陷楚国的都城郢都，远在流放江南湘沅流域中的屈原极其哀伤，便写了一首题为《哀郢》的诗，其中有“至今九年而不复”的句子。由此可见，他来到这僻远荒蛮之地已有 9 年之久没有回去过了。“九年”也许是泛指很长的时间。但有史料记载，屈原于顷襄王十二年（前 287）就来到了汨罗江畔，离郢都沦陷恰好 9 年。这时屈原已 53 岁。他是经由渡长江，入湘水，至常德、辰溪、溆浦而去的。这一时间点就让我认定了一个“证据的脉络”——司马迁曾在《报任安书》中说：“屈原放逐，乃赋《离骚》。”郭沫若先生是研究屈原的权威，他细心地读到《离骚》中有“老冉冉其将至”的诗言。郭沫若先生说：“古人七十始称为老，屈原必须至少五十岁以上才能说得出（《郭沫若全集·文学篇第五卷 328 页》）。”因此，他断定《离骚》是屈原流放湘沅时期的作品。

沿着这条“证据的脉络”探寻，《离骚》可能作于汨罗，那么我今天重读的《涉江》应该是诞生于溆浦县大江口镇的犁头嘴上。因为屈原在被流放后的漫漫途中，是先到溆浦而后去汨罗的。

从《涉江》的诗文中可以读到：“入溆浦余儃徊兮，迷不知吾所如。深林杳以冥冥兮，乃猿狖之所居。山峻高以蔽日兮，下幽晦以多雨。霰雪纷其无垠兮，云霏霏而承宇。哀吾生之无乐兮，幽独处乎山中。”进入溆浦我又仿佛迟疑起来啊，心里迷惑不知自己该去向何方。树林幽深而阴暗，这是猴子出没居住之地。险峻而高大的山岭遮住了太阳，山下阴沉而多雨。纷纷飘落的雪花一望无际啊，密布的浓云仿佛重压着屋檐。可叹我的生活毫无快乐啊，寂寞孤独地住在这荒僻的大山之中。可见，这段景物描写与犁头嘴两岸的山势、地理、气候环境的确契合，也更表现了诗人独处深山的彷徨苦闷的心情。诗人是于顷襄王二年（前 297）遭受子兰的谗言而后被流放至此，一路流离颠沛、坎坷艰辛而来，又遇如此恶劣气候和阴森的境地，怎能不使诗人的心境更加糟糕呢？明看这是诗人笔尖流露的自然环境，实则也暗喻了当时楚国的政治腐败、朝政黑暗。

再看“世混浊而莫余知兮，吾方高驰而不顾”“哀南夷之莫吾知兮，旦余济乎江湘”“忠不必用兮，贤不必以”——世道混浊没有人能了解我啊，我却昂首高视阔步而去，置之不理。可悲啊，楚国没人了解我，明早我就要渡过长江和湘水了。忠臣不一定被任用啊，贤者不一定被推荐。由此，足可印证那时当朝的腐败和黑暗，这与《离骚》所言相似，即：“怨灵修之浩荡兮，终不察夫民心。”可怜君王竟这般糊涂啊，他始终不能了解人民的心愿。

有一个场景的确使我经久难忘、铭心刻骨。那是一个深秋的夜晚，出于对沅水江流的惦念，我陪着姨父来到沅水河畔夜宿渔舟。夜籁月光清亮辉映，河风卷动乌篷，掀起阵阵凉意，我躺在舱内，借着一盏光亮微弱的煤油灯，细细地嚼着《涉江》中的字字句句。一股下夜的秋风带着月光的清凉灌进船舱，我突然感觉似乎听到了屈原大夫的叹息，仿佛还夹杂着他那心胸隐隐疼痛的抽泣，断断续续、隐隐约约。一股阴冷害怕之意涌上心头。我叫醒了姨父，问：“这里好像有人的哭声？”

“傻孩儿，这是风声和水声，哪有哭声呢？”姨父轻轻一笑，说着又睡着了。后来我才醒悟，那是夜风卷动水浪，拍打着水中的舵叶和船帮，还有乌篷竹片在风中掀动而发出的声响。这水声与风声拍打和摇动着渔舟，使我在念想中出现了一种缥缈的幻觉，正如我刚刚读到的“世混浊而莫余知兮，哀南夷之莫吾知兮，哀吾生之无乐兮”，也正吻合《离骚》中的“长太息以掩涕兮，哀民生之多艰”的心虑和文思。由此，即可洞悉作为曾任三闾大夫的朝廷官员，应该具有一定的心理承受能力。可是，屈原在此为何如此反复长叹，而且抑制不住哀伤和痛苦而悲泪满面呢？可想而知，他既是为自己的人生遭遇，也是为国家和人民的艰难而伤痛啊。

屈原说：我不能改变志向去顺从世俗啊，当然难免愁苦终生而不得志——“吾不能变心而从俗兮，固将愁苦而终穷。”

他又告诉我们：我要毫不犹豫地遵守正道啊，当然难免终身处在黑暗之中——“余将董道而不豫兮，固将重昏而终身！”屈原对自己人生的深思熟虑和无所畏惧地坦然面对遭遇的心志，又一次与《离骚》中“路漫漫其修远兮，吾将上下而求索。亦余心之所善兮，虽九死其犹未悔。虽体解吾犹未变兮，岂余心之可惩”相契合。

文学艺术创作是一种超凡而艰辛的精神劳作。当诗人进入他自己精神追求的王国，常常会走进物我两忘的意境。他那褴褛的衣衫、凌乱的长发总会伴随江边的风浪飞扬飘荡，时而长啸仰天，时而低吟俯首。他的理想、他的忧虑、他的悲愤，他的灵魂的游走和心灵深处的表白，都在这旷野江上，俯仰空间，用思想和心灵铸就了惊古震今的绚丽诗篇，为中国古代文学史注入了一笔闪光的色彩。

屈原出生于战国时楚国的一个没落贵族家庭，与楚王同姓，是古帝高阳的后裔，其父名叫伯庸。他自幼受到良好的教育，有自己的远大理想。他希望朝政清明，人民安居乐业，可是官场一片黑暗。于是，他用了“船容与而不进兮，淹回水而凝滞”来暗喻朝政如同这险滩激浪阻碍着船的行进，使船停留在回旋的水流里。

屈原遭遇忧患，苦闷愁忧，黑暗朝政不能使他施展救国的才能。致使他悲叹：自我生得不是时候啊，我满怀着忠信而不得志，只好飘然远行了。“时不当兮，怀信侘傺，忽乎吾将行兮。”他抑制不住内心的激愤，把满腔的心志倾注笔端，化成诗文，揭露黑暗、抒发情怀、呼唤民众。以形象而深刻的言语表达对黑暗的强烈憎恨，对丑恶的鞭挞。黎民百姓读了这样的诗，定会激起无限的义愤；而统治者读了，即使大权在握，也会顿生心惊胆战之感。

《涉江》对文学艺术的贡献也是不可轻视的。《诗经》中的作品很多是民间歌谣，只能算集体创作。有学者论述，屈原的出现，标志着中国的诗歌由集体歌唱进入个人独唱的时代，更树立了文学创作紧贴时代的典范。历经两千多年的时光磨炼，愈久愈见其光芒。即使立足于世界文学史的视角，屈原的《离骚》可堪称一座高峰，而《涉江》应该是这座高峰的基石。

沅水孕育了《涉江》，《涉江》壮丽了沅水。沅水是《涉江》的诗河，沅水更是一条千古流淌的文学长河。

（发表于2022年6月3日《湖南日报·湘江副刊》）

沐浴古村文墨的灵光

曾应市文联之约，参加市县两级大型采访团“走进瑶乡”之行，前往中国历史文化名村五宝田探访。早已闻名遐迩的辰溪县上蒲溪瑶族乡五宝田萧氏庄园，我竟然尚未去过，这算是我的慵懒与板滞了，因而倒有点如愿以偿之感，真应感谢市文联领导的看重与提携之情。

怀揣着对历史文化遗风的追溯与探索，我乘坐在采访的大巴车上，随着重重叠叠崎岖的山道峰峦和蜿蜒不绝的细流溪涧，心海里总在不停地荡漾着无数想象的涟漪，翻腾着无限景仰的浪花。

正值峰回路转、藤蔓缠绵、绿浪起伏的林海出口处，一湾清亮的小溪波浪闪亮，如《空山鸟语》悠扬而来。那溪浪的深处似乎流淌着千古文明的文脉，又似乎芳香着古村历史的文墨。从哗哗啦啦的流水声中，我仿佛听到了那座古村文墨的波声涛音，更仿佛看到了古村文墨的澎湃心潮。

沿溪岸迈步而上，一座古老的村院定格在我远观的目光里。一堵写满沧桑和皱纹的长长围墙严严实实地封围着一个村院，重重洁白的飞檐翘角在清一色的青瓦岚烟衬托下流光溢彩、夺目耀眼。村院里幢幢屋楼呈梯形层层上升，屋基连着屋基、瓦檐挨着瓦檐，凝聚着团结和睦的亲情，坐落于绿树掩映、山怀水抱之中。

转眼，溪流对岸的云脚山湾处，但见“兰陵别墅”的字牌题于砖墙门额，虽有云绕雾缠，但字迹尤为抢眼。墙内木楼显然换新，感觉岁月不久，气色兴旺。隔溪相望，新旧对映，天光水色，紫气升腾，总觉一股绵绵文墨的烟霞云彩在溪流与村院的上空缭绕飞腾。

步入村院的中间通道，拾级而上，两侧围墙高矗，木门洞开，一门一户，森严别致。进得门去，屋内井然有序，厢房中堂，天井阳沟，马脑火房，鲜活着清代康熙年间砖木结构的建筑风格。再看脚下细錾铺成的玉竹石板，纹路细腻、色彩养眼，脚板着地总觉一股清风凉意沁人心扉。举头仰望，更有美景惊喜写在眼前，雕梁画栋、凤舞龙飞，门楣窗格雀鸟跳跃，花卉芳草，栩栩如生，似乎看不到岁月的陈迹，但细细品读总觉一股历史文墨的灵光闪烁其间，让人思牵远古、情怀沧桑。

沿通道步矗石阶，层层登高，我突然发现在每家的门户上均有门额题字：“儒学名家”“兰陵家兴”“师俭清风”“派演天潢”“文元继世”“酂侯家声”“庆衍兰陵”……我用心细细品读，深感字眼笔力间总在生发着习习轻扬的清正家风和文墨继世、家族兴盛的清风正气。再看门额下方都有八卦图案刻印其中，寓有迂回旋环、阴阳结合、藏风聚气之意。我反复细读品味着门额字样的遒劲锋力、笔势气韵，感觉势劲清奇、豪放练达、厚重宁静、圆熟流畅。凭我的眼熟目力，似乎有清代书家何绍基的笔意。从门额横联的字意中，可以洞察其中蕴含着古村萧氏家风的某种千丝万缕的深意，并以其深厚的文化源流传承着祖先的厚意深情并寄寓着其家族的辉煌历史。我又特别久久地仰望着“派演天潢”和“酂侯家声”这两幅字迹，顿觉自己学识肤浅，颇为费解。再三思虑，这“天潢”是否指代皇家贵胄？这萧派是否源自萧姓皇族之后？这“酂侯”又是指代谁呢？“酂”为地名，古时指湖北光化一带，今指河南永城，是否指代汉相萧何？我细细翻阅历史，查后方知，“酂侯”就是刘邦给萧何的封号。“酂侯家声”就是萧氏家族的先祖唯望子孙奋发向上，将来封侯拜相，重振萧氏家声。再次仰读“文元继世”“儒学名家”“师俭清风”等联语，我的灵魂深处似乎感受到与听到了古村历史文墨的灵光辉映门第、闪烁有声。由此可见，古村昔日辉煌灿烂的文墨家风和渊源深厚的文化底蕴的确为后人所钦敬。

随同行者步出围墙大院，穿过溪桥田埂，在鸟语花香、柳丝亲抚、溪流水浪潺潺悦耳声中来到又一座封闭森严的砖墙屋楼。仰头又见门额四字横联“三余余三”。“三余余三”左读右读，正读反读都是如此，我百思不得其解，比起前面的门额题字更难理解。我询问身边的许多游客，都只是摇头无语。后面寻找到古村的一位萧姓老者才得以解读。他说：“这叫‘耕读堂’。‘三余余三’衍于耕读，是萧氏子孙必须牢记的家风，更是本族延续耕读兴家、文墨继世的精髓。‘三余’即‘冬时岁之余，夜时日之余，雨时晴之余’，告诫族人须珍惜光阴、善挤时间、加倍努力，用足‘三余’；‘余三’即‘三年之耕余一年之粮，九年之耕余三年之粮’，教育族人节俭持家、勤耕农种，以防饥荒。”“三余余三”四个字首尾照应、左右回环，其中蕴藏着耕读正心、奋发图强、光祖耀宗的深刻含义。

我环顾四周，陡然又有了新的发现：“耕读堂”上的阁楼间另设有“宝凤楼”，可见此处定是藏宝栖凤之楼阁。可以想象这“宝凤”必是指男童与女童，暗喻着萧氏家族宝凤满楼，后继有人。“宝凤楼”左右两边刻有醒目的“教养”二字。“教”字为左右结构，左孝右文，应饱含孝老爱幼，习文广识之意；“养”字应饱含修养、修身、齐家之义。加之一楼谷仓，二楼学堂，将耕读兴家的理念融入建筑，构成“耕读堂”的特别设计，使谷仓、晒楼、牛栏、火房以及农耕设备与学堂、凤楼、花园、操场融为一体。由此，充分体现了古村深厚的历史文化底蕴，更寄寓着萧氏祖先对子孙后代的殷切期望。可见，来自山东兰陵的萧氏支脉繁衍于此，筚路蓝缕，走过了数百年的风雨历程，正因这渗透血脉的文化滋润，致使古村荣誉流长、家声天下。我静静地仰望着“耕读堂”上的“教养”二字，让我又一次久久地沐浴在古村历史文墨的暖风和灵光里。

（原发表于2016年5月《怀化日报·副刊》，后发表于2024年3月15日《湖南日报·湘江周刊》）

漫步在千古诗人的心灵意境里

追溯王羲之那遥远的书风墨迹，遥望释慧远那千古幽深的佛门，踏着李白诗意情韵的脚窝，牵着白居易飘如云雾的长衫，吟诵着苏东坡那惬意动情的诗歌，破雾穿云地登上了江西九江的庐山之巅。

这是一个晴雨相依的初秋日子，我随同众人畅游于崇山峻岭，与云雾飞瀑共舞，与林涛涧水同歌，把一个自然的我融入了一个秀美奇观、醉心迷神的自然世界。

我首先是闯入了花径公园，人流已经涌入园内，我却还独立于公园门前，品读着大门两旁竖立的“花开山寺，咏留诗人”的石刻对联。我随着诗联的思路慢慢步入诗情的意境。不觉一块巨大的石碑上深刻的字迹在视域里夺目亮眼：“人间四月芳菲尽，山寺桃花始盛开。长恨春归无觅处，不知转入此中来。”这就是唐代诗人白居易的千古名句。就在这块碑石的后面建有一幢简陋小巧的草堂，掩映于茂林滴翠之中，堂前立有诗人的雕像，堂内陈列着诗人著作和后人研究诗人的论著。当我游览了草堂内外，细读了那篇《四月寻春》的诗文之后，我便自然地想起了那位寻觅春天的天才诗人白居易当年是如何生活在诗境的源泉里。如今，我非诗人，亦非春天，在这里也仿佛觅到了诗人当年那个绿树成荫、野花飘香、生机盎然的春天。

转出花径公园，脚底依然飘荡着云雾的衣裙，曲径的路面仿佛洒满了汩汩滋润，又仿佛扬起了朵朵白浪。不知不觉眼前出现了一片净如镜面的湖水，但被层层烟云锁住了视线，留在眼里的只是迷茫的朦胧和朦胧的迷茫，这就已经步入了如琴湖的意境。在这个大雅醉人的境界里，曾孕生过一个古老而感人的故事。

北宋文坛的领袖人物欧阳修不仅才学出众，而且品德高尚。在 63 岁的时候，欧阳修仍念念不忘母亲对他“画狄教子”的亲切教诲和养育之恩，于是撰写了一篇《泷冈阡表》，即墓碑碑文。这篇碑文，以真挚的情感、细腻的笔触，既记述了父亲廉洁奉公、谨慎吏事、孝顺祖母等高风亮节的品质，又颂扬了母亲治家俭朴、仁惠刚毅、胸襟宽阔等母仪贤德，其文字平易、语气舒缓，情真意切、感人肺腑，在我国古代碑志中有“千古至文”的美称。当时的欧阳修在青州境内谋得一块墨绿色大碑，并在碑石正面镌刻《泷冈阡表》，碑阴刻上《欧阳氏世次》，后运抵沙溪，立于西阳宫内，至今保存完好。欧阳修至尊至爱的真情敬孝在民间广为传颂，后来竟传出了一个动人的神话故事。其说的是欧阳修送碑乘船行至庐山脚下，夜宿鄱阳湖畔，梦见龙王要“阡表”。次日，果然龙威大显，风狂雨猛、浪涛排空，船不能行。欧阳修想起昨夜的梦，便立即叫仆人将“阡表”沉入湖中，得表的龙王连忙细读，边读边赞不绝口。当读到“祭而丰，不如养之薄也”一句时，龙王欣喜难抑、拍案叫绝，以爪圈点，连读三遍还爱不释手，不肯将“表”送回。后来，黄庭坚到庐山听说此事，愤愤不平，跑到鄱阳湖畔欧阳修当年沉碑的地方写了一篇檄文，投入湖中。龙王接到檄文，自知理亏，才命令一巨龟负碑从赣江送回永丰。直到如今，江西永丰县沙溪南凤凰山的泷冈阡表亭碑上，分明看得出几处斑驳，据说那就是当年龙王画圈时留下的抓痕。

从欧阳修这个孝母敬父的感人故事里走来，慢慢步入了苏东坡的诗情画意之中。最先，我们来到庐山西部的圆通寺，这儿留下了被历代文人所推崇的文坛巨匠苏轼多次上山的游踪，其主要原因是苏轼的父亲苏洵曾在生前常游圆通寺，并在此处结交了好几位朋友，因而苏轼前来，也是为了拜访先父的旧友。苏东坡来到圆通寺感到格外亲切，仿佛领略到了父亲的遗风，为此，他在此写下了《圆通禅院》一诗：

石耳峰头路接天，梵音堂下月临泉。
此生初饮庐山水，他日徒参雪窦禅。
袖里宝书犹未出，梦中飞盖已先传。
何人更识嵇中散，野鹤昂藏未是仙。

随着诗人的心灵意韵，踏着诗人的深深脚窝游罢东林寺，再过虎溪桥，直至千佛塔下的西林寺。至此，我不禁想象着诗人当年一跨进寺门，呈现在他眼前的悬贴于寺壁之上的诗词歌赋，闪烁着历代文人学士的精神和思想的亮光。于是东坡先生被眼前的诗意激情所感染，题诗于壁上，一首家传户诵的佳作就这样问世了。这首诗道出了历代文人和人们心中想说而又说不清的哲理。900多年过去了，它依然熠熠生辉，给后人开拓了思想和认识上的崭新境界。在学生的课堂里、在文人的著述中、在哲学家的讲台上、在游客的谈笑间，我们总能看到多少人在细细地品味，多少人在高声地诵读：

横看成岭侧成峰，远近高低各不同。
不识庐山真面目，只缘身在此山中。

还来不及走出东坡先生的诗情意境，又跌入了唐代伟大诗人李白的“飞流”和“雪山”的浪花深处。

日照香炉生紫烟，遥看瀑布挂前川。
飞流直下三千尺，疑是银河落九天。

登高壮观天地间，大江茫茫去不还。
黄云万里动风色，白波九道流雪山。

我们在前川飞瀑里看到了诗人那长长飞舞的银须，我们在香炉紫烟里触摸了诗人那飘动的衣衫，我们在万里烟云中牵到了诗人那舒展的广袖，我们在白波雪山上摘取了诗人诗意里涌起的朵朵浪花……对庐山怀有特殊感情的诗仙李白，他的一生中至少游览过五次庐山。最后一次登上庐山时，已是他知天命的年月了。当年正是天宝十四年（755），“安史之乱”爆发之后，李白无辜遭受囚系浔阳、长流夜郎的处分。于是他偕同妻子上了庐山，并择选了五老峰东侧的屏风叠，在一个山峦绵延如屏，僻静幽谷里筑起了“太白读书堂”，这正是了却了李白先生中年时就曾毅然摆脱豪华的宫廷生活，告别长安，浪迹天涯的心愿。于是李白的笔下奔流着天际的扬子江水，飞来了天上的黄河流水，飘舞着白帝晴空的彩云，闪亮着峨眉峰峦的明月。那紫烟、那飞瀑、那风色、那雪山都舒展在李白笔下的一幅幅绮丽多彩的画图中。

我们走出了千古诗人的诗情画意，却又始终走不出他的画情诗意，至今乃至未来，我还将久久地游览、漫步在千古诗人的心灵意境里。

（发表于2011年1月19日《怀化日报·副刊》，获全国旅游散文大赛“最佳文化散文奖”）

沅江浪上觅诗魂

一条流淌着千古文脉的江流，一条波澜激荡的文学长河，被一位千古诗人的滚滚诗情翻涌出层层险滩长浪，飞起朵朵璀璨的诗花，它便是沅江。

沅江，又叫沅水，辰河是它的俗称。沿着沅水漂荡一回，才得知晓，严格意义上的沅水应该是从一个名叫黔城小镇往下算起的。此上沅水直溯源头的数百里流程，则被称作清水江。

自贵州云雾山巅穿峡凿谷而来的清水江，于黔城地段与一条小河合流，才流出了沅水辰河的气势，酿成了一脉荡漾的清流，使千里沅江始终浪漫着一种奇幽而激越的诗意画卷。

印进沅水足迹的中国知名文人实在不多。除了被贬官龙标的王昌龄所留下的“醉别江楼橘柚香，江风引雨入舟凉。忆君遥在潇湘月，愁听清猿梦里长”与“流水通波接武冈，送君不觉有离伤。青山一道同云雨，明月何曾是两乡”等诗文吟唱之外，另有一位文人也许是因为奔走了一趟沅江，他的诗歌就被翻腾得奇崛雄阔、神姿异彩，那缕缕遗光足以照亮一部中国古代文学史。他叫屈原，在沅水辰河上印下深深足痕的一位中国知名文人。那个年月、那种境遇，真的苦了这位流放中的楚国大夫。一只小船，载着一颗忠贞不渝的爱国之心，于波险浪阻之间“容于凝滞”。破风击雨，溯煞江浪，漫江急流，费尽心机时日，无法寻得自身的归宿。然而，张开的船窗满蓄着江涛波澜、山风野气、炊烟柔漫，窗外的气息流风、万千景情，任由他呼吸拥抱。这一切的一切，都随着满江的风流，漫揉着诗意情浪，贯入襟怀，酿成文采。于是激荡出如同长河奔涌、浪飞波卷的滚滚诗情，便有了《九歌》《涉江》这样的瑰丽篇章，饱含人间的爱怨欢愤与神灵的哀乐喜怒，同展翅飞，共舞飘逸……

“朝发枉渚兮，夕宿辰阳”“入溆浦余儃徊兮，迷不知吾所如”。屈原流放江南，颠沛于辰溪与溆浦之间，在其楚辞《九章》之一的《涉江》诗中，已成定论。辰溆两县一衣带水、山水相连，男婚女嫁，古今联姻，不仅生活习俗共存，而且地域文化相通。昔日，群峦森莽原始，地貌飞崖陡峭；山林、野兽群居，猿啼虎啸，确属蛮荒原始之地。

屈原涉江夕宿辰阳，绝非朝发夕宿。常德至辰阳 400 公里的水路，小舟逆行，至少需要月余时间。故此，朝发夕宿，是屈原诗歌创作中浪漫主义手法的运用，浓缩时空，快速推进，朝夕合拍，将满怀心志，融入诗韵文情。有诗云："热血倾注《九歌》中，破浪《涉江》雾重重，沅水辰阳藏万念，千古屈子千古红。"

传说屈原在夕宿辰阳期间，曾登此地大酉山，敬拜善卷墓。我们可以从《离骚》中读到与千年民间传说相符的诗文："伏清白以死直兮，固前圣之所厚""悔相道之不察兮，延伫乎吾将反……步余马于兰皋兮，驰椒丘且焉止息。"由此，可见屈原敬拜善卷墓时，表白了自己高洁的品质，愿为正直而死的勇气。下山的路上，思绪万千的屈原想到善卷能遇上尧舜如此贤者，以天下为公的襟怀，为访贤而艰辛跋涉，试图禅让，而自己却遭遇昏庸的楚王，不但不能实现抱负，反遭贬官，被流放蛮荒之地，怎能不令人伤痛呢？

屈原夕宿辰阳应该是有因果的。这不仅是诗人浪漫主义的写作手法，更是因为战国时期，辰阳就是一片群星闪烁的地方。考古专家曾在这里发现战国时的古墓群并挖掘出文物，可见当时此地文人武侯集聚，文化经济繁荣，可以推断，此处定有屈原的同朝大夫，爱国的志士仁人。故此，屈原夕宿辰阳，绝非一朝一夕。他定会在此寻觅自己政见的知己与诗文的知音，共同畅叙忧国忧民之事、视死如归之愿。"亦余心之所善兮，虽九死其犹未悔。怨灵修之浩荡兮，终不察夫民心。"这就是屈原对家国的忠贞不渝，对天地的俯仰浩叹。

屈原来到辰阳，不仅仰望敬拜善卷，而且俯首察夫民心。于是他停舟登岸，来到了橘树葱茏、绿波荡漾、四面环水、柳荫人家的木洲。这儿离辰阳县城 10 公里，是辰阳古八景之一的"木洲春涨"。传说千古洪潮汪洋，木洲水涨船高，雾气弥漫，可谓蓬莱仙境。如此宜人风光、如画美景，怎能不使诗人的诗意激情澎湃呢？于是便有了"后皇嘉树，橘徕服兮，受命不迁，生南国兮……行比伯夷，置以为像兮。"为楚南鲜美甜橘赞不绝口的《橘颂》随着诗人的诗情激荡涌流而出。目前，木洲人民将在洲上重建文昌阁，创建屈子祠，以示对伟大的爱国诗人永恒的怀念。

"智者乐水，仁者乐山。"山的敦厚、水的激情，象征着中国文人的两种基本品质。“水性文化气质”如深山清泉，喷涌涓涓细流，绕山柔情而行，给凝重的重峦叠嶂以灵动生机，又如眉眼青山，触物伤情，盈溢泪光，灌溉文人干涸的心田。两千多年前的那一天，屈原将自己的生命化作了千古源流中的一股清泉，涌起了奔腾不息的文脉长浪与文学长河，滋养江山，芳流千古。

值此，深情沐浴在三闾大夫的诗波情浪中，便激荡了自己的澎湃诗情：“宁为玉碎化清辉，不作瓦全污浊混。大节端午哀万民，沅江浪上觅诗魂。”

（发表于2023年6月21日《新湖南·据点》）

千古文脉裕后人

一条激荡奔涌的沅江呈千回百转之势，凿谷穿山而来，千里长浪，波及中游腹地，呈半包围之状，滋养着辰溪县柿溪乡傅家湾村的1000余子民。村前江流宽阔、波光耀眼，昔日的险滩潭浪，在今日下游的电站蓄出的细波涟漪里，更加精彩了江面湖水的姿容。两岸青山翠绿，丝柳芳草鲜美，红瓦白墙夺目，田园鲜活丰饶。沃土原野，生机勃发，一个山川灵秀的村庄亮丽在波光江浪的闪烁之中。

村前江畔一块光亮的巨石，矗立于风浪的拍打之中，“白马岩码头”五个闪亮的大字炫目于石块之中。一座形似马头的自然石山峭壁悬崖，雄奇险峻于江上云烟深处。

“雾锁大江云烟远，情牵桑梓离愁长。”江上的人民常常伫立于这千年的古渡江岸，把送子远行的长长目光久久地缠绵在波烟浩渺的远方。天下求学的学子，无不从此江岸乘舟离乡，把无限的壮怀心志跌宕在波翻浪涌的尖上。

“雁过云空江留影，风吹河面水生波。”一江春水，波含文脉诗浪，辉映秦汉霓霞，唐宋明月，光照亘古洪荒，涛澜流芳。多少兴衰悲欢的故事在这激流中涌荡，多少离愁别恋的辛酸在这浪花里依恋。中国第一位开宗立派的爱国诗人屈原，历此溯江而上溆浦、汨罗，吟唱出《涉江》与《离骚》的绚丽诗篇。“寒雨连江夜入吴，平明送客楚山孤。洛阳亲友如相问，一片冰心在玉壶。”王昌龄于芙蓉楼送辛渐，就是兴叹在这条文波诗浪的江上。

清初时期，村人傅天舜仗剑赴难，刘通山领头抗清，都是这方山水的英雄儿女谱写的壮丽诗篇。元至正八年（1348），村人傅文榜荣登皇榜进士，授辰州府通判。永乐三年（1405），村人傅晔破格中举。还有贡生七品文职傅启胜、义士刘通山等，辉煌了这方山水、灿烂了古村的文脉。

村后的雨台山上，传说百姓筑台求雨，万众兴工，昼夜劳作，迎来春雨甘霖。观音山顶，古人教子学艺，除恶扬善、义行天下，弘扬民族气节的美誉，都是乡土文化的源泉甘露。

傅家湾村还设置打造了进士举人宅院、十里江堤画廊、百亩荷塘月色、千亩绿色桃园、传统油坊、渔翁晨网、古井晓月、牧童晚笛、悬崖栈道、江流冲浪、瀑布飞歌、丘贝遗址、白马岩码头、望江楼阁等 20 多个景点。更是培植了正月狮舞灯、三月赏花塘、五月观龙舟、六月采鲜桃、七月浴瀑布、八月看斗牛、九月登秀峰、常年合龙宴、辰河高腔、大戏阳戏等多种趣味景观。

如今，村前梯田叠翠、漫江碧透，村后群山环绕、秀峰连绵。纵目远眺，郁郁葱葱、绿浪翻腾，唐诗宋词的画意诗情闪烁山林、流淌江面。

屈子涉江溯长浪，昌龄乘波下洛阳。乡土文化觅踪迹，西风潭上飞荡漾。

千古文脉汇江流，英才荟萃出傅家。村支书傅作喜介绍说，近 5 年来，傅家湾村登榜文理状元 20 余人。一方水土养一方英才，傅家湾的银色骏马在千古文脉的鞭策下，在敬老爱子的乡土文化的滋育中，正昂首驭风、扬蹄奋奔。

（发表于2022年8月19日《湖南日报·湘江周刊》）

兰香魁茶出晒野

温润在雪峰与武陵两大山脉的连绵之间，枕卧于云贵高原与洞庭湖平原而蜿蜒相连的厚土上，成长了一个历史悠久的古村，这儿便是湖南省辰溪县桥头溪乡上晒野村。因其山林土地以历史悠长的野生茶而著称，曾辉煌地走进了唐代陆羽的《茶经》。又因其野生茶曾是进贡朝廷的皇家珍品，优质而名贵。在历经了千年风雨的坎坷岁月中，从风云变化、兴衰起落的崎岖山道上走到了今天。

素有“当川鄂之通衢，扼云贵之锁钥”之称的要冲之地，以其灵秀的山水、肥厚的沃土，养育了这个千年灵秀的村庄。这儿四面环山、群峦起伏，一窝窝田垄丰饶于藏风聚气的山怀水润之中。一条滋滋流淌的细流小溪，自村后的远山脚下、峰头峦怀的深处，凿谷穿岩而来，跌宕蜿蜒而去，汇成桥头溪浪，投入沅江怀抱。

村庄不大，却小巧玲珑。村后一座大山，俗称“斜坡堖”，山势巍然、气贯林海，上接雪峰、下连武陵，脉向起伏、绵延云空。土地深厚，内含矿物，在中亚热带季风气候区，于丰富的光热资源和充沛的雨水滋润中，蓬勃着一片天然野生茶。

不知是先有晒野村而后有晒野茶，还是先有晒野茶而后有晒野村。我想，晒野茶与晒野村的得名应该是有先后的。但可以肯定，一个千年古村和一种千年名茶，都是从大唐皇家的茶碗香气里品出来的。其烟香芳流千载，其美誉名传古今。它走进了陆羽的《茶经》，也同时走进了唐代翰林学士陆贽《陆贽翰范集·序》的著述之中。

晒野贡茶鲜活于《荆州土地记》《辰州府志》《怀化地区志》以及各种文案史料的岁月悠长中，但因量小产低，时光与风雨的磨蚀，早已久久地淡出乡民的记忆，一片珍贵的天然野生茶树已经久久地埋藏于茂林与荆棘杂草丛中，如同历代皇朝贵族，深久地湮没在历史烟云的梦中了。

“兰香在深山，贡茶出晒野。”一句史料文辞点亮了一缕蕙质兰心的光芒。一位湖南中文名师的后代米佳女士，怀着一颗兰香的心愿，邀约了一位深谙茶事的许忠华先生。在深思熟虑、诚挚谋划之后，共同解开了历史的密码，揭开了风雨尘烟密布的尘封。铁锄钢刀并举，心血汗水相济，修林木、破荆棘、除杂草、培厚土，彻彻底底、全方位地开发了上晒野村斜坡垴整座山头的晒野茶基地 300 多亩，连同开垦开发了本县偏远群峰入云的上蒲溪、小横垅村、潭湾等地共 4500 多亩的野生茶生产基地。

许忠华怀着振兴故乡茶业发展的梦想，怀着对故乡人们无限思念的深情，于 2013 年应邀回到了久别的故乡。满眼青山绿水的故乡美景使许忠华心潮澎湃，他毫无顾虑地与米佳一道，一头扎进了峰峦重叠、绿浪翻腾的莽莽群山，用踏得山响的坚实脚步丈量了全县的千里大山，踏遍了 120 多个山头。

根据气候、方位、土质、资源，选定了以上晒野为核心，连同方圆千里的上蒲溪村等 5 个山头为野生茶生产基地。到目前，他们已向各基地捐赠 80 多万元 200 多万株的优质茶苗。漫山遍野种上茶树，茶香飘进了千家万户。

2018 年，用汗水与心血凝结的湖南省兰魁茶业有限公司落户辰溪。投资 600 万元的资深茶人米佳与许忠华共同构思描绘了一幅兰魁茶业发展的美景图画，决心打造出一个集野生茶开发，茶苗培育、种植，茶叶加工、销售，茶文化研学，产品推广为一体的综合性科技型企业。实行“公司、基地、合作社、农户”的综合性发展模式。

一片绿叶成就一个产业，一个产业致富一方百姓。近 5 年来，兰魁茶业安排农民工就业 2000 多人次，发放农民工工资 200 多万元，在各级领导和政府部门的鼎力帮助支持下，为万千百姓对美好生活的向往和追求，正夜以继日、马不停蹄地奋进。

静坐于兰魁茶业公司的品茶大厅，顿觉一股悠悠兰香扑鼻而来，即刻使我想起那天站在上晒野村斜坡垴上所目睹的风物景情。黄昏的彩霞挂在天边，映红了碧绿的茶山，归巢的雀鸟总在茶树林中欢跃啼鸣，既把嫩叶轻啄，又将枝蔓翻动；群群蝴蝶缠绵着片片茶叶，扇动着翅膀，恋恋不舍。我疑心那茶山林里一定深藏着兰草花开，可四处寻觅，总不见芳容。原来那方得天独厚的领地得天地之灵气，聚山水之精华，是土质、气候、阳光、风雨赋予了这片野生茶特殊的香气与甘甜。

端着眼前缕缕烟香轻浮的茶杯，一丝浓郁悠悠的兰香荡漾开来，闻之神清气爽，饮之回味甘甜，齿间余香丰润，舌底涌泉流风。同座的供销社宋晓军主任问："刘老师啊，你看这汤色如何？"金黄透亮、清雅鲜明，山野兰香气韵烂漫芬芳。米佳介绍说："这就是以传统工艺匠心制作的晒野贡茶的老树嫩芽，辰溪魁茶之一，荣获 2020 年第十二届湖南省茶叶博览会'茶祖神农杯'名优茶评选金奖。"一位中国茶科技史博士后曾为兰魁茶业公司撰写了一篇关于茶的美文，其中写道："佳茗为茶中精品……必定是茶生长而历经的各种风雨，是茶者制茶的各种锤炼凝结，是天、地、人合三为一的精华……必为大自然之纯美之魂，入人心脾，入人智慧，更入天地之心……"

再度品饮晒野魁茶，兰香弥漫的思绪已在漫山遍野里飘荡。心灵在茶水中得到净化，情思为茶香牵挂，千古贡茶的甘甜啊，久久地滋润着生生不息的百姓心肠。

（发表于2022年1月14日《湖南日报·湘江副刊》）

第五辑

人间佳话

缤纷的世界缤纷着人间情缘，浪漫的情缘浪漫出诗波画澜。用文字铺洒阳光，让真情温暖远方。

古茶楼新情韵

锦江投入沅水旋起的臂腕处，便是辰阳古老的茶楼。

古茶楼那干瘦的杉木柱子稳稳地蹬立在崖壁上，高高地撑起瓦脊、楼廊、栏杆、檐。历史的风雨将瓦檐楼脚布满了青苔，写尽了世道人情。

茶楼的临街面是一条麻卵石铺成的长长巷道，弯弯曲曲，背后的吊脚楼远远地伸向河面，把河风和太阳兜得满楼。倚栏远眺，身在楼上，心在河上。楼下有河，河上有楼，楼河相映，写出了湘西小镇独特的风景、独特的人情。

当年，春婆苦心经营着这间茶楼，八仙桌桌面刻满了印痕，土茶碗老得发黄，一碗茶水只收三分钱，可春婆总是笑呵呵的。提起古铜色长嘴土壶，将壶嘴贴慰着茶碗，把情意倾得满满。

一天，春婆倒在了茶坊里，女儿春姑扑倒在母亲的怀里哭诉着："娘啊，娘……你省下米饭养女儿，自己只吃荞麦窝……"泪水、茶水、河水，凄凄惨惨，整个茶楼仿佛泡在辰河里了。爷们围上来，个个翻开腰间的口袋，抖落出一分两分、一角两角、一元两元，全都给了春姑。

春婆老去了，春姑成了茶楼的主管。不久，茶楼的招牌换上了"春姑茶楼"。这牌子已不是先前那种木板黑字，而是高级铝合金制成的白底红字，日夜发出夺人眼目的光泽。茶堂里换上了圆角茶桌，法式靠背木椅，左边的茶几上是清一色的花边瓷杯，右边是自动开关的电热水壶；前堂为水磨石地板，后堂是木纹楼板，两侧设有洞开着木门的小茶厅。最恬静的去处，便是那地下别致的小包厢，有友谊座、情人阁、商客居、贵宾间，茶客们在这里谈古论今、谈天说地、切磋生意、交流感情。满楼辰河风，满楼春意浓，缠绵得茶客们依依恋恋、难舍难离。

左侧茶厅闪出一个小伙儿："春姑姐，再加两杯龙井、两杯毛尖，两块的。"右侧茶厅出来一位壮汉："春姑娘，再加一瓶二锅头、两盘卤菜。"

楼下又有人呼喊了："春大姐，再添六杯咖啡，五块的。"春姑的女儿春花接了话："先上两杯行吗？""不行，一齐上来，六位高升呀！"楼下的声韵悠悠扬扬，从吊楼上那阔阔的窗门扬了出去，撩得河岸船老板也心浮气动。茶堂的大厅里更是人来人往、进进出出，茶客们济济一堂，忘了楼外的阴晴寒暑、春夏秋冬。

"哎——千杯万杯桌上摆，不知哪杯惹人爱，妹倒茶水杯杯满，随着歌声坐拢来……"后堂吊楼栏杆旁一位独辫姑娘唱起了脆丽的山歌。"嗬哟，这可是春姑请来的瑶乡山妹，人俏丽，歌也俏丽哩！"茶客们凝眸竖耳，温情喜意全都写在眉眼之间了。

"哎——千杯万杯桌上摆，早知那杯惹人爱，妹倒茶水哥端杯，茶歌越唱越拢来……"前堂的后生茶客接了腔。这一唱一和掀起了满堂茶客心底的感情波澜，卷起了茶堂的笑声浪潮……

在市场经济的浪潮将小镇搅得沸腾的时候，一幢十层星级宾馆在小镇拔地而起。是这座高楼接来了天边的彩云，摘取了满天的星星，辰阳小镇也有了辉煌灿烂的今天。开业那天，市委、县委领导来到这里也为之一振，惊叹不已。那古茶楼的春姑已坐上了宾馆经理的旋转软座，而 18 岁的春花接替了妈妈主持茶楼的生意了。春姑离开茶楼的那天早上对女儿说："春花呀，你放心大胆地干吧，要把咱们的茶文化继续发扬壮大！"春花点点头。

第二天大清早，两位拄着拐杖的寿爷来到茶楼，取下老花镜，抬手遮眼望着楼门上"春花茶楼"的招牌字样，便扬眉捋须地高喊了："春花姑娘呀，你今年还只有 18 岁吧，怎能当起老板呢？"春花赶忙迎到门口，将两位长辈护进茶堂。"请坐请坐，喝杯早茶。"春花拉起寿爷的手。两位寿爷只是摇头摆手，不敢落座。"不喝不喝，我们这衣服别脏了凳椅，也不会喝这里的茶哟！""老爷爷，哪里话？你们来，我要免费供应上等茶，当年奶奶的茶楼不就是你们喝出来的吗？我还要谢你们哩！"春花的话语慰藉着寿爷们的心，她那白嫩红润的脸庞上也写满了深厚的情意。两杯盖碗茶端上桌面，揭盖冒烟，唇舌品味，香气扑鼻。

"哟呵，香甜香甜，哪来这等好茶啊？"两位寿爷同时发出惊叹。春花恭敬地站在桌前，品数着茶碗的内容："这是五块钱一碗的龙井伴毛尖，配有枸杞子、甘草、桂皮、姜糖、菊花等佐料。喝下去即可冒汗顺气、清嗓润肺、滋阴壮阳，老人喝了延年益寿啊。您看，这水中茶叶鲜活得如枝头再生，招惹口舌……"寿爷已听得进入似神非神、似仙非仙的意境了。

寿爷们老了，但春花经营的古茶楼新韵悠长、声润辰河，正是春风满楼情满楼。

（原载1998年1月10日《人民日报·大地副刊》，获全国散文大赛优秀奖）

寻梦乡土文化

诱人的月光，明明朗朗地温暖着山村、田园、原野、草木，把一条清亮的小溪辉映得波光闪烁、绚烂跌宕，把一个飘然而去的背影透亮在蜿蜒的田埂上。目光的尽头正是那个古老的农庄，与远去的背影慢慢地亲热贴合。一个惊喜的回眸，似乎碰撞在久立车道与田埂结合的目光里。

乡土文化的情愫牵引着那个柔软的背影，扎进了纱帽山下那个灰暗的木屋。先是跪拜了中堂神盒上的两位老人，那是历任纱帽坪村 32 年支部书记与其妻的遗像。纸钱香烟缭绕轻吻着暗黑的屋梁、瓦檐、方柱、壁板，同时也熨帖着老书记夫妻的脸庞和那缕缕沧桑的银发，更是飘飞婀娜着那个背影映出的绵绵柔情。

步入房间，一张小型的木制行床，铺设在靠壁的一方，厚实的稻草上一床满是洞眼的破损竹垫，一床棉花纺线分裂的破旧棉絮，加上单褥与盖被便是眼前这个背影的归宿。为何一个清瘦的背影在这样的夜晚归属一个偏远的山村农舍呢？为何一个姿影妖娆的身段、披肩芬芳的秀发，又要绻缱于如此简陋的农家草床？谁又能想象，她就是湖南省怀化市名师工作室导师刘建华老师。

她孤独地枕在如何挖掘乡土文化的梦床上，枕在如何融合乡土文化与乡村振兴的难眠中。屋檐下潺潺滴溜的山泉，如同叮叮咚咚的乐音，在她的枕边流淌，壁缝间料峭春寒的山风如同翩跹飘飞的姿影，舞动亲吻着她前额的发丝和那红润的脸膛。她转过身去，又仿佛听到呼呼啦啦的风声，在林海绿浪里翻卷，又仿佛闻到门前那片青青翠竹的絮絮低语和芬芳的清香……

无眠的夜晚，仿佛万籁俱寂，俱寂在乡土文化的思虑里，又仿佛万物声鸣，声鸣在乡村振兴的蔚蓝画图中。带着乡土文化研究的命题——《乡土文化是乡村振兴的动力源泉》。她的思绪、她的深情已扎进了如何探索乡土文化为乡村振兴插上翅膀的梦河里了。乡土文化在哪里啊？农耕文化、乡村手艺、乡村景观、乡村节日与习俗，是否都是乡土文化呢？梦河的波澜拍打着她起伏的心潮，梦河的浪花绽放于她脑海思绪的源头。她在心灵深处发问：辰溪县柿溪乡纱帽坪村的纱帽山是如何由来？这纱帽山究竟扎下了多少文化元素和怎样的秘谛呢？听说这地方唱过阳戏，神盒上的老书记就是当年唱戏的头人。这里的油坊、水碾子、水车、石磨、背篓、竹器等，是否都是乡土文化？如何将这些文化元素融于乡村振兴的战略？又如何使乡村振兴插上文化的翅膀，起飞远航呢？

她的梦河里已泛起了波澜激荡的涟漪，朵朵浪花随着波浪漫延开来。她不知道自己为了这个乡土文化的命题，要在这个木屋里驻足多少个日夜；她也不知道自己与乡土文化的情结有多么深厚；她更不知道她是否会爱上这个小木屋、这里的大山，大山的绿浪，绿浪中的翠竹，竹林里的野兔，野兔的伴侣，野鸡、斑鸠、竹鸡、岩鸡、金鸡、阳雀，还有许多不知名的野兽和鸟类。

突然，有鸟儿啼鸣，啼鸣在梦河的深处，打湿了翅膀，带走了浪花。屋后、屋前、屋顶、屋檐，屋后的山林、屋前的田野，一只只、一声声，渐缓渐急。渐渐地，渐渐地，群鸟唱和，欢腾一片。她在苦思中听出了，有一只鸟声叫得歇斯底里、声嘶力竭，总在不停地嘶鸣。声声鸣啼，啼出了露珠颗颗，啼来了东方的黎明。后来，她问了乡亲农人，这是一种什么鸟，会那样搏命地呼唤。乡人告诉她，这叫阳雀，又叫杜鹃，布谷、子规都是这鸟儿的别称。所以，有人称它为“啼血杜鹃”。为了唤醒农人耕种阳春，它一直要叫到心碎声嘶、口吐生血啊！

梦河的长浪拍打着黎明的天际，乡土文化与乡村振兴的思想波澜在她的心海里翻涌着。她醒了，她醒了，醒在天蓝地翠的村前溪流上，醒在《乡土文化是乡村振兴的动力源泉》中。源泉的清波和着溪流的浪花伴随着春风的暖流，流向了远方。

又是一个春风醉人的夜晚，温柔的月光再度护送着那个纤细的背影满载收获离去，月光的尽头却落下了夜色的空白……有诗云：“为文访民间，扎根纱帽山。青春怀古道，情浪波云天。”

（发表于2022年7月1日《湖南日报·湘江副刊》）

海浪风情入梦中

平生没有几回亲昵大海，更没有像今天这样流连于海上世界。记得去年中秋去浙江的温州和台州，那是为救助一个打工仔的生命而跨越过海面，哪有今天这样的心情来体味海上风情呢！

此次的北海、海南之行，是我们政协工商贸易小组的全体委员外出考察的一次活动。经过孙组长和夏常委的精心策划，邀请县政协主席向金云等四位领导同旅，一行 13 人，登上了北海至海口的轮船。

下午 6 点半，在一声汽笛的长鸣中，北部湾 2 号轮船依依离开了北海港客运码头。港口已慢慢远去，心思似仍在牵挂。船头犁出的层层波澜如同心海的朵朵浪花，一朵是眷恋，还紧紧地贴在北海码头；一朵是向往，朝着海口的方向慢慢展开。我跻身于船头，贪婪着轮船离岸的晚景。眼前是腾空翻卷的金涛、是起伏飞扬的银浪，心潮就如汹涌的波涛，陡然涌来苏东坡的《念奴娇·赤壁怀古》：“大江东去，浪淘尽，千古风流人物……惊涛拍岸，卷起千堆雪。江山如画，一时多少豪杰……”放眼望去，天边一线落日的晚霞正在与海面贴合，艘艘大大小小的渔船喝风吞浪而去，消失在海天的边沿。帆影点点、浪花朵朵，像是颗颗流星抖落在海面，又像是无数浪尖在舔慰蓝天。沿岸那座座红色尖顶的欧式建筑，已从视线中渐渐隐退。我的身子犹似飘进了一片渺茫无底的空域，什么依托也没有了，唯余一颗自我的心灵和一种无序的感受留在这风浪里，留在这船头上。

夜幕已经降临，人群渐渐稀散，大家都缩进了船舱去看大屏幕音乐电视了，而我仍立船头痴迷着海面。无边的波光闪烁，牵动着我不安的神思；无涯的浪涌涛翻，拍打着我不平的心潮。置身于如此漫无际涯的大海之间，置身于如此大境界、大领域之中，能不使人顿悟出自己的渺小吗？面对苍茫的浩瀚，我感受到有太多的无知，直面辽阔、深邃的境界，更觉其有着无限的未知。想到这里，方觉自己人生旅程中的一切小感情、小恩怨、小意趣全部掉进海里了。

夜渐深沉，海风舔去了我全身的汗水，海浪浸凉了我心灵的清泉。我迈步船头，又登上了层楼，想去船尾再寻找一缕新的海风、一排新的浪花。正值船尾临舱的甲板上，坐着四条汉子和一位戴眼镜的女士，围着一桌酒席猜拳豪饮。我贴近一看，满桌的海鲜腥味直蹿鼻眼，真有点儿使我这土包子的心里生出些许反胃之感。

“兄弟，饮兴正浓啊！”我以半土半洋的辰溪普通话打了个招呼。

“来一杯吧，你好像是湖南人？”那位戴着眼镜女士不失文雅风度地立起身子说，然后又认真地注视着我问，“你是姓刘吗？你是否就叫刘本楚？”

我被她问得目瞪口呆，只是连连点头。她热情地拉着我的手坐了下来，才慢慢地说起两年前的事。

“你真是贵人多忘事，两年前，我们同在北京中国现代文学馆的领奖台上，我们同宿悦都大酒店的十八层高楼，只是不在同一个房间里，你都忘了吗？”她的连串话语说得同桌人哈哈大笑。如此大方、言语泼辣的女子，似乎是我平生第一次遇见。我被她问得满脸通红、心跳难平。终于，我从羞涩的余味中，恍悟出眼前人就是当年全国散文大赛二等奖获得者马芳。我被罚了三杯，幸好还是啤酒。豪饮之余，又见一排巨浪打了过来，船身摇摆，杯水泼洒。眼前的景观真使我难以忍住豪情的迸发，我斗胆作了四句诗，意欲罚她一杯酒：“客居江上船，波澜涌心田。浪头举醉杯，酒洒天地间。马小姐，在你面前已经献丑了，不妨再献丑一次，请你指正。马小姐是否也来一首，不然我也要罚你一杯啦！”马芳深思片刻，爽朗地说：“刘兄，在你浪漫豪情的诗意中，我愿受罚，我愿受罚！只要你别忘了当年我们同台领奖的那一时刻。”

得意之中，我辞别了马芳，辞别了与她同桌的兄弟。我不知道我刚才的举动在她和他们的心中会留下一个什么样的印迹。我回到三等船舱的房间里，同行的委员们已鼾声正浓，而我的思绪仍在伴随着浪翻涛涌。不知向主席和那边几位女士的房间里，是欢笑还是梦呓。我躺在无边波澜的梦床上，又一次感悟着沧海的无穷、人生的渺小，又一次感悟着我们的许多已知与许多未知、许多情感与许多恩怨。思想至此，我又后悔罚了马芳那杯酒。

过去的一切，都已化作心灵的泉水，流入了大海。海浪仍在撞击着我的心灵，海风仍在清凉着我的梦丝……

（发表于2012年6月18日《怀化日报·副刊》）

春夜周庄梦佳丽

正值落霞燃尽黄昏的天幕，一个仰慕已久的周庄如同云彩婀娜的佳丽，翩然跃入我蒙眬的双眸。历史悠久的江南水乡，如画秀美的人间天堂，游走滴溜在我如春风荡漾的眼波里，从黄昏走向夜晚，从夜晚走向黎明。

依稀就是这个柳绿桃红的春夜，撒欢的彩蝶忘了白天的劳累，依然深情地在枝叶花丛中低语，煽动星月与灯光，欢情的鸳鸯忘了归宿，依然交颈呢喃于河畔水岸，嬉戏于阁楼与街桥间。晚风仿佛从远方习习送来柔情浪漫的曲调，又仿佛将我的悠扬心曲缓缓地送向远方。我徜徉于灯火通明、湖光山水、廊坊街桥、楼群水阁之间，如同梦游于唐诗宋词里的水乡画卷之中。

蓦然，一个娇俏的绿裙身影飘然而来，如同河面的春风里翻卷的一朵浪花，不经意间闯入了我的眼帘。暖情温意的晚风轻轻地抚摸着眼前这个纤细柔弱的身段，楚楚动人的姿容，更是如同这早春周庄的原野上一朵带露的桃花、一片鲜嫩的柳叶。初到周庄的我，恰逢这个月明星稀的春夜，思想的野马岂能由缰绳牵绊？春情的冲动岂能让万物抵挡？这难道是梦中的佳丽，周庄的天仙吗？虽是异乡之客，虽未曾经相识，千千万万的人流中，为何此时相遇？早早晚晚的脚步，何又此时同步？我警惕自己千万不要坠入一见钟情的泥潭里。

周庄的佳丽，你是否在此等候良久？你是否另有佳期如约？我在心灵深处默问。我移步前行，深情地凝视着这夜光朦胧中的亮点，这位从未见过的貌美玲珑的女子，情不自禁地发问：“请问美女，你也是旅居周庄、夜赏胜景吗？为何独自一人？”

“岂是独自，还有先生你呢！”她嫣然一笑。

如此胆大的言语和姿态，使我心头一震。岂能畏惧一个烟柳文弱的女子呢？我暗暗地为自己壮胆。

“美女来自何方？”

“我来自周庄，先生呢？”

“远道而来……”

“不敢告诉真实地方，算什么英俊男汉，看样子像个书生文人啊，莫非怕周庄的女子缠你不成？”

“哪里哪里，我是怕影响美女的雅致深情啊！”

“小女子是否妨碍了大文人的情趣啊？如不嫌弃就让小女子做一回文人的义务向导吧！”

“哪里话，那就感激不尽了，真的不敢当啊！”

“不必客气，先生是否来过周庄？”

“初来乍到，陌生一片，只觉此地美如天堂啊！”说话间，她轻轻地移动着她那轻抚桥栏的纤手，意欲伸向我的方向。我再移步上前，斗胆握住了仿佛无骨柔嫩的小手，一种清凉与颤抖似乎渗入我奔流的血液。凭着激情灵魂的感应，她已不由自主地沉醉于一种梦幻意境的气息了。两只温润的手掌紧紧贴合，如同一阵细雨春风润肤拂过，使其变得更加柔软，其身体与灵魂仿佛在飘荡和曼舞，自觉一双穿透性的眼神，一眼便已征服眼前这位心高气傲的佳丽了。是言辞，是气质，是眼神，还是情缘呢？

“先生初到周庄，当然觉得美如天堂，其实在周庄人的眼里周庄就是周庄，算什么天堂呢？这历史的渊源，在你这个文人面前就不必介绍了，就说我俩站着的这个地方叫双桥，民间俗称钥匙桥。你看，由这座叫世德桥和那座叫永安桥的石梁桥组成，清澈的银子浜与南北河流在此呈十字交汇，河上石桥联袂而筑，十分别致。再看桥面一竖一横，桥洞一方一圆，其形很像古时的钥匙，看出来了吗？”

是啊！如此精致的建筑设计，足见古人的智慧啊！

“此地就是周庄的著名景点之一，还有沈万三故居，富安桥、沈厅、怪楼以及周庄八景等”她接着介绍说。我们迈步河街，并肩而行，在夜籁蓬勃的春意里、在精彩悦目的景色中，两张会意的面容时而相互对照，两双含情的眼眸时而互相碰撞，彼此的心灵仿佛都在情意满怀中默默契合。

“请听，这是来自游船上的音乐，先生听到过吗？”

“如此曼妙的乐音，好像在电视里听过，似是似非。”

“这就是有名的江南丝竹声，还有评弹的琵琶声。在过去，这是来自富户人家的声音呀！”她说得绘声绘色，其声音甜润而柔嫩，真有点儿撩人心浮气动。那声音如同这水巷灯船的夜光，如同这七拐八弯的水路，如同这镶嵌在桥洞里的无数彩灯，更如同这河面上的波光和桥影……真真切切为周庄的春夜增添了无限的美丽神韵。

梦中的佳丽啊，你的神采音容不正是一朵灿烂的烟花，怒放在这春夜的周庄里那深邃的夜空吗？

（发表于2012年7月12日《边城晚报·副刊》，获《江苏日报》“周庄旅游”征文优秀奖）

辰阳风景动诗情

一股和煦、清凉的春风在这里荡气回肠，一轮高洁、透亮的明月在这里光照天地。这是辰阳的风，这是辰阳的月。这是辰阳的风月在辰河翻动的波光里流荡着激动人心的诗篇。

站在满眼新绿、芙蓉出浴般的辰阳街头，不能不使我的思绪走向了远方，回眸那摊摊担担、棚棚檐檐，人流车流拥挤无序的包围圈。

东风桥头的中心市场大门口的那块坪场上，老城沅江大道的街道上，影剧院的北镇街，还有食品街、新城的步行街以及辰州市场的通道口，无一不被挤压扭曲在密集的摊担和人流车流的涌动之中。常常有摊担的经营业主为了眼前那块方寸之地出拳使棍、争夺打斗，搞得头破血流、两败俱伤。那残枝烂叶、尘土垃圾就更是满地堆积、满街飞扬，环卫工人也无法进场清扫，只有每天夜晚等到经营者撤铺收摊之后方能清扫。而第二天天未放亮，又是昨天的模样。时间久了，一些临街占道的店主就干脆在店铺门前盖起了固定的飞檐和塑料瓦棚。店主之间互不示弱，你出得起飞檐，我也撑得起高棚，街道的宽窄似乎全然不在他们的思想之中。车辆过道若剐伤了哪家的飞檐或摊棚，则车主或司机就得立马掏钱为其“疗药护伤”。如遇上双方都厉害和强硬，那街道又会一时沸腾起来，等派出所的干警赶到之后，双方都已伤痕累累了。长此以往永无平静和安宁。

再看东风桥下的双溪，是新老城相连的“腰带”，古人称之为“玉带环流”，是辰阳的八景之一。20 世纪 70 年代前，这儿确是清澈见底、鱼虾欢跃，绿杨垂柳，常在清风明月之中抚卷清流，荡起翠波绿浪……时光的滤积、历史的风尘使这条双溪走入了淤泥浊浪之中。这片空间昼夜臭气弥漫、蚊蝇扑面，钻洞觅食的鼠群毫无惊觉，这儿完全成了它们的生活乐土。满目污浊，飘飘荡荡，让人望而却步，如此的“脏、乱、差”切切实实苦了辰阳人。

今天，我站在刘晓公园的台阶上远远望去，临街两排高高的树把一片一片新绿举向空中，清风拂过，仿若绿云翻腾，飘向屋海深处。那树的脚下又是芳草鲜美，如绿毯伸展，伸向城市的尽头。街道路面全改旧容，铺成的石子沥青油严严实实、清清亮亮，一切尘土全被覆盖淹没。闪闪亮亮的红绿灯代替了旧日的占道大圆台。街道宽了，路面净了，低音喇叭的的士车仿佛在轻音乐的五线谱上愉快地弹奏。城市的品位在辰溪人民智慧和勤劳中与日俱生……

爬上胜利公园的山顶又另有一幅景图风韵。先前的旧房围栏、土坡荒山已建造成今天的幽静休闲佳地，配套设施一应俱全，是一个夏凉的好去处。至此举首眺望，远处是一条千古流淌的辰河，波浪如同眼波泛动，饱含着今天辰阳人民多少欢乐的乐章，悄然流向远方。俯瞰城容，满眼风光，屋海绿树，山水照映，姿容风貌，赏心悦目。街道黄白线条画出了片片的安静，临街两面停放的车辆排起了道道风景。一辆小车一个家，把快乐和幸福装在辰阳街上。垃圾污水告别了大街小巷，环卫工人 24 小时保洁，垃圾车拖到万户千家。每周五干部上街大清扫赢得了百姓的支持与赞扬，每家每户门前都有了自己的垃圾箱。

防洪大堤更是景色宜人。休闲的绿色长廊、宽大的露天舞场，让夏夜的人们快乐欢畅。轻柔的舞步与石板亲昵传情，七彩灯光与江水交相辉映。自由组合的乐队搬到了大堤上，地方阳戏班子占据长廊一角，瑶乡山歌对唱的男女选在八角亭上，一声茶山号子歌撼动半个县城，那长远的余音在辰河对岸的山岭里绵延回响。乐音伴着歌声高扬，阳戏伴着曲调低唱，小城欢乐的大舞台全融汇在这大堤上。辰河江面上的情景更是韵味悠长，波光里的渔船、渔船上的灯火、灯火中的城楼群山、群山城楼上起伏的浪花，还有那渔民手中打捞生活的漏兜和渔叉也在停停摆摆，似乎在静静地倾听这大堤上那动人心弦的音乐和歌声……这岂是俞平伯先生那《桨声灯影里的秦淮河》的景色能比之？

伫立东风桥上，凭栏眼观双溪，日光风月已渐渐浮出水面，虽是浅水滩床，裸露的石头已被雨露清流悄悄地洗去了尘泥，露出原始自然的姿容。清洁工人不停地打捞，慢慢地鲜活了这条双溪。两岸的堤坝正在修筑，上千万的全城排污工程已基本竣工，双溪的水正在缓缓展现出她那丰满清亮的颜容。

清风在这里扬起了温情暖意，扬起了洁净芳香，扬起了千回百转的正气；明月在这里照亮了河床溪底，照亮了流水清波，照亮了辰阳人民那颗赤诚炽热的心。

（发表于2012年3月19日《怀化日报·副刊》）

浪漫河岸

在屈老夫子夕宿的辰阳古镇生活了这么多年，最能让我感到知足的地方就是这条澎湃浪漫的辰河。而辰阳不仅有辰河，还有一条锦河，也叫锦江。两江交汇于此，一雌一雄，便孕生了一个辰阳。就因为有了这个辰阳，才使这段曲曲折折的河岸浪漫了几千年。而这河岸的人们更是从那遥远的浪漫里走来，又正浪漫地阔步前行，奢享着魂销千古的浪漫风情。

这里是孕育码头的河岸。中南门码头、凉水井码头、柳树湾码头、大码头、一中煤炭码头……中南门码头是轮渡机船停泊的专用码头。5 分钱一渡的岁月里，这小城的人流必经这儿的机轮载渡，往返于河岸。列队的人群拥挤得船头与码头相连的那块杉木跳板颤颤悠悠，这码头日日夜夜从没有歇息的时候。凉水井码头是专供市民挑水洗衣的码头。扁担与水桶的碰撞、脚板与石板的揉摸，高扬的棒槌敲打着衣物，溅起飞舞的水花。攥紧棒槌的女人们举起那白白嫩嫩的手臂，使出全身的气力，把日子敲得响亮，把时光扬得高远。此时的河岸、滩脚、崖壁和岩窝，无处不回荡着各种声响组合的音韵，应和着遥远。柳树湾码头是客运机船的港湾，是当年一个最热闹的码头。每天，天未破晓，密集的脚步就踏响了这码头的石阶，赶船的旅客在船头长鸣的汽笛声中步履匆匆。大码头是停泊货船的码头，更是金沙翻滚的码头。小城所有建筑所需的卵石、沙子大都是运到这儿来，又从这儿运走，这石堆、这沙场孕育着全城的高楼大厦。一中煤炭码头也叫煤场，这就是沈从文先生笔下的《辰溪的煤》所言喻的那个码头。沈从文先生是否也来过这个码头，这就要问他乘坐的那只小船和船上那根篙竹铁嘴点凿的崖壁岩窝了。著名散文家刘明文老师就写过《码头的故事》，当然实属这些码头的指向，因为他就是从这些码头上漂洋过海而去的。

这里是盛产桥梁的河岸。沅水大桥、沅水二桥、锦江桥、东风桥、观澜桥、双溪桥、东星桥、铁桥，还有正在修建的高速公路桥。当代湖南省著名作家邓宏顺就写过《桥城辰溪》，发表在《人民日报》并获奖。由此，这个小小的辰阳与其特有的浪漫河岸竟然浪漫了全国。

这里是生长石头的河岸。沈从文先生说："辰溪县的位置恰在两条河流的交汇处，小小石头城凭水倚山，建立在河口滩脚崖壁上……"河岸的板溪口、熊首山、塔湾和水井一线全是满山的石灰岩，无论晴日雨天，终年可见石灰窑上青烟飘丝带、白烟翻云朵，把这段河岸的浪漫浪向了天涯。

这里是孕生渔船的河岸。早晨，山欢水笑、河风清凉，步上防洪大堤，一排长长的列队渔船生动地描画着这段河岸，网上挂满了弹跳的鲜活，船舱盛满了翻动的白嫩，船夫、船妇，一前一后，脸上的舒心笑意从朗朗的笑声里洒向河面，搅拌着水声浪花，起伏跌宕。迷蒙的晨雾淡蓝轻纱般笼罩着渔船，鸬鹚在岸上扇动着翅膀，甩动着脖颈，站成根根素描的线条，又如清淡水墨画卷，渔叉和漏莞插在船头上，任雾丝缠绕、风浪吹打。这自然天成的浪漫图画，真真切切地浪漫了这河岸的浪漫。

这里是丰产山歌的河岸。夏夜的河岸，月光辉映灯火，河水波动亮光，星星点点、迷迷离离，这浪漫的河岸又走进了浪漫的世界。而最为亮眼的去处还数这段防洪长堤，自由组合的乐队占据了大堤之首，地方阳戏班子在八角亭上排演。这歌声、这乐音如同水波腾空，如同大浪落潮，卷起涛声浪花，把这段河岸、把这方夜空冲洗得鲜亮。男女对唱的山歌情意绵绵，搅荡着双方的心海情浪。那位健壮的瑶乡汉子，一声茶山号子歌撼动了半个县城，那长长远远的余音在辰河对岸的山山岭岭里久久地绵延回响。这与当年我们的舒黑娃唱响京城的那声茶山号子不无两样。若是外国朋友再度听到今日的这首号子歌，更会连声高呼"OK，OK"！

这一切的一切，都在浪漫地叙述着这里浪漫的深厚和高远。大国战略，西部开发的延伸，小小辰阳的政治、经济、文化正发生着巨大变革。这方土地、这方人民正在所拥有的浪漫河岸上，夜以继日地描画着更加新美的浪漫。

（发表于2010年6月5日《人民日报·大地副刊》）

歌声伴随浪花飞

晚霞铺满江面，余晖泛起涟漪，辰河在波涛飞腾的激流里，带着诗情画意、带着高昂的歌声，自豪而又欢快地奔向远方。

就在这波翻浪涌的河岸，建筑着一段长长的河堤，正是锦江与沅水交汇的拐弯处。这道河堤的筑成，着实为这条千古流淌的沅水河岸增添了一道千古亮眼的风景。堤面顶端是闪亮光滑的地面砖铺成，堤面边沿为汉白玉栏杆，沿栏杆旁一排婆娑绿柳随风摇曳曼舞。河堤全程约两公里，其间四个码头均为水泥石阶，自上而下伸向河面。河岸附近的居民就是倚仗着这四个码头下河挑水种地、洗衣浣被、冲凉解暑，把心愿荡进水波，把笑脸写在江面。河水以洪涛大潮、清波细浪真实地记录着人们的生活，而勤劳的人们却用胸怀和肩头、脚板和手掌把河水兜上岸来，喂养庄稼、滋润土地。

堤首，绿色葱茏，婀娜的柳丝稠密地悬挂在堤栏，把千万思绪，把深情厚谊洒向江流。休闲长廊，藤蔓缠柱，绿叶蔽日，氤氲下的长条石板凳生发出清凉润心的滋味。露天舞场，彩灯闪烁，霓虹迷人，舞姿在闪光里柔软，歌声在舞姿中悠扬……

就在这样的夜晚，我又一次来到堤岸，突然发现，今夜的人群多出了许多，至少要多出前些夜晚的一半。堤首第一个大码头的层层石阶上坐满了人群，堤面上也自动地层层站满，只有顽童们还在人群里拥挤。堤顶平面一二层石阶是乐队列座，十多把二胡排列两行，四把小提琴居中而列，再加上现代的架子鼓打击乐和电子琴各一台，似乎有点儿专业的气氛。一位驼背老人手持无线话筒钻出人群开始主持："尊敬的各位来宾、尊敬的农民兄弟和百姓朋友……"我听完他的开场白，不觉心头一震，感觉他的言辞、音量、语调以及普通话都有悦耳的韵味。后一打听，说他就是当年"八六一"兵工厂文工团的团长，现已 70 多岁了，其貌不扬，可内才不可低估呀！

"第一支歌，《没有共产党就没有新中国》，由来自溆浦县农民兄弟演唱。”四男四女前后两排站在石阶上，一位身段匀称，且有几分英姿的女子随后出场，站到队伍的前排中间。她微笑着，恭敬地向观众敬了个礼，转身扬手，音乐响起，接着歌声昂扬，旋律如江浪起伏跌宕……

“第二支歌，女声独唱，《八百里洞庭我的家》，由来自辰溪县罗子山瑶族乡罗峰茶女演唱。”

“天上那个云波罗，嗬——”一个“嗬”字，仿佛唱出了李琼原声的音韵，真的让我刮目相看。“日从家里出，月在家中挂，江开千条路，网撒万朵花……”今日的太阳早已融入辰河的水浪，今日的月亮正在中天悬挂，自愿组合的农民演唱队啊，正与月光同辉，他们的歌声也正与欢腾的浪花同飞。“船举金杯露斟酒，柳摇绿扇浪煮茶……”是啊，今夜的渔船全都停泊在这长堤的河岸了，来自辰河里 50 多只渔船全都赶到了今夜，呈一条长长的“一”字形泊在堤岸边，翘首静听着这如同波翻浪涌、呼山唤水、撼天动地的歌声。船上的人们有的跳上岸来，挤进人群，踮脚昂头去细看那山里妹子演唱的姿容；有的仍坐在舱内饮酒品茶。他们知道自己老了，上岸去也看不到乖妹子的模样，不如坐守船舱举杯细听戏文，品茶同品音韵。接下来又是一首女高音独唱《山路十八弯》，一曲男声独唱《洞庭鱼米香》，《再见了，大别山》《红湖水浪打浪》……一首连一首、一曲接一曲，歌声起伏激昂，乐音婉转悠扬、声韵谐和、高潮迭起，仿佛把堤岸的绿柳唱得更加柔软动情，把辰河的浪花唱得更加灿烂优美。

我的双脚已站得麻木酸痛了，于是迈步来到休闲长廊，这里又另有一番景图风韵。三男两女加上三把胡琴组和着一班地方阳戏，自编自演，也唱出了另一番柔软、另一番情趣、另一番风味。我似懂非懂，正听着一段唱词：“梅花儿开开，莲花儿瓣瓣，四季花儿开哟嗬嗨，哥啊，要唱红歌你还是晚上来……”这阳戏的曲调和唱词，初听感觉乏味，可是只要你耐心细细地品味，其中地方特色的趣味和民族风情也能让你心生愉悦、情意缠绵……

再细步前行，迈上八角凉亭，这里更是围满了男男女女，中年老人居多，也有三五幼童，学着唱戏者的脚步，踏着曲调的节拍，朗朗欢笑。未入亭内，老远就听见了一位女子的歌声，这可是瑶乡山妹的山歌哟！“请哥唱歌哥不应，哪知哥哥太无情，好好丑丑你唱一声，人不相配歌相配。”哈哈，真是人俏丽歌声也俏丽呀！周围的笑声甜脆而欢快，把那位哥的心意都快要笑出来了。“今日同妹擦肩过，回到家中睡不着，窗前有个花格子，望到星星月亮落。”又是一阵开怀大笑，仿佛把星星和月亮全都笑进了这八角凉亭。那位哥的笑声，更是如同这堤岸河床的浪声哗哗啦啦地翻涌奔流。突然，一声茶山号子歌仍是出自眼前这位情哥的歌喉，撼动了山城、撼动了江面，响起了应山应水的回声，那遥远的余音在河岸的山峦群峰间久久回响……

今夜星光灿烂，今夜月光妩媚，今夜浪花欢腾，今夜歌声动人。农民兄弟自由组合红歌演唱队的歌声又在高潮迭起，伴着地方阳戏轻唱的曲调，和着民间山歌号子的高音，把星月的辉光洒向柳林，把春风的笑脸映入辰河，把山城的美景勾勒描绘，把心中的歌声唱响天外。

（发表于2011年7月5日《怀化日报·副刊》）

聆听小村的声音

山峦起伏，群峰林立，林涛吼鸣在山弯里，卷起层层绿浪，荡起涧水轻流，一个小小的村庄鲜活在青山绿水间，鸡鸣鸟啼的乐音里。

小村很小，洁洁净净、大大方方，神态安然地静卧于两座大山携手并肩的臂弯处，如同艺术大师的山神端出一个似仙非仙、如凡非凡的人间盆景，生动而美丽。刚刚踏进山门，正是峰横路转处，便远远地听到小村的声音，人声、犬吠、鸡、鸭、牛、羊，如同高昂的合唱歌声跌落的余音，渐近渐远。靠近小村身边的时候，那群声的旋律更是高昂起来，再次声跌音落时，又有雄鸡的高音引领、黄犬的对唱，加之头顶展翅掠过的喜鹊，路边林间的小鸟以及一切自然的音韵欢悦而和，同起同落……

村前是一湾清流小溪，波浪闪亮，如同盲人阿丙琴弦上荡漾的《二泉映月》，唱出一段婉转悠扬、喜怒哀乐的人生故事。这就是小村的心曲，年年月月在溪流里吟唱。

踏进小村的门槛，正是越过小桥流水，溪边上的一块宽阔的禾场。禾场上停摆着一排黑、白、红、绿的小车，看牌照那黑色的奥迪是从北京开回来的，那是小村的一颗“亮星”，在北京做软件开发的小伙子，他叫刘生闯，已经定居北京了。那白色的帕萨特是来自湖南长沙的，那是小村的兄弟在省城里做药材生意，也赚了，成了小小的老板。还有那红色绿色的，我一时叫不出车名来。其中一位车主叫刘仁忠，他是小村的高才生之一，大学毕业后在岳泰集团做了好几年饲料营销经理，现在自己当上了老板，派头很是潇洒，还有刘仁文、刘小根，都是小村今天的人物。我正伫立村口，悠悠的思绪缠绵着远方。突然，又有小车开过来了，喇叭滴滴，传出一曲《天路》的歌声，这歌声也正是小村的声音。

踏着小村的声音来到小村的竹林人家。家主光公公正在餐桌上端来摆去，杯盘碗筷挤得紧紧，碟里盘中盛得满满，那火锅里沸腾的热气和着满桌的香气缠绕升腾，满屋的空间全都洋溢着诱人的味道。主妇罗娘娘又端来一钵腊猪脚炖黄豆："还有腊猪肚、野鸡肉、鲜竹笋、嫩蕨菜、椿木芽没有上来。"罗娘娘掰着指头点着数，开心地笑了。"不要上了，不要上了，桌子装不下啰，罗娘娘，算啰算啰！"大家喊着罗娘娘，笑声连着笑声。

"来，请大家就座，今天是清明节，你们远道而来，回归故里，能在我家相聚，一是你们对先祖的敬孝；二是你们对我和罗娘娘的敬意，感谢啦！这第一杯酒我敬大家，干了！"光公公举杯激动地说。碰杯的声音唤来了禾场上那只毛色鲜亮的大黄狗。"黄毛"站到了我的身边，用嘴鼻嗅闻着我的体味，用舌头轻舔着我的衣角，尤其是摇摆着的那条翘起的尾巴如同高高扬起的风帆，为眼前这桌浓情满溢的酒席平添了一道亮眼的风景。

"光公公，感谢你实心实意，满桌盛情，我先敬你一杯！"光公公兴奋地站了起来，举杯仰脖干了。"啊，痛快，痛快！"光公公感叹陈辞。是啊，腊炕上所有的精料、菜园里所有的鲜嫩全都端上了圆桌，深情厚谊，真真切切地写满了杯盘碟碗，这确是光公公全家的痛快，更是小村人们的痛快。座上席间，抒情的话儿如同小溪轻波荡漾，一波迭出一波；碰杯的声潮如同江河汹涌澎湃，一浪高过一浪……

一阵微风轻扬而来，灌进屋内，我迎着清凉步出门外，屋前那片婀娜多姿的青青翠竹正随风翻覆着层层绿浪，枝枝叶叶，呼风唤阳，伴和着竹林下面的溪流水浪，声韵跌宕，摇摆出小村的绵绵情意和欢悦的心声。

我正赏心悦目之时，忽然听到后山传来布谷、斑鸠的啼鸣，那是大山的候鸟正发出季节的呼唤，传递着小村的灵慧和农耕的信息。又见一群叫不出名的小鸟，从麦浪里、油菜花丛中振翅而起，蹿向野空，叽叽喳喳，啼出一道亮色，那声音仿佛跳动的琴键，弹出了小村春色的音韵。转眼档头屋角，那急不可耐的牛儿也在发出哞哞之声，那满栏的猪崽正掀动栏栅蹦出圈门，欢撒到篱笆墙角、溪边田野了。爷们儿的牛鞭划破了天幕，父辈的犁尖把水中的天色点亮，燕子在翩翩起舞，蜜蜂在嗡嗡歌唱，小村的声音正唱和着一幅大山里春暖景明的图画，情意浓绵，声韵悠长。

（原发表于《中国监察·百花文苑副刊》，后发表于2010年4月6日《怀化日报·副刊》，获《散文选刊》上半月举办的全国散文大赛二等奖）

清风明月抚我心

这是几场秋雨过后的中秋之夜。被雨水滤过的月夜，秋风已凉得人胸怀清爽、心儿清悦，身躯和心海都在清清凉凉的润滋之中。我独自踏着清朗的月光，在清凉的秋风亲抚中漫步于辰阳沅水河堤，把思绪缠绵于河水涟漪的心潮，将身心拥入清风明月的怀抱。

这是一道长长的河堤，是眷顾护佑小城人们身心安宁的大堤，即使滔天的洪浪也只能在大堤之外的河流里翻滚。小城的人们紧紧地依偎在大堤的怀抱之中，生活的色彩就越来越有了新的浪漫。

河堤仰卧于沅水河畔，堤面由大块大块的防滑瓷砖铺成，光泽而亮眼；边沿是汉白玉护栏，匀称而坚固；护栏内兼种着一排柳树与桂花树，已长成连成一线的朵朵绿荫了。堤坡的中下段留有两条水泥卵石人行道，在潮起潮落的水浪拍打中时隐时现、时明时暗。而此时的人行道自然是袒露堤岸的，因落秋的河水早已瘦去大半，当然失去了先前的许多潭水滩浪；又因上游的水电站的建成，这河床、这河水就自然失去了深潭、浅滩、浪花、波涛、浪鸣、滩啸的许多自然景观。

今夜我来得很晚，已是夜色渐深的夜晚了，大概是电站已打开了几道闸门，于是白天裸露的大半个河床已是水盈满满了，自然就荡起了波光细浪、清风明月。今夜的河水算是翠碧幽幽，看起来有点儿厚度，在清风明月的亲吻映照下，那漾漾的柔波是如此委婉、恬静，让我顿生水阔天高之想，又使我憧憬着画意诗情之境了。在河堤上那排高杆灯火与月光的辉映下，我的思绪仿佛已铺展到了那淡蓝的水光之上，忽而阴阴、忽而沉沉，如同流淌的梦想，那层层的波光里偶尔闪烁的光芒就是那梦的眼睛了。

我漫步于堤坡中段的人行道上，不经意间发现河水已漫过河堤下端的那条人行道了，可见电站的水量在慢慢上升。风生水起，借助这新生的晚凉和轻吹的河风，行步生发的背间的热气已渐渐消散，身子与心情也渐渐地漫入了轻松与快乐的意境。

月光如流水一般，静静地泻在这汪轻流的水波上，仿佛腾起薄薄的光雾，如同笼着轻纱的梦。虽然是满月的秋夜，气清天高，可天上布满了一层如同飘纱的淡云，轻轻地遮蔽了月光的清辉，因而不能朗照。我的脚步随着水流的方向，亦如随着月光流淌的脚步，步入了那段柳丝稠密的堤岸。月色和着灯火的光亮从柳叶间筛下来，落下参差不齐的斑驳倩影，丝丝缕缕，在清风中婀娜摇动，把轻盈舞动的丰姿鲜活地画在江面上，波动影摇、影动波流。河堤的两岸，远远近近、高高低低都是山峦重叠，朦朦胧胧，看不清树木草丛，只是浓浓的阴影，如同团团烟雾，只有今夜这多情的江水把这秋夜里多情的风景全都清晰地装进了心底。

夜已静悄，月儿仿佛瘦削了几分，盈盈地爬上了柳叶枝头。天空的云纱已慢慢散开，一片片可爱的蔚蓝渐渐被放大，如同这一汪可爱的江水，把月亮的精神和清风的慈怀写得逼真而亲爱。正因为这清风和明月，才使我躁动的心灵获得了安抚，灵魂的波澜汇入了这汪平静的江水，微波细浪的欢快就涌入了心田。于是，我的心灵被彻底地渗透了愉快和欢悦，才又一次发现在平日散步时难以发现的混沌的灯光里糅合着一派清辉的月色，又欣喜地察觉到河堤的下游和上游那两座大桥的桥沿上两线长长的彩灯，如同眨眼的星星，流光溢彩。而那两排通宵达旦的高杆灯光更认真地把车辆和行人照得真实，尤其是今夜有了月光的辉映，就愈发清亮和耀眼了。

明月伴随着清风，清风缠绵着月光，沐浴我的肌肤，清理我的思绪，更是轻轻地抚慰着我的心灵。我生命的灵魂已融合了生命的清风和明月，自由的身心如同自由的明月清风，向往世间的美好，使生命的灵魂还乡。

（发表于2013年10月8日《怀化日报·副刊》）

故乡路弯弯

小侄儿刘海欣喜地蹦出驾校门。考试一次过关，取得了驾照，立马跑到市里汽车销售店选购了一辆双排座面包车，专程来接我回故乡老家。我确实很久没有回老家了，常在心头牵念，听说老家已经通了水泥路，也很想去看看。于是坐上了侄儿的新车。

“今天要请伯伯坐副驾驶，考考侄儿的技术吧，因为伯伯坐车坐得多。”侄儿开心地说。“是的，我是经常陪领导坐车，是专坐后排的，今天坐侄儿的车，我升级了！”“哈哈……”侄儿笑得更是开心。

笑声还在飘荡，车已开出了县城。十几道弯弯之后就弯到了木洲。这里是省级开放工程大洑潭水电站，已建成发电了。我要侄儿停下车来。我告诉他，这个木洲了不起呀，它是水涨船高，洪水永远也淹不到最高处的一个神奇的洲。现在建成了水电站，县财政收入要增加一大把，洪水就真的永远也淹不着了。从这儿再上去一点儿就是清波浪。清波浪是一个长流险滩，据老人说，新中国成立前在这个滩上打烂过很多船，当然也淹死过很多人。只要遇到洪水期，船过清波浪如过鬼门关。因此这儿流传着一首民谣：“木洲有个清波浪，浪高百尺浪接浪；洪水走船过此滩，生命不丧魂胆丧。”如今建了水电站，险涛化平波，清波浪已被淹没在遥远的梦中了。“伯伯，上车走吧，已在这儿停了 10 多分钟了。”侄儿拉着我的手说，“我听说这儿有个清波浪，但不知道清波浪的故事。”“是啊！清波浪一定有许多的故事，我也不完全了解。时代的风浪吹没了许多陈旧的传说，也吹送着许多动人的故事。你看，一个省级水电工程能在这条流淌千古的沅水中游落成，这不就是一个震撼人心的故事吗？”

又是多少道路弯弯，车子弯进了修溪口。啊！这儿已经改道了，重新修建了一座大桥，原先的那座老桥已成危桥严禁通行了。我又叫停了侄儿的车。

这儿是先前的区政府，叫修溪区，辖修溪、柿溪、伍家湾、谭家场四个乡镇。现在是淹没区了，要迁往下游木洲对面的清波浪，那儿将建成一个新建的乡政府。车到这里便是一个分路口，一边通往伍家湾和谭家场，再爬上三屯（柘木屯、道光屯、王洋屯）直至溆浦钧坪，确是一条遥远的山道啊！不知有多少个弯弯哟，如今也通了水泥路。一边走向柿溪，沿溪而进，再翻过两座大山，便通向溆浦大江口，更是一条山道弯弯。而今这条弯弯的道上已袒露出白白净净、亮亮闪闪的面容了。

车至柿溪溪口，正是手腕子形的高岩悬壁处，我再一次叫停了侄儿的车。略带不耐烦的情绪已写在侄儿的脸上了，但出于对伯伯的尊敬，也只好从命了。“刘海呀！我很理解你的心情，你是为了要车速，回家心切，等我讲完这儿发生的故事后，你就会另有一番感受的。你看这儿是岩高崖悬，下面是很深很深的溪潭。当年我在修溪高中读书时，走到这里，我们同学就手牵手爬行而过，把肩上挑着的行李一包一包地抱在怀里，慢慢地越过去。那时每次从家里挑出的是 5 斤红薯 3 斤米，加上两罐头瓶的酸盐菜，便是一个星期的伙食，你说苦不苦哇？一个同学因饥饿头昏，又为了抱紧那包红薯，手未拉紧，就突然滚落进溪潭了。幸亏得到一位渔船老板的搭救，保住了性命。还有一次就是我们老家的两个村民抬送‘预购猪’也在这儿发生了意外。那时兴给政府送‘预购猪’，用两根手臂粗壮的竹子套上草绳，敲成猪轿，爬山越岭，抬到这个悬崖的拐弯处，一脚踩崩了一块石头，连猪带人掉下了悬崖，你猜猜这人这猪是死还是活呢？多亏老天长眼，虽是山里人，常在溪边走，有点儿识水性，巧遇老渔船，人猪都有了生路……”侄儿终于有了笑容。“走吧。”这回是我催他走的。

侄儿的车速很快，转弯有明显的感觉。我忍不住地说：“慢点、慢点，又到弯道处了。”侄儿轻轻一笑：“放心啰，伯伯，这是水泥路面，很好走的。弯路走多了比走直路还有精神呢。”“是吗？我知道你是一次过关的好技术，再弯的道路在你的车轮下都是平坦的。可是你今年才满 18 岁吧！人生的弯道在你的脚下才刚刚起步，这就需要稳步而沉着地迈向征途。”侄儿微笑着点点头，似乎对我的话意已心领神会。侄儿的车速已明显缓慢了。我贪婪地望着窗外的风景，深深地感受着山乡的美丽。这深秋的早晨，山峦、溪流、树木、房屋全被蒙上了一层白嫩而轻柔的面纱，如同翻卷的浪花浸润着一路的山水、一路的村庄。公路两边流动着浓浓的绿色，枝枝叶叶滴落着雾气凝结的露珠。偶有鸟雀的闪动，似乎翅膀的羽毛已经湿润，难以展翅起飞了，只有依靠双脚的弹力在枝叶间跳动。丰盈的田园更加美丽了这深秋的季节，伸展身躯的菜豆，藤藤蔓蔓，沿篱笆攀附而上。低垂的稻穗金黄了满坡遍地。南瓜棚上织起了丰收的网，索索牵挂的草烟映红了屋角禾场。秋色更美丽了这条弯弯的乡道。

车上水库大堤了，这儿更是一处崎岖险道。过去的年月里，一条小小的茅路嵌在山腰中盘旋而上，有几处必经的奇险悬壁，是挂在悬崖上的一条尺许之宽的小路，那是用羊角锄和钢钎挖钻出来的，只能容得下一双脚板。因此学子们只能面壁侧身移动而过，谁都不敢转头目击那十丈以下的深峪水潭。大人们也只能侧身寸步而行、惊险而过，后来就只有绕道翻山越岭了。“刘海呀，这条路的险情你是没有见过的。”

转眼，车过了河江大桥，又过了三丘田桥，前面就是老家辰溪县柿溪乡纱帽坪村了。“刘海呀，今天我们从县城出发到这里走过了多少座桥？”侄儿朝我笑笑，一时答不上来。“我屈指数数已走过了15座桥，可见修筑一条公路有多难啊！尤其是这样跨河过溪、翻山越岭的弯弯山道。”车到家门了，侄儿放起了歌曲《天路》，音乐声从车窗传出很远，老家的小村顿时热闹起来了。85岁的老父亲钻出家门，跑到车前来接我。他先是用手摸摸车头的亮灯，然后走到车后端详，又打开车门数数座位，用手摸摸按按，最后爬上车内在座位上坐坐靠靠……“嘿！这座位硬朗得很呢！海儿呀，花了多少钱？”“8万多点！”侄儿笑眯眯地对爷爷说。“啊！不算贵，不算贵，可要我种四五年的田地哟！这时代呀，变化多快哟！”父亲感叹不已。弟弟和弟媳忙着搬运行李，脸上堆满了笑意。

“大哥辛苦了，先去屋里坐，桌上有瓜子、花生、橘子、柿子，茶叶在冰箱，先喝杯开水茶吧！”弟媳满心欢喜地对我说。村里的长辈、叔侄、伯娘、婶婶、兄弟姐妹们都来了。我也忙着敬烟，忙着点火，忙着答话。大家说：“这车路通了，新鲜事儿就越来越多了，这日子一天比一天好呀！”“是呀，过去从我们这儿到县城步行六七个小时，今天用不了个半小时就到了。农民的日子确实越来越幸福了。农民种田有补助，农民住院有‘农合’医疗，农民买车、冰箱、电视机都有补助，农民的娃儿上学有九年义务教育呀！多好的政府哟！”

我站在门前的高坡上远望着眼前这条如同白色长龙的路，弯弯扭扭地翻腾而来，又扭扭弯弯地盘旋而上，再翻过两座大山直至溆浦大江口了。我环视着绿浪起伏的群山峰峦，昔日那条崎岖蜿蜒的山路又渐渐浮现眼帘，而后又缓缓地消失在白亮闪光的弯弯水泥路面上。

（发表于2010年7月19日《怀化日报·副刊》，获中国散文学会举办的全国散文大赛一等奖）

一枕书香伴我眠

夜阑人静，思想的野马托起枕边的书香扬蹄奔驰，由近而远、由低至高，由浅入深、由淡及浓，带着诗词书画的意境、美文杂谈的情理和法律条款的含义，渐渐地醉入梦境。

枕边读书，是忙于生计而又欲求知者不得已的选择，是搞研究和做学问的人对宝贵时间的充分利用。我非研究亦非学问，求知之欲倒是心切，于是便养成了长期枕边读书的习惯。古今中外，枕边夜读者成千上万，厚积学识、卓著成就者不乏其人。

史籍记载，枕边夜读的典故甚多。《岳阳楼记》不愧千古美文，范仲淹更不愧一代文宗名流。其少时家贫，但穷且益坚，发奋读书，为防夜晚蚊虫叮咬，坐在帐中读书，甚至深夜。时间长了，蚊帐自然被灯烟熏黑。范仲淹步入仕途后，夫人李氏舍不得将蚊帐扔掉，常以此教育诸子说："此尔父少时勤学，灯烟迹也。"李夫人的励志之举效果甚佳，诸子皆以父亲为榜样，苦读勤学。其子范纯仁同样常坐于帐中夜读，把蚊帐顶熏成乌黑。宋朝大学士苏东坡曾对秦少游之弟秦少章说，他"观书，夜常以三鼓为率，虽大醉后，亦必披展，至倦乃寝"。所谓"以三鼓为率"，即以夜半为准。一代文豪如此勤奋读书，我辈岂有偷懒之理？更有不少人穷得连灯油都买不起，仍然想方设法夜读，为后人留下了囊萤映雪、燃糠自照、凿壁偷光等读书的典范，其精神令人敬佩。

我于枕边读书的条件当然要比那些买不起灯油的古人优越得多，既有床头台灯，又有床边书架，还有妻子送来的解渴提神的茶水。后来条件更有改善，有了自己的书房，独占一室，随心所欲地读书习字。时间长了便迷上了文学及书法，于是猛读古今中外的诗歌、散文、小说，且涉猎历史、哲学及兼练柳、颜、欧等多种书体。除了对文学、书法的苦恋，因工作需要，我还要常读工商行政管理相关的法律法规。以《工商行政管理》半月刊和《工商行政管理研究》杂志及《工商行政管理法典》为主要读物，常在枕边细细品味、思绪缭绕。读工具书确有枯燥乏味之感，常读常忘，但只要带着问题去读去学，还是颇有收获的。尤其是办案期间，常常要遇到一些麻烦，便到书中寻找答案，翻来覆去、思前想后，如何找准法律条款、如何紧贴法规依据、如何恰当使用法度、如何使当事人心服口服，这不但需要丰富的法律知识，也需要丰富的自然科学知识，于是枕边读书既育养了我的习性，更丰富了我的学识。

自从有了枕边读书的寂寞和孤独，就自然渐疏了与同学、同事和朋友的交往。我本不善人际往来，极少去登门拜访别人，斗室寒舍也几乎无人光顾，即使老家乡亲来访，也是热忱不够、怠慢有余，久而久之，来访的人就少之又少了。

枕边读书也可获得充实和清醒，当别人在酒馆豪饮、在茶馆品茗、在牌馆搓麻、在歌厅歌舞、在无事闲聊时，我却在恭敬地拜访圣贤、在亲切地会晤哲人、在尽情地饱览美景、在细心地琢磨法度。学习于书中，求教于智者，不需长途跋涉，只需举手之劳，便可叩开先贤的大门，饱食他们用心灵和智慧设下的知识盛宴。小说杰作，引领我步入五彩缤纷的世界；历史典籍，把尘封的古老世事鲜活于眼前；散文书画，将文思和美景烙进心田；厚重的法典，如锋利刀斧，敲开我心智闭塞的坚冰，清醒了我的神志、清理了我的思绪、净化了我的心灵……在万籁俱寂的深夜里，拾得一种脱俗超然的心境和清醒，伴随着书香飘逸的思念，步入浪漫的情境。

枕边苦读，使我不再是一个蒙昧无知的人，使我不再是一个工作不能出色的人。有了枕边的勤读苦学，便有了我对文学艺术的狂然之恋，对工商理论的探索和研究，更有了撰文著书的能力和对书法艺术的深爱。20 多个春秋的枕边苦读，终于使我追求的梦想得以如愿，终于能成为一个想说就说、想写就写、想论就论，用文字的形式自由发泄之人，更能自由地枕着书香入眠，把更多的梦想和追求不断地融入书香的梦河里。

（先发表于 2010 年 9 月 20 日《怀化日报·副刊》，后发表于 2013 年 7 月 1 日《湖南日报》，获《湖南日报》征文优秀奖，不设等级奖）

醉饮千年湘西酒

二弟本来是饮酒成瘾、嗜酒如命的一条曾经为武的汉子。无论好友亲朋或乡亲战友都想与他同桌共坐、同壶共斟、同喝共饮。同他饮酒不问饭菜，只管酒醇，尤其是千年湘西是他成瘾之好。无论身居小城或回归故里，无论宾馆豪包或农家小桌，只要他一上桌便就高喊："拿千年湘西来！"

二弟从农村到部队，从部队到农村，再从乡下到城市，从城市到乡下，反反复复，从田间地头、大山森林走向都市街道、工厂企业，又从繁华滨海回到沅水小城，走进医疗事业单位。一条坎坎坷坷、弯弯曲曲的人生之路伴随着一条流淌不息的千年湘西的溪河，滋润着他平凡而又非凡的艰难历程。

一个催人奋起的春天，给二弟的戎马生涯画上了一个圆满的句号。一位优秀共产党员、荣立三等功的二弟退伍回乡了，正值我刚离开教师队伍步入县城一个机关做秘书工作之时。于是一个报告、一篇文章就把二弟举荐进了公安派出所做合同民警。上岗的第一天，所长破例专为二弟设了欢迎宴。欢迎宴上，所长又破例征求二弟意见："本来老弟，喝什么酒呀？"二弟迅速做了一个立正行礼的军人动作："报告所长，说实话，我喜欢千年湘西！""那就千年湘西吧，大家喝个高兴，但不能喝醉啊！"所长提高了嗓门。话音未落，二弟就抢先发话了："第一杯酒，我敬所长，感谢所长关怀，请所长表示一下，我干了！"二两一杯，二弟仰脖一饮而尽。亮杯之时，看二弟的神态如同口干痛饮山泉，凉爽而又甘甜。二弟马不停蹄又一次举杯说："这第二杯酒，我敬大家，祝我们的事业红红火火，干啦！"此时，我看到二弟脸色泛红，心胸如同鼓点密击，颤动不已。我向二弟递了个眼色，他却微笑点头，若无其事。二弟再一次举杯，如车轮飞转，跟踪追击："这第三杯酒，我敬炊事员，大师傅辛苦了，祝我们天天开心，干啦！"

"好了！"所长发话了，"本来老弟，你已酒过三巡，能否先给大家表演一下武警的拳路？""好！我是武警战士，打拳没问题。"二弟心中有数，这是所长在检验自己的功夫。二弟一个纵身跳进厅堂，紧了紧腰带，整了整衣装，挥拳踢腿、箭步转身、顺手牵羊、跃马腾空……一路拳脚下来，二弟额头冒汗、背间透湿、热汗淋漓。报告所长："武警拳路熟，全凭勇猛斗。痛饮湘西酒，拳脚自如流。"二弟的一首自作打油诗惹得大家开怀大笑，抱拳赞许。就这样，二弟的合同警干得有声有色、出类拔萃。

一个细雨绵绵的午后，二弟刚吃了饭，在回所的途中，突然遇到那张熟悉的面容，身高体壮，见面就跑。二弟立刻警觉到，这一定就是那个越狱逃犯。二弟迅速追击，箭一般地冲刺，奔过泥塘、跨越猪圈、跳过铁栏，直冲沅水河滩。突然，目标不见了，二弟目扫四周，即刻判断，一定就在前方不远的草棚背后。二弟追至草棚，背后冷不防扬起一把铁铲，即将劈落的瞬间，二弟急转身子，一把抓住铁铲，顺势用力一拉，逃犯啪的一声趴倒在地。二弟用穿在脚上的军用鞋鞋带反手捆绑了逃犯的双手拇指，带回了监狱。战友们竖起大拇指赞许地问："你是如何追捕的？单身独人，多危险呀！""多亏我的武警拳路，使我力量倍增，出手一拳就会使人倒地呀！"二弟告诉战友们，多练习拳脚功夫能健身强体。

二弟在公安战线干了8个春秋，荣立三等功，受到市政府表彰，这在合同警的队伍里是屈指可数的。千年湘西也如同难以割舍的情侣伴随着他艰辛的旅程，依依恋恋着春夏秋冬。

上一次，战友聚会，二弟是召集人。他向买单者首先提出要求，要喝千年湘西。买单者也是战友，当然听他的。买单的说："本来兄呀，只要你愿意召集，我就愿意买单，你想喝多少，我就买多少。"二弟在战友圈内并没什么职务地位，可战友们偏偏都喜欢与他共饮，尤其喜欢他喝的千年湘西，更喜欢他的歌谣："我爱是湘西，爱我也湘西……"

前天，乡村一位小学校长，又是故友又是长辈，提着腊肉专程来到县城看望二弟。酒桌上，二弟连敬三杯，当然又是千年湘西。第四杯时，校长就开始委婉推辞了，二弟也就不再勉强。

在"千年湘西酒"芳香缭绕的斗室里，二弟与校长均已轻松坦然地酣入了芳香馥郁、味绵甘冽、醇厚柔美、回味悠长的梦饮的意境里……

（发表于2011年8月15日《怀化日报·副刊》）

杜鹃草堂夜阑时

崇山峻岭，群峰连绵，林木葱茏，绿浪翻卷。一条涓涓清亮的小溪呈波曲浪横之势，从门前蜿蜒而去。流成渠水长浪，激起沅江涛澜，奔入洞庭大潮。这儿绿浪与溪波和鸣，云烟与水雾缠绵，田垄稻浪金黄，山地秋露滴翠。偶见稻花鱼鲜活田间、拱动细浪，勤劳与丰收跳进了农人手中的篾篓，心血和汗水做成了农家的美味佳肴。这就是湖南省通道县县溪镇杆子溪村。

一个偶然的机会，我来到了这个小村，来到了如唐诗宋词般的诗情画意之中。溪流两岸青青翠竹与绿树掩映的农舍，既有木屋瓦檐，又有砖墙楼房，鳞次栉比、错落有致。一条水泥公路迂回弯曲前行，把一颗仰望的心愿颠簸跌宕，又把眼前的风景抛向云海。我忍不住叫了司机一声："师傅，能不能慢一点儿呀？"

中途接应的刘总问我："刘老师呀，此次通道之行打算如何安排？""我想，通道转兵纪念馆我去过。听说这里有个'杜鹃草堂'，是曾经一位县官创建的，还将建成一个关于长征的文化公园。早闻这位县官很了不起，不但编著了 30 万字的巨著《通道转兵》，而且还创作上映了电影《通道转兵》，轰动了全国。因此，我是慕名而来的。"

"是啊是啊！这位县官叫杨少波，确实在我们通道县当过常务县长，现在是市文联主席。他为全县人民做成了一件历史性的大事，他自己却吃尽了苦头啊……"刘总的话语滔滔不绝，似乎要说出许多关于这位县官的故事来。我打断了他的话音："刘总啊！因《通道转兵》的巨著和电影的纵深传播，久闻这位县官的大名，但至今未曾谋面，不知今天能否拜见？"

"一定能见的，刘老师放心，我已先联系了。"刘总蛮有把握地回答。

"那就真的谢谢你啦！"

车沿溪岸迎流而上，又一次转过一道弯去，突然出现"杜鹃草堂"四个红色大字，鲜亮耀眼。字碑的背后恭敬地站着一个人，拱手抱拳，微笑憨态。其个头不算高大，但脸色红润，前额略高而光泽亮眼，头顶发丝稀薄，双眼深邃而神采敏锐，看上去就给人感觉是一位目锐心灵的善思者。其儒雅仪态，似曾见过。

“刘老师，杨主席接我们来啦！停车，停车！”

果然，就是杨主席呀，真是才子官人，儒雅之风裹着慈怀暖意扑面而来，我在心里感受着。

“辛苦了刘老师，刘老师辛苦啦！感谢刘鹏为刘老师带路啊！”杨主席的话语与笑意的确给人以真诚和踏实。当杨主席正伸手欲接拿我的行李时，却被刘总抢过去了。

“杨主席呀，怎能劳驾你亲自来接呀，我们打扰你来啦！”

“欢迎欢迎，欢迎刘老师来草堂做客。今天已经晚了，先到草堂吃晚餐，明天再转转，看看这简陋的风景吧！”杨主席说着，握着我的手，携手而行。

杨主席的温情暖意，使我拘谨的心情即刻轻松了许多，话语的交谈也就自然流畅了。

当晚在月光初露、繁星闪烁与霓虹灯的光照下，杨主席亲自领着我和刘鹏在草堂里转了一个大圈。这是一个山弯里的家园。一片芳香的田垄温馨在这个红色文化的家园里，黄绿参半的稻浪荡漾在山风里，伴和着波光涟漪的溪流，欢奏出一曲悦耳润心的乐音。眼前造设的每一幅《通道转兵》红色文化的景图，如同个个跳动的音符，正流泻出一曲有关长征的旋律，又如一个红色文化的春梦正在这个山弯里演绎着当年的险关奇景。红色的历史在这里复活，红色的文化在这里精彩，红色的春梦在这里鲜活出灿烂的美景……

夜已渐渐深沉，我坐在草堂的客厅里，坐在挥手致意的毛主席塑像前，坐在党旗、国旗、军旗以及《湖南文学》《中国艺术报》创作基地匾牌光彩的辉映下，细心地聆听着杨主席真情倾诉其编著《通道转兵》及电影创作上映的艰难历程。个中的辛酸苦辣和无法言表的无奈与坚韧，总时时激起我心灵的震颤，使我热泪盈眶。时有忍不住的泪滴打湿了自己颤抖的笔尖，也打湿了笔记本的纸页，更深深地润湿了我心灵深处的激情……

夜阑人静时，我躺在草堂的梦床上，枕着波澜起伏的思绪。迷茫的睡意里，仿佛听到了深秋的夜风在草堂里柔声地轻唱，又仿佛看到了苍翠的松林下缀满了点点红花。枝叶繁茂的深处，正烂漫着一丛丛、一簇簇的艳红，瞬间，火红了满山。梦境的远方突然传来了悠悠扬扬的乐音歌声："日夜盼得哟，红军来，岭上开遍哟，映山红！日夜盼得哟，红军来，岭上开遍哟，映山红……"

（发表于2023年4月26日"怀化新闻网·文艺版"）

小小春联凝深情

元月中旬，寒冷的拂晓，在密密细雨的崎岖山道上，蜿蜒着辰溪县公、检、法、司和人武部派出的车辆。满载着乡土文化研究的老师、书法家们连夜加班书写的春联，满载着干警、战士们和书写人员的激情与歌声，沐浴霜露晨雾，辗转泥泞水浆，艰难地行进在颠簸之中。

春联，又称“春贴”“门对”“对联”，是过年时贴在各家各户门上的红色喜庆元素“年红”中的一个重要种类。它以对仗工整、简洁精巧的文字描绘美好的形象、抒发美好愿望、展示美好前景，是中国特有的文学艺术形式，是华人过年的重要传统习俗。

春联源于周朝，宋、明盛行，说法多种。有说春联源于桃符。五代后蜀主孟昶在桃符上就题过“新年纳余庆，佳节号长春”的联语。清代《燕京时岁记》记载：“春联者，即桃符也。”另一种说法是源于“春贴”，古人在立春之日多贴“宜春”二字，后来随着中华民族文脉的历史长河跌宕流淌，渐渐发展演变为春联，表达了中国人民一种辟邪除灾、迎祥纳福的美好愿望。

穿山破雾的车轮碾过重重山峦峰巅，把寒风揉碎在枝叶林海，将雪霜融化于车轮痕迹，蜿蜒辗转地来到了离县城80公里的黄溪口镇。这儿地处沅江中游，因下游的电站蓄出的水面激起了无限的荡漾波光，辽阔烂漫。伫立江岸，似入梦里水乡。

镇政府领导将我们的书写场地设在风雨桥上。因赶集之日，人流的高潮就在这儿起伏。一排桌椅紧靠桥栏，满河清风带着水浪的滋润和袭人的寒气熨帖着桌面。两盆炭火红光闪烁，辉映着我们笔墨的激情。悬挂于桥栏的鲜红春联舞动着河风，翻起了笔力夺目的墨浪，人流涌动、目光闪亮。一张张喜颜笑脸，温暖地映照着我们的墨池笔尖。

“小康岁月家家福，大好河山处处春。”

“日照山村腾紫气，歌飞田野荡春风。”

“锦绣河山添锦绣，辉煌事业更辉煌。”

诵读的声浪如波澜涟漪，荡漾在人们的嘴角，翻飞的纸页红光叠彩，孕育着百姓的心愿。

“刘所长啊，我就知道你会来的。你还记得吗？当年你的书法作品还挂在我的堂屋嘞……”一位白发大娘突然亲切地呼唤，唤醒了我遥远的记忆。

那是20多年前，我在这个工商所里工作，每年都会义务帮助个体户书写春联。这里的人民群众，哪家生日节庆、哪家新居落成或红白喜事的对联书写，都会找上门来，我当然乐于挥毫泼墨。日积月累，一笔一画，点点墨水滴进了百姓的心灵。

“老嫂子呀，你是中文名师啦，自己挥毫吧！”

“不行，不行！我要请你亲自书写，写出我自己心中的春联。我来念你来写：‘片纸能寓天下意；一笔可写古今情’……就写这三副，不讲究什么对仗、平仄，写吧！”

望着这位远去的历经沧桑的背影，意会着她自己心中的春联，我深深地读懂了一位80岁高龄女教师的赤子情怀。

辰溪县政法系统连续3年组织县内书法家开展下乡为百姓免费送春联并结合法治宣传活动，深受全县百姓的赞誉。5天5夜，我们跑遍了黄溪口、柿溪、大水田、谭家场、辰阳镇等5个乡镇，3000多副蕴藏着深夜寒冷和文思心血的春联，饱含着党组织的温暖、饱含着各级政府的情意、饱含着无限的吉祥与幸福，久久地融进了百姓农家。

（发表于2023年1月20日《湖南日报·湘江周刊·湘韵》）

师恩难忘

一个绵绵细雨的下午，放学后我去食堂打饭，衣袋里只剩二两饭票了，怕同学见了不好意思，只好排在队伍的最后。等同学们都离开了取饭的窗口，我才上去打了二两饭。我端着饭钵刚走出食堂大门，迎面碰见班主任沈老师急匆匆地来到食堂。沈老师认真地看了看我的饭钵，突然发问："哎，今天你怎么打这么点儿饭？"

"呵呵，是前天老家来了位长辈，吃了两钵，饭票接不上了。没有关系，每餐少吃一点儿就行了。"在老师面前，我不得不说出了实情。

"不行，跟我走，再加点儿饭，饭不吃饱怎么读书呀？"

沈老师拉着我的手来到取饭的窗口，双手端起我的饭钵伸进窗口，亲自叫周师傅给我再加了三两，同时又加了一份最好的肉炒辣椒的菜。然后又从他自己的口袋里摸出两张一斤饭票、两元菜票塞进了我的衣袋。我婉拒了老师的动作。沈老师发火了："别啰唆！"

离开食堂，去往教室的路全是石头和砖块与水泥凝固而成的阶梯式上坡路。我爬行的脚步似乎踏出了一分艰难和沉重，又似乎踏进了幸福和向往。沈老师的脚步是那样轻松和欢快，一路陪着我并肩而行。我双手端着饭钵，走着走着，渐渐地从心灵的深处生出了一分沉甸甸的厚重。满钵饭菜冒着热烟，随风飘荡的香气在鼻尖上缭绕，把满腔的食欲和愧疚之情久久缠绵。沈老师问："怎么不吃呢？赶快吃啊！"沈老师这一句轻轻关切的话语又一次撼动了我情感的经脉，使我早已蓄含满眼的泪水忍不住夺眶而出，叭叭地滴落在饭钵里……

"哎呀，哭什么，这点儿小事值得你哭吗？有困难就对老师说，直接对我说，怕什么呀，啊……"沈老师有点儿责怪我的泪水，其实他的眉眼和脸色也无法掩藏为此的动容之情。

我狼吞虎咽地连同饭钵里的泪水，大口大口地吃着这似乎从未有过的香甜。吃着吃着，突然下起了大雨，哗哗的雨水惊醒了我的甜梦。醒来发现枕巾上真的留下了湿润一片。

突然，接到典礼同学电话，这是 2019 年 10 月 23 日清晨，他说沈家庄老师从加拿大来到桂林，明天回故乡洪江。而后还要去重庆、湛江、中南等大学巡回讲学。我想，今天该怎样去见相隔 43 年未见的沈老师呢？带点什么？我在心里不停地问着自己。思来想去，决定把自己留存的最后一本散文集，加上自己的墨迹作为向老师见面汇报的礼物，也算是一份精神安慰吧。想到此，我立即跑去写字室，铺开宣纸，提笔写下了“师恩难忘”四个字。虽然是匆忙之作，但感恩之情饱含其中。

下午两点，我和典礼同学坐着我堂弟的私家车直奔洪江。时至 6 点，沈老师来电话叫我们过去吃晚饭。我们来到宾馆门外的路口就远远望见沈老师早已站在街道边等候。我急切地跑过去紧紧地抓住了沈老师已经伸过来的暖手，同时按捺不住地大声呼唤了一声：“沈老师！”

我内心的激情已在老师手窝的暖流中澎湃，而目光注视着老师的容颜。那满头银发闪烁着岁月的风霜，而智慧的双眼、红润的脸膛仍不减当年青春的活力，焕发的容光和儒雅之风扑面而来，真的使我们倍感亲切而温暖。

“本楚啊、典礼，你们太认真啦，谢谢你们啊！”沈老师边走边跟我们说着话。请我们吃饭的洪江市统战部部长也在旁边插话说：“沈老师的学生个个都优秀啊！”我只好大言不惭地接上一句：“师高弟子强呀！”沈老师哈哈大笑说：“那是他们自己的努力，确实也不错啊！”

刚刚入座于晚宴之席，我迫不及待地将我的小书和亲笔墨迹捧送老师，以示汇报。

沈老师认真地展开宣纸，高声诵读着“师恩难忘”四个字。“写得不错啊，本楚读书时写的字就很好的。”沈老师有意表扬了我。当场和沈老师、典礼同学连同那幅书作，留下了一个闪光的、永恒的纪念。

晚宴上，我和典礼同学同向沈老师敬了三杯酒。第一杯感恩之酒，感谢老师的栽培和浇灌，一日为师终身为父的教养之恩。第二杯求教之酒，身为教授、博导的老师，学识渊博，尤其对中国古代诗词的研究颇有建树和造诣，恳请老师继续为我们赐教。愿老师的学识如日月慧光，普照天下。第三杯祝寿之酒，老师已年过古稀，但鹤发童颜、返老还童的精神风貌令人振奋，祝老师青春永驻、安康幸福！

当晚，我们随同老师一起夜游了洪江古商城，聆听老师讲述他童年的故事。沈老师祖籍绍兴——鲁迅的故乡。其父辈随祖父来到洪江，在古商城开办了一家规模较大的中西医院。其父经营的医院名气较大，三乡四邻都汇聚于此，住院治病。沈老师出生于洪江，属地地道道的洪江人。其父为了使他潜心读书、早日成才，用心地把沈老师送到离家两里多乡路以外的乡村学校读书，而不让其在家门前学校就读。沈老师说，他当年从小学一年级起就是早出晚归，全靠步行。每天放学回家走到这个商城下面的河边码头上，实在走不动了，就坐在河边歇会儿，再从商城入口的岩板梯子路一直爬上半里多路程的山顶。山顶有个叫桃花坪之地就是沈老师的故居。当年这个桃花坪近似世外桃源。春天来了，桃李杏花烂漫，绿草如茵，还种有梧桐和无花果，正是游人休闲和病人疗养的佳境。

夜游古商城，朦胧中感悟到沈老师的人生之路并不平坦，也是从艰难坎坷的困境中走过来的。可以想象，一位教授、博导、词学家的特殊人生岂能是常人能比？

第二天早上，我们乘坐洪江诗协接送沈老师的专车直奔国家森林公园嵩云山。在嵩云山半山亭华云阁的一个静雅禅房厅堂里，聚精会神地聆听着沈老师对洪江诗友们的诗词点评和对古诗词的讲析。

目睹沈老师的光彩容颜，倾听其行云流水般的朗声诗语，仿佛使我再度置身于当年的课堂，又一次享受着老师诗情画意的熏陶。那清清暖暖的诗风、那浓浓淡淡的画意，潜移默化地灌进了心田，滋润着我心灵深处的那颗闪闪灵动的诗心。当沈老师例举“两个黄鹂鸣翠柳，一行白鹭上青天。窗含西岭千秋雪，门泊东吴万里船”这首杜甫的名诗时，他更是激情澎湃地说：“像这样看似大白话的古诗，而对仗又是如此工整，是需要千锤百炼的。杜甫真不愧是一代诗圣啊！”

听着听着，我的心神和灵魂已完全被沈老师的诗语神情带进了唐诗宋词里的百姓生活和无限深广的诗情意境里。突然，手机在胸前震颤，使我从诗意醉陶中醒来。一睹手机的时间已至 12 点半，预约的车子已在山下等候。

我们起身向沈老师告别。沈老师双手护着我和典礼同学的肩膀，护送着我们走了远远的一段路。沈老师边走边深情地说：“本楚啊，你的散文写得很棒，继续努力，力争写得更精辟一点儿，写出个性和特殊人生的感受。”

“谢谢恩师的赐教。我多么希望在老师的身边久留一会儿啊，更希望老师再度回辰溪给我们讲课。”沈老师的手掌揉了揉我的肩头说：“看机缘吧，过去我们是师生，现在我们就是兄弟啦，你们也都已年过花甲，不是兄弟吗？”我的心灵沉浸在老师手掌轻轻揉抚的暖流中，又听到这样一番贴耳入心、深情关爱的话语，使我早已盈满眼眶的泪水唰唰地滚落了。我哽咽着对沈老师说：“‘一日为师，终身为父’，你是我们的终生之师啊，岂能兄弟相称？”

沈老师看到我的泪脸便轻轻一笑：“呵呵！本楚啊，你真是散文作家的情怀呀！你们听我诵读一首诗：‘城阙辅三秦，风烟望五津。与君离别意，同是宦游人。海内存知己，天涯若比邻。无为在歧路，儿女共沾巾。’楚弟啊，没有泪水了吧！哈哈哈哈！”沈老师说完便大笑起来，我们的笑声也连成了一片。我知道这是唐代诗人王勃的一首五言律诗——《送杜少府之任蜀州》。是沈老师用心用情地让我们在此即将分手的岔路口欢笑而别啊！

在下山路的转弯处，我们再度回头仰望，沈老师依然站立在那路口的高地上向我们频频挥手。

（发表于2020年第10期《散文选刊·原创版》）

追梦犁头嘴

一排排高低、大小、长短不一的杉木柱子，疏密有致地蹬立在高高的土坎上、岩脚处、水泥堆，撑起长长的木梁、短短的瓦檐，将一排排整齐划一的吊脚木楼远远地伸向河岸。把晨曦和晚霞、把山岚和水雾、把渔船的网兜和船舱里活蹦乱跳的鱼，把白帆的光影和船工的撸歌全都兜进了木楼。这湘西特有的江岸风景全都展现在溆浦大江口的犁头嘴上。一边沿着沅水的江流，一边依着溆水的河岸，两水合欢于此，画出一个大大的半圆。把一块犁头式样的犁头嘴镶嵌于江河之中。终年滋养着这个上接洪江、下连辰溪的三面环水，物资丰饶、水陆通达、人流拥挤、浪漫而鲜活的繁华集镇。

“刘哥，刘哥呀——饺儿（馄饨）熟了，快来吃、达热呀！”这是春花姑娘的喊声，脆脆的、甜甜的，好像要把心肝儿悬起。我正在饺儿店对面的茶馆壁脚处，入神地痴听着渔鼓的歌词：

渔鼓是根竹哎
中间不打打两头
上头打到河南止
下头打到北京城

那艺人的唱腔的确粗犷而又柔情，悲情之处，泪如泉涌，真的使我听得双眼湿润。

“快来呀，刘哥，饺儿凉啦，场要散啦，船要开啦！”又一声脆生生、软绵绵的柔情呼唤，如一根柔韧的丝线牵挂着我的心。可渔鼓又一次响得更加激烈，那艺人的脸上泛起了轻柔而略带红润的笑颜，似乎也听懂了春花姑娘那声韵悠长的余味。于是又唱出一段新词：

场散场，船开航
生意兴隆人茫茫
几多饺儿鲜肉香
几多人儿枯干肠

水灵聪慧而又热情大方的春花姑娘端来一碗热气腾腾的饺儿，亲亲热热地发出爽朗的笑声："刘师傅呀，唱得好啊唱得好！奖你一碗鲜肉饺，让你唱出饺儿香，让你肚饱莫枯肠……"

"哈哈哈哈……"周围的听众都发出了愉悦的大笑，那茶馆里的老爷子全把几颗大大的门牙笑出了嘴唇，笑滴了涎水，又笑进了茶杯，如同这犁头嘴的嘴尖，长长地伸进了溆水注入沅江的深流处。

我狼吞虎咽，吃完那碗开汤饺儿，并将拌有胡椒粉、酱油和老陈醋的满碗汤一饮而尽。春花陪我坐在一张高凳上，在我抬头瞟去一眼的瞬间，才发现她那无法躲闪的笑脸涨得鲜嫩而绯红。

"开船啦，下游的客商们，开船啦——"

楼下的码头又一次传来喊客的呼声。

"刘哥，快点儿，走近路，从后面吊楼的楼梯下去，出了河滩就是码头。"

我哪里知道这儿还有个吊楼楼梯可通向码头呢？我在心里想，只能木偶一般顺着春花手指的方向，走过店堂，推开木门，从吊楼的走廊转角处顺梯下楼。在楼梯上，春花突然紧紧地抓住了我的左手。这一抓，仿佛抓住了一根通往彼此心灵的脉管，陡然使血流激荡澎湃，只感觉身儿飘浮、心儿摇荡，脚步轻摇在楼梯间，如同踏着云雾，颤颤抖抖地随着她的牵手下了楼梯。

"快点儿，开船啦！"船老板故意调高了声调，加急了喊声。春花仍然紧抓着我的手，疾步跨越石板阶梯，跑过沙滩，踏上了码头。我迫不及待地说："你回去吧，别送了，别送了。"春花还是没有松开我的手。她突然大声地对船老板说："对不住啦，船老板，刘哥今天不回家了，请你给纱帽坪村的赶场人带个口信告诉刘哥的爸妈，他今天去外婆家啦！"

"不行呀，春花，明天家里有急事，我必须马上回家啊！请你放开我的手。"话音未落，我一脚踏上了上船的跳板，哪知她用力一手扯拉，使我的身子一偏，滚落在码头脚底的沙滩上。不知是春花的有意或是无意，不知不觉使我的身子倒在了她的胸怀，倒在了尚未离岸的满船人的目光里，倒在了那拍打江岸的阵阵涛声中……

害羞的夕阳已顺着江流飘落远山的边岸，慈怀的江风渐渐地吹醒了我们醉陶的情意。我如梦初醒，突然记起并猛拍了春花的肩膀一掌：“哎呀，花儿，你的店门，店门没关呀！”

春花跳了起来，抖落满身的河沙，又一次牵了我一手：“走，仍然抄近道，上楼梯，走后门。”春花的话语说得那么恳切而坚定，似乎一切都在她的心中盘算好。

春花关好店门，手一扬说：“走，带你去街上转一圈。”她边走边对我说，“刘哥啊，我知道你是个有文化的人，说起话来都是四个字，有时的话语听起来就像歌词一样，说的真的比唱得好听呀！我是真的看上了你。但是我家姊妹多，读不起书没文化，只会下饺儿。”说到这里，她突然住了口，半晌不语。我追问着：“怎么啦？半筒话？”她用手指擦了擦红红的眼角，似有伤心之意酿满了眼窝。

“说吧，别不好意思，这儿没有外人，有什么伤心事啊？”我极力安慰着她。可她的身子越走越靠近了我，那穿着短袖花衣露出的臂膀如同鲜嫩的莲藕，那秋波闪动的双眼镶嵌在红润的脸蛋与前额之间，加之满头飘动的秀发和起伏丰圆的胸脯，真的如一朵出水芙蓉，水灵灵、亮闪闪。当我用青睐的目光认真地搜索着她的身材，又一次发现她的胸脯更加剧了起伏不安，她正喘着粗气、滴着泪水，颤颤抖抖地欲言又止。

“说吧，说啊！说出来就不会伤心了。”我催问着，又安慰着。可我一直不敢主动碰她。就在这欲碰未碰、欲说未说的刹那间，她却不顾一切地一头扎进了我的胸怀，双手紧紧地拦腰抱住了我，温润的脸蛋紧贴在我的臂膀间，她终于哭出声来了。抽泣的话语断断续续，她说：“我么么（妈妈）说：‘哪有城里河边的姑娘过（嫁）到穷苦的山里欠（去）呢？真是没有出息的东西！’可我偏要过到山里欠，那儿一定有好风景，刘哥啊，你说呢？”

“是啊，山里的确是贫穷的，但是我相信石头也会有翻身之日。等我读书毕业之后有了工作，再去说服你的母亲吧。”

“等毕业有了工作，你还会来找我吗？”

“哎呀，到时候我要亲自去说服你妈妈的。”

她的双手把我的腰身锁得更紧了，仿佛锁住了两颗激烈跳动的心，更如同把两个灵魂深处的灵魂锁得更加紧凑而缠绵……

“哎，听说这犁头嘴上还建有屈原庙、伏波宫，带我去看看吧！”

“好，我们快走！刘哥啊，我们这犁头嘴上还有好多的名堂（精彩内容）呢。那边小河边上有锅厂，大小锅子、犁口都在那儿；有铁匠铺，锄头、柴刀、草刀、菜刀、斧头一切农具样样都有；还有上街的糖厂，下街的戏院，这周围圆圈的两条河边共有大小码头48座，每逢管（赶）场日起码有五六百只船停在这里，条条码头都是船。有客船、货船、渔船、机帆船、木板船，还有大大的铁驳船。上有洪江下有常德，还有远远的山西人也都来这儿做生意。如是5月端午节就有上百只龙船在这儿汇队，那真的太热闹啊！”

春花与我牵手而行。走着走着，远远地听到铁匠铺的锤声，叮叮当当、当当叮叮，又仿佛听到了高高的喊声：“开船啦——下游去的——”突然又响起轰轰烈烈的龙船鼓，河流两岸红旗满天、人声如潮……

“轰隆——”一声惊天动地的龙船竞渡铁炮声惊醒了一个历经半个世纪的甜梦。

大梦醒来。今天我又来到了犁头嘴上，不知春花姑娘今在何方，我在心灵的深处默默地念思。40多年前的那幢吊脚木楼上的饺儿店、那吊楼的楼梯、那通向码头的阶梯石板路是否还在？那满载客商而又挤满码头的船只和码头边的沙滩是否如昨？那锅厂的熊熊炉火，那铁匠铺的叮当锤声，那河面上荡桨轻摇的渔船和船舱里的活蹦乱跳是否依然悦耳夺目……

由衷感谢溆浦文友们的看重和关怀，引领我们辰河边上几个苦恋文学的兄弟来到了溆水注入沅江的浪头上，来到了犁头嘴的嘴尖上。我们怀着深厚的亲情，把这片风景仰望；我们以热切祈盼的脚步把这片土地丈量，更怀着无限敬仰的深情把足迹闪光的千古先贤拜谒。

站在犁头嘴上纵观江面，金秋骄阳和着阵阵秋风铺满了平湖细浪，涟漪荡漾，这是下游电站蓄满的美景。升高的水位虽然淹没了过去许多的自然景观，但丰富的水力资源抚平了许多险滩急浪，拓宽了两岸的水域风光、丰富了水域风光的旅游资源，更滋养了沅江与溆水两岸的生态环境，这是值得利用的可贵价值。

我们沿着犁头尖上的码头拾级而上，踏着阶梯青石岩板，如同踏进了千年历史。从石板上呈现的凹凸不平的窝窝点点里，透视着当年犁头嘴繁华的人流足窝和历史风雨剥食的痕迹，还有那往来稠密的撑船竹篙铁嘴点出的石眼，密密麻麻，正洞察着历史的变迁。层层石阶的岩缝里长出了棵棵年轻的小草，有枯黄的、翠绿的，也有鲜嫩的。由此渗透了历史，演绎着时代与事物的兴衰，也同时预示着新时代、新事物的未来发展。

有文友突然大呼："刘兄，快来看啊，有鱼群正向我们游来。"我转头遥望，的确好大一群鱼，三四尺长的身子，可有十来斤一条哟！它们正张开大嘴，露出水面，似乎在向游客亲切地呼唤。可见江流深潭处，水清鱼肥美。新时代的鱼米之乡将赋予犁头嘴新生的希望。

步至码头顶端，从长满茅草藤蔓的古街转过弯去，便见"屈原庙"的字眼写在一方封闭的木门上。一把大大的铁锁垂挂门前，仿佛把厚重的历史文化紧紧锁住。我想打开这把尘封已久的铁锁，让犁头嘴走进两千多年前三闾大夫的心灵世界，沐浴灿烂的历史文化之光。

"入溆浦余儃徊兮，迷不知吾所如……山峻高以蔽日兮，下幽晦以多雨……哀吾生之无乐兮，幽独处乎山中。"由此可见，伟大的爱国诗人对犁头嘴对岸沿溆水而上的悬崖峻岭、蔽日森林以及雨雪纷飞的景情的忧虑与牵念，流落笔底、萦绕心境。

沿江岸老街前行，这是记忆中当年最繁华的街道，青石板路面依稀尚存，但多有水泥凝固的泥土裸露。最具湘西特色的河岸吊脚木楼已被风雨蚕食，破落尘封。那吊楼下通往码头的阶梯石板路，一头扭曲在岁月的时光里，一头淹没在浪漫的波动中。

路转街横处，便有钱庄古楼一幢，整体形貌保存完好，只是外墙与楼内的地面装修掺和了部分现代气息。三层宫灯红絮和中间的四方天井蓄满了天光红彩，辉映着古色古香的木质雕梁和壁板，可见这古钱庄当年的辉煌。楼内住有男女双老一对，从他们的脸上和楼内整洁清静的环境，我读到了殷实与快乐。我问老者："老伯呀，这庄院多少年啦？"

"哎呀，年轻人啊，已有120年啦，不算久啰！"老人乐呵呵地笑谈着。

"啊，不错不错啊，百年钱庄，人兴财旺啊！"

"哈哈哈哈……难为你讲得好，讲得好哟！"

步出钱庄数十步，又到了一个较大的码头。溆浦文友告诉我，这是当年的黄家码头，在犁头嘴算得一个大码头。我伫立码头，审视着眼前层层下延的梯级石板路，一头接着古街，一头伸向江水。这历经风雨和云烟尘积的石板阶梯上，不知烙印着多少商客喜怒哀乐的足痕，不知温酿了多少离愁别恋的相思。可是今天已无法挽留地全都消失在泱泱浩渺的江流中，连同沅水流域上最完整的吊脚木楼和当年春花式的热闹非凡的饺儿店，以及春花姑娘拥抱着那个大山里的小伙子滚落码头的沙滩……

我痴迷着拍打在码头石阶的江浪。恍惚间，眼前浮现了春花姑娘端来的热气腾腾的饺儿，又仿佛云烟中飘来渔鼓师傅唱腔的歌音萦绕耳际……

岁月流转，世事沉浮，远观山川，思接千载。转念，我即刻打开了手机百度，从明朝哲学大师王阳明的诗文中读到了犁头嘴的一道道遥远的历史风景：“溆浦江边泊，云中见驿楼，滩声回树远，崖影落江流。柳发新年绿，人归隔岁舟。穷途时极日，天北暮云愁。”可见此地的驿楼、滩声、崖影从历史的流风里走来，阅尽了“书同文、车同轨”的秦皇朝时代以及后来的王昌龄、王阳明、林则徐、沈从文、钱锺书，加之资格最老，在此历时最长，诗文丰厚的三闾大夫等多少文人的脚步和诗情画意。谁知道这犁头嘴埋藏了多少闪光的历史文化和厚重的文化底蕴呢？就凭屈老大夫和伏波将军在此驻足，足以证明这块风水宝地的沉重和深厚。谁能破解这方江岸、码头、驿站、吊脚楼的深刻内涵，以及这段千古诗河的秘谛呢？

追梦犁头嘴，回望大江口。我会将我的梦想如同犁头一样永久地扎根在这方水土。我想，犁头嘴的人们更会扬起锋利的犁头，以犁头的精神扎耕泥土，奋力耕出一个新时代的犁头嘴。用历史的温度与时代的活力酿造出一壶醇香甘甜的美酒，醉陶江山，芳流千古。

（发表于2020年10月23日《湖南日报·湘江周刊·湘韵》）

醉在柘木屯

几度春秋，多次做客柘木屯，每每总是醉眼蒙眬，看不清那里的田园庄稼、山水风景，来去匆匆，总在进程和返程的车上顺风而行。只因柘木屯兄弟的厚谊深情凝结了笔头，多次提笔总难成文，压在心头的那份感恩之情时常在心海涌动，翻起浪花。

去的次数多了，感觉随意起来，许多动情的细节总是闪念而过，但那最初的感动至今仍然鲜活心头。

那是 2013 年的冬天，天气的确寒冷，加之柘木屯属高寒地带，那种冷味儿真的非同一般。为何选择这样的天气呢？那是因为那里的兄弟真诚热情的电话呼唤，情到深处，一切就毫无顾忌了。

“刘老师啊，你一定要来啊，这里有你难见的风景，更有你喝不到的土酒。洞藏土酒已经不多了，马上出发吧，我们等着你……”这是远学、绍友老师轮流给我的对话。我实在抵挡不住心灵深处的感动，完全忘掉了遥远的路程和严寒的冬天，叫上两个弟兄，即刻驱车前往。

车到谭家场的山脚处，感觉气温开始变冷。几道盘旋弯曲而上，翻过山顶，气温骤然下降。我轻轻按动开关，车窗露出微隙，一股寒流钻进车内，贴在脸上，顿觉全身惊颤。“哎呀！这冷味儿真的不同啊，连车内的空调也变得有气无力了。”同行的弟兄惊叹不已。

越过一段山野田园，落坡田角的拐弯处，便见辰溪县谭家场乡柘木屯小学几个大字呈现在眼前。未到校门口，全校的 5 位老师早已等候在校外了，饱含期盼的目光，顶着冷风寒流，满腔热情的笑意全都写在脸上和眉眼之间了。

“中饭安排在胡绍友老师家里，就在前方的不远处。”潘远学老师指着前方告诉我。我遥望着潘老师手指的方向，两栋长长的木瓦屋突兀地挂在高高的岩崖上，显示出东家高昂的气度，占地利之优而登高望远。一朵轻柔缠绵的炊烟伴着严冬的寒风在瓦背上飘舞升腾，更透出了这户人家烟火旺盛、蒸蒸日上的鲜活风景。眼前的景观，使我下意识地判断这户人家的家主胡老师一定是热情豪爽、大方慷慨之人。

爬上高高的梯形石阶，刚刚踏进屋脚门槛，便觉一股暖风春意扑面而来，热进心头。八方桌上杯杯冒烟的热茶香气缭绕，桌下的杂木炭火鲜红耀眼，擦得发光的高脚板凳与清漆光亮的八方桌面交相辉映，闪闪亮眼。年轻的家庭主妇端着盛满糖果的宽大茶盘闪进中堂，那满心满眼的笑意早已闪烁在亮眼的糖果花生的色彩之中了。“大家先喝杯茶，烤烤火，暖暖身子吧。”胡老师跑到中堂招呼我们一声又钻进厨房里去了。潘老师说：“今天是胡老师亲自掌厨，大家别急，先喝茶，吃点糖果，很快就要上菜了。”我喝了几口茶，突然一股冷风吹动堂门，发出吱吱的声响，我稍有不安地走出门外，站在屋檐下遥望远方。满眼空旷辽阔的田野，也有点点片片的绿色镶嵌其间，那是农人又把秋后的辛勤种进田园里。远山奇峰罗列、粗犷峻峭，高高低低、重重叠叠的都是石头山，依稀零星散布的棵棵松树艰难地挤生于石缝间，片片森林和起伏的绿浪似乎还藏在山外的天边。几朵灰白的烟云在慢慢游移，正被又一股寒流催动。一阵寒风吹过来，打在我的脸上，发出呼啦啦的声响，卷走了我全身由热茶和炭火带来的余温。

“哎呀，刘老师快进屋里去，外面太冷了呀。”一手握住我的手，一手护着我的肩，陪我走进了中堂，这是胡老师又一次来到中堂招呼我们。“马上上菜啦。”他的话音还挂在嘴角，人却跑步而去了。

“来啦，这是猪首，新鲜的——”胡老师亮开嗓门，我心想，猪首是招待长辈和正亲的，这是农村的传统礼节。

“来啦，凤凰汤火锅，本地土凤凰呀，城里人是很难吃到的。”潘老师更是带着满面真诚的笑意高声地说。我迫不及待地抢眼一瞧，原来这土凤凰就是一只土母鸡，一只赤身裸体的全鸡。全鸡是表示全心全意。

“又来啦，沙罐炖猪脚，用高山茶籽壳熏腊的，香得很呀！”八叔双手端着大大的土钵碗，颤颤抖抖地摆上了桌，看样子，这满碗热烟升腾的腊猪脚已经被炖得很烂了。八叔是潘老师的八叔，我们也都叫他八叔。八叔说话语速较慢，断断续续，但他把每一个字眼都咬得很紧，似乎要把满腔的真情含进字眼里，彻底痛快地吐出来……

“菜上齐啦，大家久等啦，现在开始上酒。”胡老师端上一叠土碗后又从后屋里使劲捧出一个土坛子，其盖是用蜂蜡密封的，看样子该是一坛岁月已久的陈酿。

“刘老师，你们是贵客，今天就让你们喝一喝高山洞藏五年的纯米酒，这是最后仅有的10斤啦。”胡老师一边说着，一边启开密封，他把爽朗的声音和满怀的情意全都倾注在满满的酒碗里与丰盛的席面间。酒碗一字形排开，碗沿挨着碗沿，整齐地摆在桌面上。胡老师双手捧起酒坛，稍稍倾斜，一根线状般玉液如高山流泉从坛口注入酒碗，然后将酒坛从左至右慢慢移动，滴酒不漏将八个酒碗斟得满满。胡老师放下酒坛又举起双手，将每一碗酒送到每一位兄弟面前，并将碗筷、茶杯重新摆放了一次。

“好，现在请各位兄弟端着自己的茶杯听我的安排调整座位方向。”胡老师又一次发话了，“首先请刘老师坐上座。”我迟疑了一下，但拗不过主人的执意，被胡老师一手拉到了上座——背靠家仙神位下面的左侧方。我很担心后面还会有什么习俗重礼，但也只有客随主便了。胡老师又说：“请刘老师一行的兄弟们随刘老师坐我的左手边，柘木屯的弟兄们随八叔坐我的右手边。”我想这就是纯朴的民风民情叫先左后右，从左至右，男左女右，把客人放在上座、先座、起座的位置上，又叫先宾后主、尊宾上下。如此礼节该归属于孔子的儒学内涵了。

“现在请柘木屯的弟兄们全体起立，端起酒碗，这第一碗酒我们同敬刘老师一行三位兄弟，干了！”胡老师的声音高昂而响亮。他们不由分说，双手端起碗，仰头一饮而尽了。当时，我看着他们那种气势和真情，真的不亚于当年梁山好汉的那种忠肝义胆之举。我无法解释我酒量有限之由，不管结果如何，也只好麻着胆子，双手端碗自胸前平伸，向主人做作揖的手势动作，弯腰仰脖而干。与我同行的夏华弟和邓弟也只好跟着我的动作同干了。放下酒碗，我乘着胡老师酌酒的缝隙之机抢先说话了：“尊敬的柘木屯老师兄弟们，感谢你们的浓情满意和忠肝义胆之举，请允许我这第二碗酒单独敬柘木屯的老师兄弟们，你们表示一下，我干了。”

当此之时，我已头重脚轻了，但我心里明白，为了身边的兄弟不喝醉，我只好又一次抢话了：“胡老师呀，我想请教一个问题，今天，我数了一下，我们眼前的这一桌美味佳肴共12碗，碗碗全是精品，你们看这野猪肉、山羊肉、鲜田鱼以及冬笋、酸辣子炒大蒜，还有这霜雪过后的白菜、萝卜，都是新鲜环保的上等品啊。我刚才还听说，这钵鲜鱼是我们的八叔在我们到来之前从寒冷的冬水田里捉来的呀！真的让我们感动得很呀！你们听说过吗？1935年，红二军团路过此地吃饭只有4碗菜。想想我们今天的日子为什么会如此美好啊？今天能勾起我对历史的回想，还得感谢眼前的这个土酒碗。再次感谢胡老师能让我们使用一次当年红军用过的土酒碗。这第三碗酒由我单独敬东道主胡老师……”我的话音未落，潘老师抢先一步夺走了我的酒碗说：“千万不能让刘老师喝醉，不然今天的戏就没人唱了。”

“谁叫你端刘老师酒碗？他是兄长，又是海量，怎么会醉呢？把酒碗退回原处。”胡老师高腔道。

“你们不知道，刘老师今天晕车了，不能喝多，他怕大家不高兴，只好一直坚持喝。”

“还是潘老师知内情啊，刘老师确实晕车了，不能再喝了。”邓弟接过话题说。

我又激动地接过话音：“十分感谢兄弟们关心，今天我就是醉倒在地，也要敬东道主，我干了，请东道主随意吧。”东道主胡老师不负敬意，同样也干了满满的一碗。眼前如此动人的场景使兄弟们纷纷由衷地感叹：“刘兄真是一位重情重义的好兄长啊！”兄弟们在满桌深情厚谊之中感叹不已，情不自禁地先后相互敬酒了。

我的心潮已在不停地涌动，是酒水的波翻，更是情意的浪涌。我起身向东道主胡老师“请了个假”去“方便”一下，潘老师急忙来到我的身边，护着我的身子推开堂门，跨过门槛。我已经脚步错乱、醉眼蒙眬了。抬头观望，突然发现，满天已是飘飞的雪花。仿佛一层薄薄的棉絮铺满了山峦、田园，屋楼、瓦檐……我看着看着，陡然感觉脑子一昏，眼前天旋地转、房屋颠倒。我马上蹲下身子，胸中一阵翻涌，低头“和盘托出”了。哗哗啦啦的呕吐声唤来了一只大黄狗，它以表达亲情的动作使劲地摇摆着尾巴，彻底地解决了我的“污染问题”。潘老师紧紧地护着我上了厕所。回到中堂后，胡老师已经知道了真相，说：“现在请刘老师喝白糖开水，吃点儿面条，很快就没事了。”

哪知胡老师早已准备了糖开水和一碗鸡蛋面。兄弟们都知道饮酒过后我最爱的是面条，所以我就狼吞虎咽了。喝过糖水，吃过面条，我又感觉精神起来了，看着眼前满桌的精彩，似乎又重新有了食欲，可是胃口已经支撑不住了。我静思片刻，想想自己今天的丑态，确是自己喝酒史上的第一次奇观，真的醉了，醉在柘木屯啊！我猛然醒悟，也是大醉之后的醒悟。我兴奋地放开嗓门：“尊敬的东道主，兄弟们，现在我建议大家喝碗团圆酒，乘着酒兴和雪景马上返程，去创作一篇我们共同经历的精彩文章《醉在柘木屯》。”

“刘老师呀，今天不能走，人不留客天留客，这么大雪哪能走呢？”胡老师也放开了嗓门。

“我的胡弟呀，感谢盛情了，住是不可能的，再不走，一旦大雪封山就是三天三夜也走不成啦，赶快走，赶快走啊！”我紧紧握住胡老师的手与兄弟们告别。

“刘老师和兄弟们一定再来啊！”柘木屯的老师、兄弟们在纷纷扬扬的大雪中向我们挥手告别。

大雪作证，高山作证，洞藏米酒作证，大黄狗更有资格作证，在我有生以来的喝酒史上第一次醉了，真的醉倒在情谊深重的柘木屯。

（发表于2016年第3期《雪峰文化》）

走进爱国村

一条波欢浪兴的小溪倾尽浓情蜜意，紧紧熨帖着一条灯光暗红的坦途，蜿蜒穿过那条千米长路的自然溶洞，与高杆灯悬挂的鲜红灯笼擦肩而过。车出洞口，便豁然开朗，如同进入了桃花源般的秦人村，“土地平旷，屋舍俨然，有良田、美池、桑竹之属。阡陌交通，鸡犬相闻”。跳下车来，原来是到了湖南省辰溪县孝坪镇的爱国村。

幢幢陈年老屋，是年代久远的苏式建筑，当年“861”兵工厂的厂房楼群依然原貌耸立，装点着山峦的古朴与小村的悠久。

“861”是兵工厂的代号，由晚清时期建造的湖北枪炮厂所属枪弹厂演变而来。其前身为原国民党军政部兵工署第十一兵工厂辰溪分厂。20 世纪 30 年代的抗战时期，由湖北汉阳兵工厂迁入此地。因军事保密所需，兵工厂先后改名为“汉阳公司”“国营沅江机械厂”“国营家用电器总厂”等厂名，“861”却是扎根湘西人民心灵的大名。

走进这片宁静的土地，仿佛有枪林弹雨的情景闪过眼眸，枪炮子弹曾从此宁静的深处走向炮火硝烟的阵地。曾经多少胜利的旗帜插到了厂房的高楼，多少人民子弟兵的生命鲜血染红了这里的枪炮子弹……

静观厂房的陈年颜容，我读到了它曾经的昌盛繁华。当“白云”牌冰箱走俏全国各大城市并出口国外之时，小小爱国村也曾给大山人民带来荣耀。兵工厂的工人们曾日夜昂首挺胸，高举大拇指说：“我们厂里谁能比？”

步入郁葱茂绿的氤氲，似有缕缕文风扑面润心而来，轻拂池波溪浪，卷动岸柳芳草，水波的笑颜、浪容的欢兴，都跳跃在经久的涟漪与荡漾之中。汩汩的思绪、悠悠的静念，牵思着当年“861”厂文工团的歌声舞姿，如一泓清泉，从记忆的长河里跌宕涌来，那乐音声浪，那姿容色彩，仿佛依然久久荡漾在今天的池波溪浪之间。文学艺术的源流啊，从激情燃烧的岁月里风流而来，更是风流了文脉的长河、艺海的精彩。

漫步洁净的街道，穿过浓绿茂密的树荫，一块绿草如茵的宽大足球场与高标篮球场鲜亮眼前。这里就是2023年湖南省和美乡村篮球大赛（村BA）暨全国选拔赛的举办地——辰溪县孝坪镇爱国村。一个小小村镇竟能造就如此高标的体育运动场地，又能承载为期7天的湖南省的篮球赛事，这是乡村的荣耀、时代的辉煌、人民的幸福，更是辉煌了“861”兵工厂曾经的辉煌。

8月17日20时，在裁判员脆亮的哨声中，冠亚军决赛之战火热掀开。交锋于激烈之中的岳阳市汨罗川山坪镇队与郴州市永兴县马田镇队，擦手摩肩，球飞云空，双方进球的呼声撼动山峦群峰。现场看台人海如潮，威呼呐喊，波澜壮阔，小小村镇，山摇地动。山水溪流、房舍楼宇、牛羊家禽，全都进入了坚韧不拔、拼搏奋进的精神世界。

由湖南省农业农村厅、湖南省体育局、怀化市人民政府主办的“村BA”篮球大赛，有来自全省15支参赛队伍共180多名队员参赛。参加决赛的岳阳市川山坪镇队与郴州市马田镇队，将代表湖南参加全国和美乡村篮球大赛东南赛区的比赛，并将向全国总决赛发起冲刺。

篮球强县的湘西辰溪是湖南省首次被官方认定的篮球之乡。辰溪篮球运动历史悠长，抗战期间，大批内迁的工矿企业、学校、部队，相继组建篮球队伍。20世纪40年代，辰溪中学男子篮球队夺冠省运会；60年代“三线”建设期，军工企业大批迁入，辰溪篮球运动的高潮再度被掀起。眼下，参加全县篮球运动的多达10万余人，篮球健儿，风起云涌。可见，一个小小篮球打出了辰溪人的顽强精神，打出了辰溪山水的发展生机。这里的黄桃、贡茶、晒野魁茶、粉糍粑、酸萝卜、生态茶油、黄金梨等特色产品，被一个圆圆的篮球方圆了中国的城市乡村。

走进爱国村，又一次缠绵眼帘的那群花样烂漫的孩童，紧紧拥抱着村部楼前的那根稳立闪亮的旗杆，个个天真地昂首仰望着高扬的国旗，快乐地歌唱着“爱国、爱家、爱人民……”

漫步村院，如同热恋久别的情人，我愿将家园的山水美景化作情爱的诗意画卷，嵌入眼窝，蕴藏心底。

突然，一位大姐擦肩而过，转头凝视，她便亲切呼唤：“你，你不是本楚老师吗？”“哎呀！王老师呀！早已听说你被调回长沙了，怎么……”眼前这位儒雅清丽的女子深情地告诉我：“我在这里教书，我在这里成长，我爱爱国村，我会终生守护着这个古老的村庄，这个青春的时代……”当年舞台上的英姿丽容啊，依然吐露在她情深自信的话语中……

我用轻轻的脚步，慢慢地探寻着“861”百年兵工厂的文脉源流；用坚强的脚力，深情烙印出爱国的血迹；我用生命的脉管，竭力痛饮着篮球之乡顽强拼搏的力量源泉，让生命的花朵绽放得更加鲜艳烂漫。

（发表于2023年8月28日“新湖南·据点”）

一曲幸福颂歌

——感悟首都“七一”音乐会《抛天锣》的曲词韵味

“天锣子一抛天地宽，锣声响彻每一天，吆喝嗨——”

一句土家族山歌高腔，似乎天外来音，却又响彻天外，其余音久久缭绕回荡在北京中国共产党历史展览馆的音乐殿堂上空。

“七一”的夜晚，华灯异彩，来自全国各地的“七一勋章”获得者、优秀共产党员、时代楷模、青年学生、宣传文化工作者和首都各界代表共1200多人齐聚音乐殿堂，观看阎维文、王丽达、索朗旺姆、王馨、易汉章等知名艺术家的同台献艺，倾情聆听辉煌时代的幸福歌声。

湖南省民族歌舞团青年歌手易汉章与中央民族歌舞团青年歌手王馨联袂登台演唱的《抛天锣》一曲，其歌声音韵，在我的脑际久久萦绕，于我的心海翻腾不息。

在中共中央宣传部、文化和旅游部、中央广播电视总台联合主办的庆祝中国共产党成立102周年的交响音乐会上，《抛天锣》一曲为此次音乐会的重点节目。王馨、易汉章身着民族服装，荣耀登台的瞬间，全场的目光都凝聚在宏大辉煌的舞台光华里，两颗民族的艺术星光在灼目闪烁……

抛天锣，是湖南省平江县一种常见的民间乐器，每年春节开始至正月十五，当地人都有到每家每户舞龙灯的习俗，而天锣就是舞龙灯时必不可少的一种乐器。天锣抛出的声音高尖清脆，令人激动愉悦。

“粮仓满来锣儿圆，依呀——哟——，鼓儿响来锣儿喧，依呀——哟——。天锣子一抛好快活嘞，抛出一个艳阳天，落下一个丰收年。”

一声土家族山歌高腔撼动了音乐殿堂，撼动了全场的目光与掌声。此时此刻，让我想起了湖南省辰溪县的舒黑娃当年在北京人民大会堂，一声高腔茶山号子惊天动地，使外国朋友翘起大拇指，连声高呼“OK”！又使我想起了男高音歌唱家王宏伟的《西部放歌》，那应山应水，撼天动地的歌声，如同今天一曲《抛天锣》土家山歌高腔，把礼赞时代的辉煌传向天外，把乡村振兴的辉煌高歌颂扬，更是把乡村情爱与人民的幸福生活放歌高唱。

“好歌一村又一村，响锣一山又一山。绿水绕着青山转，共同富裕天地宽。今儿个幸福连成片，幸福连成片。”

歌声进入第二部分的抒情阶段，唱出了乡村振兴的诗意画卷，唱出了应山应水的天锣回音。乡村的朝朝暮暮、乡村的缕缕炊烟、乡村的青砖红瓦、乡村的美酒佳肴，还有更多的青山绿水、芳草红花，富饶的土地、丰收的果实，都在歌声音韵里经久飘荡。

“田家妹子向家汉，一个乖巧一个憨。走出大山到江边，唱过长江是神仙，妹子开口特别甜哪，开口特别甜。今儿个幸福连成片，锣声响彻每一天。”

歌曲进入第三部分的情爱与幸福生活阶段，民族山歌里的男女情歌对唱是情爱表达的最高境界。聆听这样的歌声，让我仿佛看到遥远的大山深处，一对乡村青年男女各在一个山头，用歌声撩开密林茂叶，用慧眼穿透舞动的云烟，尽情地亮开嘹亮的歌喉，以最动人的歌词、最甜美的嗓音，唱出自己悠悠的心曲。

“风吹芭茅匹匹翻，无风无雨也打伞。伞下一朵水芙蓉，太阳映出桃花脸。”

“阿哥歌声贯长天，山头山腰起云烟，有心见妹下山去，牵着歌声到江边。”这是青年男女从山峰唱到山腰，再唱到山下，再唱到江边。一个柔情缠绵的身段在浪飞波涌的情海旋涡里，深久地贴近了汉子那健壮而宽厚的胸膛，任凭江风的吹打、听随江浪的潮涌，层层波澜甜润了二人的歌声，朵朵浪花烂漫在二人的心田。广袤辽阔的江岸啊，无限诗意画卷，万种缠绵爱意，全都翻卷在幸福生活的心海里……

（发表于2023年7月21日《湖南日报·湘江周刊·艺风》）

国旗高扬的梦想

从辰溪县城出发，飞转的车轮碾过沅江与锦江大桥，沿着波光粼粼的锦江迎流而上。轻轻拐进一个弯，进入武陵山脉大酉山腹地，朝着潭湾镇杉林村的方向，蜿蜒在山峦起伏、林木葱茏的田野上。

早春的田野水波汪汪、田埂泛青，山边的草木蓬勃着繁茂的精彩，鲜嫩与旺盛的活力长满了枝头，绵延在群山起伏的绿色长浪里，朝着远方翻腾、涌荡……

同行的文友在车内指点："楚兄，你看，前方就是杉林村。"从县志与"百度"里早有所知，辰溪县潭湾镇杉林村为汉代古县治遗址。那儿有衙门前、教场坪、古石桥……扶贫的春风把旧时的风尘拂去，党的阳光雨露养育了个个美丽的乡村，杉林村更是被沐浴出了亮丽的容颜。栋栋小洋楼拔地而起，水电通达、公路硬化，大小车辆开到了千家万户的门前。我从车窗望去，满山遍野姿容亮眼、气象万千。

车到教场自然村口，最先夺目的是一根白光亮闪的旗杆，其峰顶高扬着一面国旗，旗杆下恭敬地站立着一位戴帽的老汉，正向着我们的车辆招手微笑。文友又一次告诉我："楚兄呀，那旗杆旁的老汉就是我们今天专程拜访的老党员欧光伟。"

车到旗杆旁，老汉急步跑到车头前向我们举手敬了一个军礼，严肃而崇敬。我急忙下车，紧紧握住了老人的手，他哈哈大笑了，激动而又兴奋地说："你们可来了啊……"

一位老妇人双手提着凳子，那应该是光伟的老伴吧，她笑眯着双眼站在门前等候，远远地招呼着："快来，快来，文人们辛苦了，屋里坐，屋里坐……"

我双手接过凳子，感激地回答："老嫂子呀，谢谢啦，打扰你来啦，我们就到门前坐，晒晒太阳吧！"

“好，好！哪里打扰啰，难得你们下乡来呀，门前坐好，晒太阳，晒太阳……”老两口的话语充满了喜悦和温暖。

我们一行4人在门前的禾场坪坐定，细细倾听着老人对自己身世断断续续的诉说。

眼前这位精神健旺、谈吐有序，86岁高龄的欧光伟老汉，在谈到自己的人生经历时，滔滔不绝、双目有神、神采飞扬。偶尔也泪盈满眶、哽咽无声。

光伟老汉于1956年当兵入伍，1959年在济南军区入党。实属穿过枪林弹雨，战后余生。1960年退伍回乡，当年就担任杉林大队民兵营营长。7年后出任大队党群副书记、村主任及乡水库管理所所长，直到20世纪80年代末才退休回家养老。老汉乐呵呵地说：“农村干部虽然没有什么养老金，我只是享受国家给的村干部每月200元和退伍军人每月200元，共计400元的补助，可是心里特别快乐、特别满足。还常有县、乡、村的领导来看望我们俩，真的万分感谢党和国家的关怀啊……”

老汉说到激动处，偶尔从眼眶里涌出泪水来。他又接着说：“在2012年党的十八大召开期间，当我听到会上提出中国梦时，我也突发奇想，做起了自己的两个梦：一是要在家门前修一个小型娱乐场，立一根旗杆，让国旗在家门口高扬；二是要为中国共产党交上一笔特殊党费。”

在欧光伟老汉自愿捐赠1280元的极力倡导下，经村支两委的努力、扶贫工作队的帮助、群众集资，于2019年顺利建成投资30万元的自然村娱乐场。两万元一根镀银不锈钢的旗杆竖立于娱乐场上，一面鲜红的国旗飘扬在娱乐场的上空。娱乐场竣工升旗的那一天，正是2019年7月1日，中国共产党的生日，也是欧光伟老汉入党60周年之日。就在这一天，光伟老汉站在旗杆下，从衣袋里摸出一个包着1280元的红布包，双手郑重地交给了县委组织部前来收取特殊党费的干部手里。

欧光伟老汉满怀激情地伫立旗杆下，双手轻轻擦去双眼满含的泪水，久久仰望着迎风飘舞的国旗，他在心里默默地感叹：“我的两个梦想终于实现了……”

采访结束时，光伟老汉又一次紧紧抓住我的手说：“刘老师呀，我还有一个梦想呢，我想再次请求上级帮我们的村庄来一个新的规划，建设成楼房大小统一、排排整齐、树木花草绿化美丽的新农村……”

“好啊，老书记呀，你真不愧为一名优秀的老共产党员，有美丽的梦想，就有美丽的乡村啊！”光伟老汉又一次哈哈大笑起来。

回程的时刻，我站在杉林村的村口，回望着杉林村的村庄，回望着起伏涌动的满山绿浪，最让人夺目的而且久久鲜亮于双眼的还是那面高扬着梦想的国旗，在春风里招展，在阳光下生辉。

（发表于2021年“怀化新闻网·文艺版”）

书艺闪烁的古稀年华

——为王凯应书法集《书艺足迹》序

王凯应兄是我的书法长者，多次嘱我为他的书集写几句话，他那种真诚的态度和恳切的话语真让我难以推辞，更使我心神难安。我虽因作协的推荐与书论的优势拿到了一个书协会员的证件，但是那仅仅是一张纸，其书艺的水平永远在奋斗的路上。因此迟迟没有动笔，一推再推，不敢妄作笔言。但真情难违、盛情难却，只好艰难地将颗颗的血肉文字缀成艰难的滴滴汗水，连成艰难的片言句段，实难足以答谢一份真挚的情谊。在此，感谢凯应兄的信任。

凯应兄自幼专习书法，路途空间，指书凌空比画；酒饭桌上，筷书桌面流连；床头枕前，壁间描绘捺撇，工地车间，意念横竖点画……数十年月的勤奋笔耕，以行楷见长的娟秀书体脱颖而出，可谓自学成才而不失独树一帜。

凯应兄师法于颜、柳、王、赵的艺术书风，见长于柳体书艺，把笔画遒劲匀称于筋骨刚劲之间，将结构严谨而又开朗于鲜活姿态之中。神采清秀、凝练结实、干净利落、疏朗开阔的风姿蕴藏流淌于笔墨深处。

明代书家项穆在《书法雅言》里指出："圆而且方，方而复圆，正能含奇，奇不失正，会于中和，斯为美善……"这是古人认为书法的最高境界——"中和"之美。而凭我个人对书法艺术的理解，我认为书法的最高境界应是个性。我主张所有书法人应书写出更能代表自己的艺术风格。我觉得凯应兄的笔法是比较有个性的。无论是线条书写或结构造型、意境创造与情感表达，都富有自己比较独特的文化内涵。

康有为说："书法之妙，全在用笔。"善笔力者多骨，不善笔力者多肉。笔法、章法、结体构成书法艺术的基本要素。凯应兄的笔力中都在闪烁着书艺的流光溢彩。

我所熟知的王凯应已步入古稀之年，其书艺依然闪烁着青春的风姿。书体虽然有些单一，但毕竟是书艺江海中一朵闪光的浪花，值得我辈书眼的青睐与欣赏，也值得更多书艺慧眼的洞察与品味。

（发表于2023年6月30日《湖南日报·湘江周刊·艺风》）

百姓情

在奔腾不息的沅水边，日日夜夜流动着一个朴素的身影，辰阳古镇的人们朝朝暮暮传颂着一个小小人物，他就是辰溪县民政局城乡社会救助局局长刘明先。他在自己平凡的工作岗位上，用真心、热心、爱心温暖着百姓的心灵，把真情、实意、挚爱撒向山乡大地，唱响了一曲动听而感人的助人为乐之歌。

一个秋雨绵绵的日子，刘明先去社区查访，就在老城塘子边的巷道口，突然遇见了双腿残疾的刘明亮，彼时正推着由刘明先为他设计制造的小推车销售着文具和碟片，眼前的场景使刘明先同志那颗慈善的心灵获得了可喜的安慰。正当刘明先无声地走近推车，却被刘明亮一手抓住了衣袖。刘明亮的双手紧抓着刘明先的手，久久地没有松开，半天说不出话来，满腔的感激之情化成了滚烫的热泪从红润的双眼里滴落……

“刘局长，你是我的恩人，没有你帮我制作推车和垫付启动本钱，我是无法供养残疾妻子和儿女读书的。”刘明亮淌着泪水说……

左手高位截瘫的诸文敬，其妻子患有较重的精神分裂症，故家庭生活也在温饱底线之下。刘明先在查访中发现诸文敬家矮小的土砖屋已被屋后山地塌方的泥石掩埋了一半，床顶盖着防雨塑料布，单口泥石垒起的锅台上放着一碗煮熟的南瓜，一对残疾夫妇正在挥锄肩挑地搬运土石。小山一样的土石堆，如此肩挑手提何日才能修复呢？于是刘明先详细查问了诸文敬的家境。诸文敬一家 6 口，妻子、儿子、女儿和 80 高龄的双老，其生活的艰难不言而喻。查访中，刘明先发现诸文敬的口才较好，能说会算，便鼓励他做点儿小生意，安排其儿子去学点儿技术，不出两年就会改变家境。刘明先又一次慷慨解囊，借给了诸文敬一笔进货资金并委托朋友陪同诸文敬前往邵阳进了一批日常生活用品和农用小型商品。回到辰溪，除城内常日地摊销售外，每逢乡场集日诸文敬就赶往乡镇集市，一个月内就赚了 2000 元。刘明先将诸文敬的家庭实况向领导做了重点汇报，先是解决其低保问题，然后将其破旧的住房申报为危房改造项目。目前一栋新修的小洋楼正拔地而起，耸立在绿树掩映的乡村里。站在城郊乡安坪村口处仰望着这座耀眼的新楼，刘明先心潮难平，他感慨万千地说："这要感谢党的好政策，诸文敬全家用辛勤的汗水垒起了坚强的基石，建成了一座挺拔的新楼。"最让诸文敬全家人经久感恩的是民政干部刘明先，是刘明先用真心唤醒了他们沉睡的心灵，用心血帮他铸造了一个幸福的家庭。

患严重糖尿病与脑血栓并发症的郑兰英已两度瘫痪在床。从出院需要救助的那天起就久久地牵挂着刘明先的心。郑兰英年过古稀，88 岁高龄的老伴已步履维艰，三个儿子，长子残疾，跛脚拄杖在外讨吃。二子上门外乡，离家遥远。三子在外打工自身难保。一个寒苦的家庭又烙进了刘明先的心底。

正是那个雨雪交加的时刻，刘明先接到口信说山里的郑婆急想见他。他心里明白，一定是郑婆二老又缺粮了，于是他快速办完手头的事儿，交待办公室的人员一声，驾着借来的私家车到市场买了两袋大米一桶油，急速行驶在通往柿溪乡纱帽坪村的山道上。天有不测风云，恰逢途中又遇泥泞山路，须返回绕道。绕道中途又遇泥泞山路，雨雪积水已经成泥汤泛滥，路面高低坑洼，泥浆深浅模糊，低底盘车辆无法行驶，刘明先无奈又回局里请示领导调用猎豹越野车。因绕道远程、崎岖蜿蜒，加之路途周折，行程 5 小时方才到达。车辆行驶村外溪边又偏逢危桥拆除，简易溪桥尚未修成，只能下车蹚水而过。刘明先毫不犹豫地卷起裤脚，肩扛米袋，手提油桶，咬紧牙关艰难地蹚过冰冷刺骨的溪流，再步行半里路程才敲开了郑婆的屋门。当郑兰英的老伴打开房门，见到立在门口灯光下满头大汗、全身热烟升腾的刘明先，只听一声高喊："刘伯，我来啦！"

郑婆那耳背的老伴听到喊声，激动之中匆忙伸出颤抖的双手将刘明先的身子抱进了怀里，紧紧地搂着，半晌无语，老人心疼的哽咽伴着横流的老泪滑落在刘明先的发尖、脸蛋，与其全身的汗水同落。"刘儿呀！你怎么这么晚才来哟，听说崩山路断、绕道遥远啊！真苦了你呀！快到火塘边坐，我去烧水给你洗澡，还有热饭、热饭呀……"刘明先走到郑婆的床边，只见她仰卧着身子，尚能活动的右手不停地在眼角边擦抹着泪水。"刘儿呀，都怪我，不该给你带去口信哟！"

"哪里话，这是我应该做的，有难处一定要告诉我，今天带来两袋米一桶油，还有一袋米在溪那边的车上，等路通了，我会再来送，一定会再来的。”刘明先双手紧握着郑婆的手，只见她无声的泪水再一次忍不住滚落在脸上……

因助人为乐而备受敬爱，因吃苦耐劳而更有魅力，因热心温暖而使人难忘，因善德仁爱而更受尊重。刘明先的点点滴滴都充分展示了德走天下、善行日月、爱抚百姓、奉献自己的品德。他用真心、热心和爱心书写着自己钟爱的事业，他把真情、实意和仁爱洒给了山乡民众。

（发表于2012年11月26日《边城晚报·副刊》）

文化研究报早春

新春的脚步悄悄走近，起伏的山峦田园似乎正萌动着春色的绿意，满山摇动的林木似乎在轻轻唤起春天的心声，乡村农家的炊烟正描画着天空的蔚蓝，又蔚蓝着农家个个生动的脸庞。乡间的烟火啊，把乡村人们的心灵照得越来越温暖与光亮。

立春前夕，踏着炊烟缭绕的山道，我们乡土文化研究骑士队又一次踏上了乡路，走进了百年兵工厂——辰溪县孝坪镇。

走进镇政府大院，窗明几净、绿草如茵，党办主任彭淑琴已站在政府大门阶前迎候着我们，温暖的笑意堆满了脸庞，如同春风轻拂，融暖了我们的心田。她用轻轻细语转达了镇党委一把手张玲书记的情意。

今天巧遇“国检”，正是全县党政工作的要务，张书记率领全镇干部职工全部下村入户了，不能参加文化研究会议。就在此前，张书记还发来了短信，热情表达了对文化研究工作的厚谊深情。这样一位巾帼不让须眉的青春书记，能有如此宽厚的文化情怀，真是令人感动。

三楼小会议室里，暖风轻柔、窗净光明，圆桌式会台与凳椅色彩鲜亮，显得别致雅静。会标电子屏幕突然出现故障而不能显示字样，小巧茶桌上的玻璃开水壶中正沸腾着闪烁的水花，如同党委政府领导心灵盛开着的花朵，鲜艳辉映着文化研究的脚步，使翻腾不息的暖意暖进了研究会会员们心灵的河流，心波荡漾、情意绵长。

迎春年会上，来自溆浦县大江口镇文联嘉宾、本县相关部门领导、中文名师团队与全体会员共35人，济济一堂，气氛热烈，笑语绕梁。研究会创会副会长兼秘书长、辰溪县教研室中文名师导师刘建华对研究会2023年的工作作出了精彩的总结报告。细细倾听其音韵声浪，如同痛饮甘甜的山泉，清肝润肺、明目亮眼，如同纵观诗意长河，波卷浪涌、激情奔流，把听众的思绪与情浪引入了“辞谱进行曲，文开诗意花，音韵润山河，铁笔歌年华”的文波诗澜荡漾之中。声情并茂的音韵声中，她这样说："我是被乡土文化与乡土文学作品迷住了。我愿带领一支名师团队，在乡土文化研究的长河里荡桨摇舟、奋楫远航……"

近日，在中文名师导师刘建华引领的文化教研团队的助力下，辰溪思源实验学校青年教师张媛的名著导读课《昆虫记》在怀化市青年教师比武中勇夺桂冠。上星期建华老师刚刚写完 7000 字的论文《关于提升全县教育教学质量的探索》，又马不停蹄地陪同曾蓉副县长进行入校推门听课行动，接着又来书写 2023 年乡土文化研究工作的总结。在夜以继日、殚精竭虑、风雨兼程的日子里，她的确消瘦了许多……

一个人在人生征途上总会遇到志同道合的同行者，总会有自己精神心灵的追求。她引领着一支队伍，不趋利、不拜金，以弘扬民族文化为己任，为乡土文化的研究挥洒热汗、倾囊相助，用滴滴心血书写华章。一支名师团队，一支文化骑士队投身文化研究的长浪里，经受风雨，跌宕激流，起伏着多姿多彩，激荡起生命的浪花……

在乡土文化研究的征程里，我们放下了身段，仰望山川田园、万千百姓，挥洒善心爱意；我们敞开了胸怀，拥抱峰峦大地，把艰辛的足迹印进文脉源流；我们洞开了心扉，倾听山泉低吟，那高山清泉的歌声流进了我们的血脉心灵。

辰溪乡土文化研究的脚步走过了两个春秋，在崎岖的山道上，不说收获多大，总有喜人的果实。在文化研究生命辽阔的天空里，朵朵灿烂的祥云在为我们指引，与我们同行。我们仰仗着党和政府明媚的春光，仰仗各级各部门的支持帮助，仰仗人民群众的力量，更将迈开大步，与时代同频共振，用文化培根铸魂，在文化研究前行的道路上勇敢地追寻文化自信的梦想。

"桐花万里丹山路，雏凤清于老凤声。"一支中文名师团队使乡土文化研究正青春向阳，春苗拔节，春花怒放，其中英才辈出，后继有人。我们将筚路蓝缕、砥砺前行、矢志不渝、奋斗不止。高举旗帜，辉映红日，再度迎着时代的春风，瞄准梦想的目标，破浪远航。

（发表于2024年2月6日"新湖南·专栏"）

春联闪烁的乡村年景

近日小雨加雪，雨雪交加，这样的天气比下鹅毛大雪冷得更厉害。

正是-2℃的清晨，老家村支书一车刹到了我的家门前，他将手里的两瓶龙州老窖、一盒龙井香茶、一包龙须红薯粉丝提进屋，一放下就拉着我的手说："楚哥，走！我带你去一个小店吃碗特色粉……"

小小县城，哪儿有什么特色粉？我的确没有去过，昼夜窝在斗室里，醉迷于书文墨香中，如同鲁迅先生说的那样："躲进小楼成一统，管他冬夏与春秋。"

"楚哥，我看你呀，原先就是个书痴和文痴，外面的事情都与你无关。这两年，看你与那位名师导师刘建华带领的中文名师团队进行乡土文化研究，搞出了一点儿特色，听县、乡很多领导对你们的评价还挺高呢。今天，我要请哥回老家一趟，帮乡亲们写两天春联，还有村里修了一个大戏台，要请你去写副对联呀，这也是乡土文化吧……"

"什么时候去呀？"

"就今天去，搞两天吧？"

"哎呀，都不给我点儿准备时间？"

"哥呀，你要什么准备呀？人家都说你有神来之笔，拿起笔就可以写，满脑子的诗文如水一样流出来……"

"那是李白的夸张之谈，哪有那么神哟？"

"今天我是专程来接你的，就今天去，你在车上思考一下戏台的对联就行了。我两兄弟吃个早点，就去你写字室，带上笔墨、马上出发……"

崎岖蜿蜒的山道盘旋缠绵于林海深处，雪雨交加的泥泞锁不住奔驰的车轮，严寒的冷风突然灌进透气的车窗，颤抖了身心，车内的暖气也显得微弱了许多。

村支书刘仁忠问我："楚哥，冷吗？"

我说："还好。"

"全村的人民都在盼望你写的春联啊！市场上那些印刷品大家都不喜欢，还是想要你写的字，有诗意、有亲情……"

乡亲们的热情与心意我懂了，不是我的字儿写得好，而是人的亲情太深啊！

村部楼的会议室里，两盆亮旺的炭火正飞溅着颗颗火星，如同翻飞的烟花，亮堂了我的心窝，融暖了我的血肉。妇女主任刘四娥双手端来微笑荡漾的热茶，杯中倒立的片片茶叶如同鲜活枝头，招惹口舌。我接过香气升腾的茶杯，如同接过满怀的温情暖意，一份深深的故乡情久久地撩拨着心灵的芬芳。三口茶水入肚，唇齿留香、喉舌甘甜。正当我放下茶杯，抽笔、铺纸、倒墨之时，一大群村民涌进了会议室。

"本楚呀，你终于来了……"

"本楚呀，全村人民盼望你好久啦……"

…………

我迅速打开大提包，将近 3 年来平日积累的春联和盘托出，大概也有百多副吧，我请主任按每户 3 副数量分发。可是，大家都说："那不够呀，真的不够呀！"

松伯说："我要 12 副呢，今年封了新屋……"

舒娘娘说："我要 8 副，今年我的孙儿马上要结婚……"

光公公说："我也要 12 副，儿子要分 6 副……"

云叔说："我也要 12 副，我也建了新房哟……"

…………

话未说完，数未报尽，大提包里的春联却被一抢而空了。

乡亲们还在争先恐后地报数，又有一拨人群带着欢声笑语而来。此时此刻，一种无限的害羞与难过涌上了自己的心头。我在想：这该怎么办呢？小小春联能引起乡亲们如此看重，点滴墨水能激发乡亲们渴望的真情，我已感觉到幸福的热流在心潮中涌动，在脉管里激荡……我当场几乎激动得湿润了眼眶。我即刻对乡亲们说："请主任记好数字与户名，从现在起，我会写到凌晨两点，不够的明天回城续写，两天内就在腊月二十八前送到村部楼，让乡亲们门上都能贴上春联……"

我的话音刚落，会议室门口又涌入了 10 多个人，接着众人的掌声突然响起，久久地回荡在会议室上空，悠悠的余音穿过了门窗，绵绵缠缠地缭绕着楼外的溪床与田园。

时至深夜，仁忠弟来到会议室对我说："楚哥呀，苦累你啦！乡亲们很喜爱你的字呀！有10多个村民送来了鸡鸭、糍粑、鸡蛋、红薯粉等，都在我的办公室，你一定要带回城里，这些土货城里难得啊……"

我听了支书语重心长的话语，惊讶之后又一次被激情点燃了眼眸，颗颗泪水滴开了红纸的火花，浸润着墨池的亮色，似乎又一次被幸福的泪水清亮了眼睛、温润了心灵。我郑重地对仁忠弟说："请你一定认真登记好物品的主人，一定要一一不漏地退回，千万不要弄错了，我是坚决一个都不会收的，乡亲们这份厚谊深情将深久地融进春联的诗文墨香里。"

正说着话，外号"三猫子"的那个人跑了进来。

"刘老师呀，我想请你写一副我自己的对联，是老爷爷当年留下的……"

我接过陈旧泛黄而破损的毛边草纸，暗黑的墨迹尚能辨出字影笔画：

梓桐醮湿雨，培植数株栖凤木
溪涧吐纹波，养成几条化龙鱼

哎呀！这是我记忆中的那副联语，是20世纪80年代本村的文化老人刘晓锋先生传授给我的，今日惊喜地见到了真迹。沧桑的字迹见证了一位老秀才的办学情怀，有幸得见，是缘分，更是福气。此副联语是百多年前这个纱帽坪村学校的门联，那时这个学校叫"团望小学"，也就是此副联语的作者刘团望先生创办的一所学校，当时来自辰溆两县500多学生就读于此，文脉的源流在此泛起了波澜长浪。曾任国民党三县县长的刘英渠就是从这个学校走出去的，中共地下党员刘子腾烈士也是成长于此。这纱帽山下究竟飞出了多少凤凰，到底养成了几多鱼龙，还要去小村文脉的源头久久探索……

笔墨思绪的深处，会议室的大门又一次被推开了。来者却是年过古稀的老校长，他板起脸说："本楚呀，你忘记我了？你来写春联怎么不告诉我一声呢？现在已是凌晨1点多了，外面已下起了大雪，冷得很的。我来给你送碗糟糍粑，趁热吃了再写吧……"

"对，吃了再写，今晚争取把戏台的对联写出来哟！我来帮楚哥扯纸……"仁忠弟接过话头。

老校长又说："本楚老侄来写春联，我也没有睡意了，我就作陪吧……"

真的感谢父母官与老校长啊！戏台的对联已经萦绕在脑海里啦！

旧村新村纱帽村户户兴旺腾紫气
大戏阳戏现代戏场场精彩颂春晖

“快到两点了，早该休息了，身体要紧哦！还有村民要写感谢前年到我村扶贫的梁队长的春联呢，明天再写吧……”

大雪纷纷扬扬，洁白的漫山遍野洁白了连绵云海的深处。我枕在村部楼里的简易木床上，无眠的思绪久久地陷入了父老乡亲的深情里……

（先发表于2024年2月7日“新湖南·专栏”，后发表于2024年2月8日《怀化日报·副刊》）

感言文化研究

在高扬“文化自信”的大旗下，在民族文化复兴浪潮席卷全球的时代背景下，中华大地各种文化社团组织与文化艺术活动风起云涌，欣欣向荣。民间特色艺术、文化文学艺术如雨后春笋，破土而出。

大戏班、阳戏团、文艺团、演唱团、舞蹈协会、广场舞协会、文艺志愿者协会、书协、美协、诗协、作协、民协、跑步协会、篮球协会、二胡协会、民间故事协会、民间音乐协会……无不精彩纷呈、艺花烂漫。于是辰溪县乡土文化研究会应运而生、风雨向阳。

一夜新雨千山浪，百壑波涌万溪摇。丝雨轻飞迎红日，文化长河卷春潮。文化研究在文化春潮的波翻浪涌中卷起了朵朵闪光的浪花，令人刮目，更令人眼红。

站在新年的起点上，我们深情回眸，辰溪县乡土文化研究事业在每位工作者的坚守和担当中，凝聚了令人瞩目的磅礴力量。我们走遍的山山水水、我们研究的村村寨寨、我们召开的场场会议、我们站立的校园讲台、我们书写的篇篇诗文、我们发表的件件作品，无不书写了祖国的壮美山河、描绘了人间的春夏秋冬、刻画了百姓的欢欣鼓舞、延续了民族的文脉源流……

细数两个春秋的欢欣与汗水，重温两载岁月的精彩与感动，体悟时光的得到与失去，每一次成长都有奋斗的足迹，每一次收获都是弥足珍贵。

我在想，中华民族5000年的灿烂文化多亏了文宗艺祖的千辛万苦，创造了一批批优秀的文字，铸造了辉煌灿烂的文化，使文脉的源流源远流长，让中华的子孙滋润成长，才有了今天的国富民强。

我又在想，中国乡土文化与乡土文学早在两千多年前就登记在孔子、孟子、庄子、荀子的心中了。唐诗、宋词、元曲、明清小说，哪一个朝代没有乡土文化文学的深深烙印呢？时代的今天，乡土文化与民间艺术已深深登记在各级党委政府领导的心目中，登记在各级各部门领导的心目中，登记在万千百姓与学子的心目中，登记在中国人民的灵魂深处了。

最近，中文名师团队在中文名师导师刘建华的引领下，许多热血青年纷纷奔赴乡土文化研究会，有湖南师大中文系的谢莹、田恬静，有华中师大的向诗慧，有高中语文把关老教师张世礼，有书香校园的校长刘立明、教研室副主任胡绍雄，有中文名师杨逸仙、肖萧、涂丽云、王文成、肖秀英、向晓梅、杨晓梅、张媛、黄晓兰、张雄群、邓丽玲、米丹丹、钟明星等。他们都怀着一颗对文化的虔诚之心，投入文化研究事业，挥洒善心爱意，贡献青春力量，使乡土文化研究风清气正、春风朗月、生机勃发、春花烂漫，使欣欣向荣的春风新气扑面而来……

“大江东去浪淘尽，千古风流人物……”大浪淘沙，浪花闪烁。在文化研究的激流长河里，淘尽泥泞尘沙，洗去污水浊流，诗澜涛涌、文浪波飞，必将清流远方。

新年的脚步向我们靠近，期待的目光必将锚住梦想的航标，我们将守正创新、文联四海、凝心聚力、艺通五洲、挥洒热汗、苦铸华章。

江山画图美无边，文化潮浪波云天。
铁笔锋从磨砺出，墨洒山河铸鸿篇。

（发表于2024年1月19日“新湖南·湘江深度”）

湘江副刊圆我梦

那是20世纪90年代的一个早晨，我去单位传达室领取稿费单，顺便取了办公室的报纸。因当时我是做秘书工作的，常日寻找报刊是我的习惯，总想每天最先读到最新的报刊，从中寻找我最需要的东西。于是将一大卷当日全局的报刊抱进了自己的办公室。

党报党刊与工商业务报刊众多，而最使我牵肠挂肚的却是《湖南日报·湘江副刊》。因为我的确有点儿热爱文学，心思与情感常常被湘江副刊的散文、诗歌、短小评论和小小说所吸引。酷恋的文学长途总是与日常的业务工作紧紧牵绊，即使在当时的公文写作中，我也经常会写上几句抒情或情景描画的语言，引用几句古语古诗，常常会赢得上级主管部门领导的肯定。

就是在这天早上，我突然发现湘江副刊一角刊发了“为了下一代征文——潇湘电影制片厂协办”的消息。这一消息一下子拨动了我的心灵琴弦，母亲的形象便突然在眼前冒了出来。

在那贫穷饥饿的年代里，母亲常常在一盏桐油灯下劳作，纺纱织布、纳鞋补衣，针针穿起长夜的艰辛，线线牵出无尽的情丝。我却在桐油灯下磨墨写字、读书作文，用母亲的针线牵出我缠绵的情思，将母亲的音容融进了我生动的篇章，于是我在古桐油灯下写下了《古桐油灯》。

《古桐油灯》投进《湖南日报·湘江副刊》邮箱后，不到一个星期我就收到了《湖南日报》的来信，拿到信件的那个时刻，一颗心激烈地跳动，一双沉重的手微微地颤抖。拆开信件，一行夺目的字迹跳入眼帘：“本楚同志好！你的稿件《古桐油灯》已被采用，请注意近期报纸……”当时，我双手捧着信件兴奋得跳了起来。

第二天早上8点半，县文联主席拿着一张《湖南日报》兴冲冲地来到我的办公室，未曾入门就大声高喊：“杨局长呀，你单位的刘秘书本楚同志在《湖南日报》发表文章啦，真的不简单呀……”文联主席正好碰到了我局的杨局长。

这一喊声，却喊来了楼上楼下的全局干部，大家簇拥着、欢呼着……其中有两位年龄较大的老股长来到杨局长身边郑重地说："文章上《湖南日报》，是我们局里有史以来的破天荒，杨局长应该请客，鼓励并祝贺我们的刘秘书啊……"杨局长接过报纸展开一看，正是《湖南日报》1994 年 7 月 7 日湘江副刊栏目头条发表了《古桐油灯》。这就是令我终生难忘的 1994 年 7 月 10 日的早上。

在全局干部的欢呼声中，我激动得落泪了。就在这一年，湘江副刊先后发表了我的三篇文章——《古桐油灯》《青青卵石路》《大山心曲》。第二年，《人民日报》大地副刊和作品副刊又发表了我的《古茶楼新情韵》和《再回小村》。就凭着这 5 篇文章，我申报了湖南省作家协会会员，并顺利被审批通过，圆了我的写作梦。记得当年加入省作协的主要条件，是必须在省级以上报刊发表文学作品 5 篇。如果没有湘江副刊发表的 3 篇作品，我的省作协会员资格的获得必将会迟到数年。可想我是多么感谢湘江副刊啊！今天想来，文学创作除了天赋与勤奋，还要有"伯乐"与机会。

3 年前，幸遇时任怀化市文联杨主席。他突然发现我在《湖南日报》上的获奖作品《一枕书香伴我眠》，于是他怀着一颗慈爱之心，主动培植提携我，把我推荐给当时《湘江周刊》的编辑杨老师。杨老师读了我的文章，感觉还可以，并发来微信鼓励我说："刘老师，你文章中的情景描写与人物对话都很精彩，但要更多地选择与时代合拍的题材……"后来很快就选用了我的《果红大地》。此文发表后，陆续获得了"掌上长沙"《潇湘晨报》等几家媒体报刊的转载，影响良好。再后来又发表了《跪拜泥土》《父亲的房子和我》等多篇文章，其中有 3 篇均获得了全国散文年评二等奖。2024 年 3 月，《沐浴古村文墨的灵光》还成功挤进了《湖南日报·湘江副刊》"古村新貌"的栏目，的确令人感动不已。

前不久，又有幸受教于曹主编的文学讲座，我深刻地感悟到他所讲的关于湘江副刊选稿"四性"的精到之处。"新闻性、文学性、原创性、引领性"，这应该是他多年从事新闻与文学创作及编辑工作的经验总结，真的使我听得入耳入心。由此可见，他将一位资深编辑的心里话传授给广大作者，唯望有更多的精品佳作呈现于湘江副刊。一位为他人做嫁衣裳的编辑情怀在其心语灵音中自然流淌……

湘江副刊是我文学创作的梦想之舟启航的码头，是我追求闪光人生的奋斗港湾，更是我登上文学创作层楼的阶梯……

有诗云：

湘江副刊江含烟，画意诗情波连天。
文脉长浪耀古今，一泓清流润新篇。

（发表于2024年8月2日《湖南日报·湘江副刊》）

满眼诗情扑面来

又一次踏上中国历史文化名村五宝田这片丰饶的土地，正是早春细雨飘飞的那一天。乡党委书记米双凤派来了专车，我们乡土文化研究会一行 3 人，颠簸在崎岖蜿蜒的山道上，直奔离县城 150 公里的辰溪县上蒲溪瑶族乡五宝田村。

站在村前的风雨桥上，仰望着一座已被风雨磨炼的青灰砖瓦封火高墙紧紧抱拥的庄园。从飞檐翘角的尖头，从青白相间的马头墙上，从高墙壁垒的风口处，我已感受到阵阵历史文脉的清风荡漾而来，悠远而清凉。

桥下清澈的溪流，风追涟漪，浪呼波唤。一排排细澜如同轻歌曼舞的妙龄素女，把层层溪烟舞出婀娜；一朵朵白浪银波如同两岸早熟的梨花开出了满溪的笑声。我读着品着，目光与神志已渐渐醉迷其中。

“刘主席呀，你发现了什么？”米双凤书记派来的村支书小萧与乡干部小王亲切地呼唤着我。我突然反应过来，急忙回答：“我被如此清清鲜亮的溪水迷住了，似乎比上次清亮得多，哪怕吸上一口水雾，仿佛也是甘甜的，它的源头在哪里？”

“哎呀，这水源还在百里之外的大山深处哟，这里的老百姓喝的就是这个水，尤其夏天更是清凉甘甜的……”村支书回答说。

可想，多少山泉汇成了这条玉带长浪，鲜活灵动的清流流出了宽阔洁净的溪床，流出了闪光鲜亮的沙石岩窝，流出了两岸的绿柳芳草，流出了田野泥土的丰饶，更是流出了古村缠绵不绝的迷人风景。

随着萧书记的引领，我们穿过如同密密丝线织成的雨网，步入庄园的中间巷道，拾级而上，层层登高。步行在绵绵雨丝飘洒的玉竹石板上，似有一种清脆悦耳的音响缭绕耳边，尤其同行的名师导师刘建华老师的高跟鞋，蹬出了节奏明快的音韵，更是脆亮而绵长。她问我：“刘主席呀，这叫什么石头，怎么如此清亮而润眼呢？”

“这叫玉竹石，也叫青竹石，辰溪县城‘剿匪胜利公园’大门口的石板就是这种石头，只要被雨水浸染后，就会发出如此翠亮玉石般的灵光，清新文雅秀丽，养眼而润心。”流连巷道门户，每户大门的门梁、门柱、门枋、门档、门前、门内的石板全是玉竹石。尤其夺人眼目的是那些门额牌匾及上面的题字，如“邻阁家声”“师俭清风”“三瑞流芳”“庆衍兰陵”“鄚侯家声”“派演天潢”“儒学名家”等。其诗意文采，意蕴深厚，笔力墨光，满目风流。从遒劲的笔势中，我读到了古人笔力的劲拔与风骨。

洞开门户，更有古远的诗意文风拂面而来，房屋设计基本都有中堂、厢房、马垴、火屋、吊楼、后院花园；雕梁画栋，门窗绣朵，雀鸟芳草，锦绣阁廊，典型的明清时期砖木结构的建筑风格撩人眼目。尤其那些清晰可辨的“双龙戏珠”“双凤朝阳”“凤穿牡丹”“野鹿含花”与“太极”“八卦”等浮雕图案生动精美、形态逼真、栩栩如生，饱含吉祥、藏风聚气与扶正压邪之意。

穿过幢幢门户，迈步条条巷道，跟随萧书记的脚步来到院外独立田间的一幢封火高墙围抱的砖木楼房，这儿叫耕读堂。步入院楼，眼前豁然开朗，登上层楼更有古风流韵飘然而来。漫步之间，悠远缠绵的书文墨香飘浮缭绕。伫立堂前，我静静观望一楼谷仓、二楼学堂、厢房农具、堂前操坪球场……由此，我读到了晴耕雨读、日耕夜读、春耕冬读、耕读兴家的文脉源头。尤其二楼的师室门前上方立有“宝凤楼”与“教养”字样，可见此处是养宝育凤之楼，由此明鉴萧氏祖先对其家族子孙的心血倾注与殷切期盼。

退出耕读堂楼，再度回望堂前大门那幅“三余余三”的门额匾牌和隐约可辨的那副“一水护田将绿绕，两山排闼送青来”的联语，我又一次驻足良久，思虑绵绵。

再读“一水护田将绿绕，两山排闼送青来”，此处借用王安石的诗文作联，恰到好处。一条清流蜿蜒田间，荡漾着古村院楼和两岸田园风光，把大山的绿浪、牛羊的肥壮、群鸟的欢歌、长空的云烟、高天的蔚蓝，统统流成了别样独特的迷人画卷。其诗意文采，既描画了此景此情，更寓意着萧氏家族的文脉源头如同青山绿水，源远流长；萧氏子孙青蓝相继，人才辈出。一副联语鲜活地托起了耕读堂楼与山水田园融合辉映的美景。

五宝田的萧氏家族于远古南北朝时，自山东至江西再至宝庆府，迁居辰溪龙头庵乡已600多年，定居上蒲溪乡五宝田300多年。从“鄚侯家声”的门额匾牌即可得知，此萧氏支脉源于汉相萧何宗脉繁衍而来，脉连中华大地，筚路蓝缕，世代兴盛、生生不息。

细察古村的建筑风格、装饰技艺、文墨艺术以及玉竹石的高雅配置等，可见其“景观文化因子各类齐全，乡土气息浓郁，文化底蕴深厚、审美特质纯朴、耕读文化盛兴，是一个具有典型村落文化的湖湘传统村落”。这些历史古老的文化艺术元素在目前现代社会的眼光里，显得何等珍贵啊！古村落景观是中国传统文化的重要组成部分，是中华民族传统文化的根脉与源头之一。

拯救传统村落，记住乡愁，保护和发展千古农耕文明与历史文化遗产，保存历史文化记忆与活态的文化样式，是实现中华民族伟大复兴不可缺少的重要举措。

米双凤书记告诉我：“我们正着手打造五宝田的山、水、田园与古村风貌相结合的文旅文章，保护活态的传统文化景观，传承村落文化艺术符号与历史文化精髓，还请乡土文化研究会多给予支持帮助啊！”

是呀，开掘山上游道、培植山林景点、净化溪床水质、种植两岸花木、浴润绿柳芳草、开发田园产业、描绘诗意画卷……精准细致地写好文旅结合文章，创新构建新农村的美景画图。

步出村院，我又一次回首仰望，一条清流穿越古村，两岸古风高墙，马头墙角凌空高扬，个个飞檐翘角挑起历史的云烟，缭绕于时代的天空，辉映着波澜曼舞的溪流。清亮的流泉荡漾着田园热烈的黄花、山脚油绿的橘树、山腰青翠的竹林、山峰绿波碧浪的林海，一幅唐诗宋词般的诗意文韵与新农村的景象图画铺展于群峰清流之中。

烂漫春花向阳开，古风新韵玉溪怀。五宝田野养奇景，满眼诗情扑面来。

（先发表于2024年3月22日“新湖南”，后发表于2024年4月14日《怀化日报·副刊》，并于2024年6月13日被省作协选入“文学里的湘村”专题）

聆听文学的声音

有幸参加了全国首届“古风杯”散文大奖赛、“华夏作家网杯”文学大奖赛颁奖会和“新文学创作研讨会”，因而过上了几天北京的日子。虽然是在冰天雪地的北国，可心中仿佛燃烧着一团火，暖融融的。

研讨会在华辰饭店一个高雅的会议室里进行。就座于前台的名家们，个个全神贯注于全场的文学朋友。业余作者们出于对文学的痴迷、对名作家的敬慕，眼神充满了渴盼，令作家们感动。名作家们真挚和自由的言谈使业余作者激奋，研讨会上高潮迭起、掌声不断，余韵绕梁。

被誉为“平民阶层代言人”的著名作家梁晓声就是此次“古风杯”华夏散文大奖赛的特等奖获得者。他在研讨会上说：“文学是寂寞的，耐不住寂寞的人搞不了文学创作。文学和爱情同等重要，但还有比文学和爱情更重要的东西，那就是人的生存。”与贺敬之同辈的老诗人牛汉已是80岁高龄，他说得非常自由。他说：“我写诗，也写散文。写散文使我的人生进入了一个更自由更广阔的天地。”《人民文学》副主编肖复兴说：“文学不是镜子，不是对生活的简单再现和描摹。文学是细节的艺术，从感动你的细节入手，就可能打动别人。我认为，一切写作在于细节。”《小说选刊》主编贺绍俊谈到关于小说创作时说：“小说的故事也许不是独创的，但其细节必须是自己的。”著名作家莫言详谈了关于《红高粱》的创作体会，他主张文学创作要写跟别人不一样的东西，写个性的东西。著名女作家张抗抗也极力主张文学应该带有鲜明的个人印记，对于文学，应抱着比较宽容的态度。还有《当代》原副主编汪兆骞、《散文选刊》主编王剑冰都主张文学不仅是一种创造，更重要的是一种平民关怀、人文关怀。

名家、老师、作者、文友汇聚于京城的文学殿堂里，仿佛汇成了一条奔腾不息的文学长河，如同不息奔腾的岁月长河一样，我相信中国的明天会有更多的优秀作家在这条长河里涌现。而我只是一只慢慢学步的文学小鸟，正尝试着在浩瀚的文字天空中展翅。

（发表于《边城晚报·副刊》）

附：评论

散文语言的艺术魅力

——品味刘本楚先生《泪滴声声唤母魂》的至情言语

刘建华

一篇好的散文，不仅在于精粹的思想、隽永的意境，更是在于其语言的个性和艺术魅力。有文学评论家说："说到底，散文就是一种味道，精神的味道，以及文字的味道。散文就是通过自己独有的语言方式把它背后的味道传达出来，如果没有语言个性，散文就没有多大的价值。"只有传递那种特有的语言味道，才能成就其散文语言的艺术魅力。

刘本楚先生的《泪滴声声唤母魂》原发《怀化日报》副刊，后发2019年第六期《散文选刊》。这篇悼念亡母的散文，将对母亲的念思悬挂在纱帽山高耸入云的峰头之中，寄予在情意缠绵的至情言语之中，其记人叙事、景情描画无不传神而灵动。悠长的语言艺术之味既闪烁文中，又余味字外。这与他苦痛中成长的人生阅历和独特的人生体验密不可分，与他豪放狂野的个性品质和良好的语言风貌紧密相连，与他炽热奔放的情感气息融会贯通。其质朴清新、畅达隽永的言语艺术风格，成就了其作品感人的独特魅力。

一、结构于情脉的跳动之中

本楚先生的《泪滴声声唤母魂》无形之中总有一根坚韧的情丝牵引着全篇文脉，使文章的结构始终处于情脉的跳动之中。除了精巧的布局外，主要得力于作者对至情言语的使用。

作者一方面按传统结构方式以清明祭母为线索组织材料，运用插叙追忆母亲生前两件事：一是独臂肩拉楠竹爬山越岭换回一个带有臭味的猪头并精心烹制成美味佳肴；二是追到山脚为我送来学校要买算盘的七毛钱。作者用细针密线串起全文。

另一方面，作者又运用情绪结构模式，摒弃了感情由浅到深、由弱到强的层层推进式抒情，而是让感情反复回旋、自由跳跃。

作者开篇就将强烈的情感投射到自然景物和人事上："又一次踏上回乡的路途，怀揣着渴望而又沉重的心情，沐浴清明凉爽的山风、湿润而又灿烂的阳光，朝着那个魂牵梦绕的方向，投向母亲的怀抱。""凉爽的""湿润而又灿烂的""沉重的"这些具有锤炼美的形容词的使用，使自然景物与作者心境形成了强烈的对比衬托，为文章笼罩了一层哀伤而沉重的感情基调；又用"渴望""魂牵梦绕"这些词语表达了对母亲强烈的思念。

接着，又虚实相间，宕开一笔，随意识的流动转入追忆，进入了意识结构模式。

"艰难的步履踏出了山路的湿润，又把绵绵的思绪踏进了长长的记忆，走着走着，眼前隐约出现了母亲的背影，而空中又飘起了丝丝细雨。""长长记忆、绵绵思绪、丝丝细雨"，这些具有音韵美的叠词的使用，正如朱自清《荷塘月色》中"远远近近""高高低低"的树、"曲曲折折"的荷塘……"缕缕"的清香、"脉脉"的流水……传神地表现了人物的心理、事物的特征和姿态，使行文舒缓，读来节奏鲜明，令人耳目一新。作者对母亲绵长的思念被网进了这"丝丝细雨"之中！这"丝丝细雨"推动了故事情节的发展，制造了悬念：这细雨中走来的是怎样一位母亲？让人遐思不已。

在意识的流动中，作者启开了记忆的闸门，运用插叙追忆母亲为生活奔波劳碌，为抚育 5 个孩子成人，在苦痛中挣扎、血泪一生的故事。"眼前仿佛又一次出现了一片舞动的云烟，母亲的身姿又似乎飘然而至，我的思绪如同婀娜的云霞，又一次飘向了记忆的深处……"作者驾起感情的马车，张开想象的翅膀，在对母亲的追思里，让自己的幻想纵横驰骋，不着痕迹的拟人和比喻在文中俯拾即是。人物活在文字里，好像随时会向我们走来。诗意在时光深处流淌，满篇追思之美……

《泪滴声声唤母魂》于章法考究处、炼字炼句处，显示了作者深厚的艺术张力，特别是其畅达隽永、灵动跳跃而又情感饱满的言语，又使文章的结构始终处于情脉的跳动之中。

二、细节于情浪的漩涡深处

本楚先生的《泪滴声声唤母魂》在情感抒发上的最大特点是，善于从日常生活中选取细节和场景，通过生动的描写来表现人物的风貌，运用至情言语寄托内心的感情。叙事于描写之中，细节于情浪的漩涡深处是这篇文章的闪光点。

一是生动逼真的场景描写。

“母亲正在这细雨飘洒的陡坡上爬行，肩扛着一根长长的楠竹……可怜母亲只有左手能够抓住竹子，其右手从小就被毒蛇食去，只留下仅能弯曲的手臂。母亲将竹子紧按在大腿上，为左手帮力上拉。因而能用力的那只手的五指稍有松动，竹子就自然滑了下去，甚至要滑溜下去几个弯道。母亲又只好跑回去重新拖起竹子继续地往上拉。拉上去又滑下来，再拉上去又滑下来，拉呀拉呀，拉得母亲放声大哭了……”

这段伤感的场景描写就像一个特写镜头，细腻而又生动。一个“拉”，一个“滑”，抓住人物的动作细节进行描写，再现了母亲独臂只手在陡坡上拉着楠竹艰难爬行的场景，充满着生命的悲情和凄恻！作者是用这种最朴素的语言，既表达了那样呕心抽肠的痛，又增加了文学的韵味。

二是细腻传神的外貌描写。

“母亲一踏进屋门就被饥饿了一天的5个孩子包围了……我却望着母亲满头发丝正滴着汗水，脸颊前额沾满了凌乱的发丝，衣角都被汗水湿透，全身乏力、疲惫不堪的模样。我说：“姐，我们快烧点水，让妈先洗个澡吧。”姐姐很快发燃了火，把热水提到房间，为母亲找来衣服……”

细细品味描写母亲外貌的这段文字，寥寥数笔，极为简约，却极为细腻传神，让人生出无尽的生活的悲凉。苦难的母亲被这样的文字刻画得更加富有神韵，更具有穿透力，令人想起作者所说的话：“那个年代，那个时候，父亲常常在外，母亲血泪一生。”文章字里行间交织着儿子对母亲的深情厚爱，在苦难中成长的孩子理解生活的苦难是从理解母亲、关爱母亲开始。作者文中多次落泪，情真意炽，对母亲的深情缅怀令人动容。

三是典型化的生活细节描写。

写人叙事散文离开了对典型生活细节的描写，就会失去其艺术性。典型的细节，与细微、真实及新颖独特的描写，能起到以一孕万、即小见大的作用。

文中本楚先生抓住母亲回家煮猪头肉和吃猪头肉的典型生活细节的描写，一方面语言朴实、通晓、简练地写出了母亲的麻利与能干：“母亲一边加火烧水，一边烧红铁板和火钳，再烙烧猪头。然后先用冷水多次泡浸猪头，清洗臭味，再用热水去污，用刀刮皮，洗净后放入开水锅里熬煮。熟后去骨切片，再入锅爆炒，加上干红椒、生姜、花椒、大蒜等作料……”另一方面，语言又生动、形象、流畅，写出了母亲的心灵手巧：“母亲倾尽心力，仔细烹调，用巧手调出了亮眼的色彩，用心灵烹出了诱人的香气，其色香味早已熏进我们的口腔喉管、心肺和饥肠，那当初的臭气更是荡然无存了……”本楚先生运用拟人化的修辞，调动多种感官和想象，让人联想到母亲是在用巧手烹煮清贫和苦难的时光啊！特别是“母亲迅速弯腰拾起肉片，将沾着灰尘的那一片放入自己的钵碗，而将重合在上面的那片肉又放进了我的饭碗。母亲定睛地看了我一眼，我已发现母亲的眼里泛起了红润。就在母亲的泪水垂帘欲滴的瞬间，她转身去了灶房，我和姐的双眼也同时滚落了泪珠”。几笔疏淡的动作和神态勾勒，看似无意，而母亲的慈爱之情、酸涩之感跃然纸上。

四是质朴无华的个性化语言描写。

作者在“偏僻落后”“艰难岁月”的时代背景基础上，继续讲述母亲送来七毛钱的故事：“楚儿呀——等会儿——妈来送钱啦——”“钱是借来的，你要好好读书啊，快去吧！”此处只有两句母亲的语言描写，浅近平淡，就画龙点睛地揭示了母亲的精神世界，对儿子的拳拳之爱与深切厚望！作者秉笔直书，生动诠释了“剪不断的脐带，割不断的母爱”！她影响并引领着苦难中成长的儿子勇敢前行。

这些生活细节和场景化的言语描写极具绘画美和细腻美，细节于情浪的漩涡之中翻腾跌宕。作者笔下母亲的爱是沉默而深邃的人生大爱，是平静表面下的暖流涌动，她用柔弱的肩膀，只手无言地承担起难以想象的生活和精神的双重重压。母亲的勇敢，在于她能忍受苦难而又坚韧不拔，默默承受而永不屈服。

三、抒情于灵慧的流淌之间

叙事性散文如果要打动读者的心，必须以抒情为“点睛”“发光”之笔，依靠作者那些发自肺腑的至情言语。一味地铺叙事实不一定能感染人，在叙事中写景抒情，委婉含蓄，才能激荡人心。《泪滴声声唤母魂》的标题就极富感情的张力，而文章在叙事、写景中更是传达了意蕴丰厚的情感。同时，本楚先生又属情感型作家，善于直抒胸臆，在直接抒情中情感更加浓郁。

如融叙事中的抒情："母亲肩拉着这根楠竹，顶着6月的烈日，爬过了10里高坡……等母亲饿着肚子，拖着身子又徒步回到家里的时候，已是夜幕降落了。"这段高度概括性的叙事不言情而情无限，言有尽而意无穷。作者把一切的辛酸苦楚藏在"肩拉、顶着、爬过、下坡、抹去、强装、磨破、饿着、拖着、徒步、降临"这一连串的动词里，用最平易、朴素、圆熟的言语刻画出了一个身存残疾的母亲为了5个孩子吃苦耐劳的闪光形象，画面感极强，人物的音容形迹宛然如在眼前。这就是一种溢出文外的无声言语，看似波澜不惊，其实抒发了别样的凄凉与伤痛之情。如融叙事、写景中的抒情："我的思绪却还在母亲的泪眼里徘徊，脚步自然是迈得吃力而缓慢，飘飞的细雨仿佛母亲的热泪，温暖着我清凉的心怀，母亲的身影依然在眼前晃动。我加快了脚步，望着高高的山峰，追赶着母亲那飘然远去的姿影。"这段文字采用意识流动的手法，虚实结合，融叙事、写景、抒情为一体，把"飘飞的细雨"比喻成"母亲的热泪"，渲染了哀伤的气氛，烘托了作者清凉的心怀。"追赶着母亲那飘然远去的姿影"深沉地抒发了作者深切的念思……这样的言语具有浓烈的抒情意味，再如写景中的抒情："燃烧的香烟淡蓝而轻柔地袅袅升腾，划出了一片天空的蔚蓝，绵软的细雨已化成淡淡的云烟飘然散去。""香烟淡蓝而轻柔地袅袅升腾"正如对母亲那悠远绵长的思念将儿孙们紧紧围绕；"绵软的细雨已化成淡淡的云烟飘然散去"承上启下，引出下文的直抒胸臆。这种写法移情于景、借景抒情，看似写景，实则抒情，使描写对象渗透了浓郁的主观情调。

文章结尾两段的直接抒情很见功力。我历来认为文章是渐入佳境，于文情的波峰浪尖上渐趋高潮。最后的抒情既是点题，浓墨重彩地凸显了文章的主旨，又有力地收束了全文。"是母亲的心魂凝固了雨水，化成了云彩，还是我们的虔诚感动了上帝……母亲啊，你是用汗水和泪水酿造生活……你是把艰辛和苦难留给自己……母亲啊，你可听到儿子的泪声，滴滴洒进你的心灵？母亲啊，你回来吧，你在哪里？你的心魂在哪里？"

情浪翻涌的漩涡中运用连串的问句构成一组排比，回环反复，一唱三叹，层层深入地发问，读来语气强烈、感情充沛，将念母、思母的感情推向了高潮。这样的抒情于灵慧的流淌之间直接倾泻，构筑了作者心灵和精神的大厦！

情感炽热、深沉，渗透着作者对母亲深深的追思之情，具有强烈的感染力。

如果我们再细细品读《泪滴声声唤母魂》，就会得到语言方面的有益启示：

一是娴熟生动的言语表达技巧：既有平白如话、毫无雕饰的朴素美，更有精心遣词用字的锤炼美；既善用叠词具有音韵美，又巧用修辞富于修辞美。二是质朴清新、灵动跳跃、畅达隽永的言语风格：叙事节制简练，描写生动细腻，抒情深沉炽热。

刘本楚先生的《泪滴声声唤母魂》就是通过艺术化的至情言语，在对往事的追忆中，将已逝的岁月轻轻摇醒，使爱意的清泉鲜活流淌，母亲的形象依然鲜活在充满爱意的辞章底片里，向我们缓缓走来。无限的温暖，温暖着我们诗意激情的生活征途。

（发表于2023年6月13日“新湖南·专栏”）

轻嗅诗意文风的芬芳

——感悟刘建华老师《散文语言的艺术魅力》的魅力

《散文语言的艺术魅力——品味刘本楚先生〈泪滴声声唤母魂〉的至情言语》的文学评论，在新湖南主流媒体发表以来，不到半月，点击量已突破10万人次，令人惊喜，在同期发表的同类作品中名列前茅。这是怀化市中文名师导师、名教研员刘建华再度倾情创作的文学评论文章，可以说笔力透纸背，汗水滴艰辛。三易其稿的《散文语言的艺术魅力》，颗颗文字闪烁着作者的心血与泪光。她说她在《泪滴声声唤母魂》这篇文章里着实流了三场泪，真真切切地痛哭流涕，才得以完成此篇评文。可见“青灯黄卷伴更长”，颗颗汗珠闪泪光。孝母不在焚香纸，心血铸诗字芬芳。

探索言辞意蕴，欣赏光华文字

《散文语言的艺术魅力》我至少读了5遍，每读一遍，都有不同的感受，在我的灵魂深处，不断体味到其辞意文韵中总是闪烁着一种耀眼的光华，使读者的眼神目光无法躲闪，越读越新、越读越亲、越读越深。

“悠长的语言艺术之味既闪烁文中，又余味字外。这与他苦痛中成长的人生阅历和独特的人生体验密不可分，与他豪放狂野的个性品质和良好的语言风貌紧密相连，与他炽热奔放的情感气息融会贯通。”如此成递进式的排比句式意蕴丰厚、字光文润，用文字的光华照亮鲜活的人物个性，使人物的语言风貌、精神风貌、个性风貌，都在其文字的光华闪烁中熠熠生辉。

“结构于情脉的跳动之中，细节于情浪的旋涡深处，抒情于灵慧的流淌之间”，富于艺术活力的三个小标题，巧用“情脉的跳动”“情浪的旋涡”与“灵慧的流淌”这样意蕴丰茂、诗意灵动的词目字眼，穿透性架构了《散文语言的艺术魅力》的思想与文辞的艺术殿堂，使全篇的文辞艺术始终辉映在文字的光华之中。

“人物活在文字中，诗意流淌时光里，母亲形象似乎随时在向我们走来。”文字中鲜活着人物形象，时光里流淌着诗意图画。如此灵动跳跃的文字，如此诗意图画的景情，更加散发了颗颗文字的光芒。

聆听情脉声浪，沐浴温暖文风

《散文语言的艺术魅力》的通篇章辞玲珑剔透、通澈透亮，如同一位历经书山文海，跋山千峰、涉水万程的儒雅母亲，用学识丰厚的笔力，以青春母亲的敏思，重塑再现《泪滴声声唤母魂》文中血泪一生的母亲形象。青春的笔锋、诗化的言辞总是在精雕细刻母亲的灵肉与血泪，如同女儿对母亲的敬孝。笔端流出的滴滴心血全都洒进了母亲的心窝，从而化着春阳晨露与芬芳和暖的清风，滋润了母亲的容颜，芳香了母亲的心灵。

《散文语言的艺术魅力》如同《泪滴声声唤母魂》的文波情浪，总把一根长长的母爱与爱母的情丝搓得紧密，揉出坚韧，把一条波澜起伏的情脉河流涌起浪花，翻卷精彩。

“‘我的思绪却还在母亲的泪眼里徘徊，脚步自然……飘飞的细雨仿佛母亲的热泪，温暖着我清凉的心怀，母亲的身影依然在眼前晃动……望着高高的山峰，追赶着母亲那飘然远云的姿影。’这段文字采用意识流动的手法，虚实结合，融叙事、写景、抒情为一体，把‘飘飞的细雨’喻成‘母亲的热泪’，渲染了哀伤的气氛，烘托了作者清凉的心怀。‘追赶着母亲那飘然远去的姿影’深沉地抒发了作者深切的念思……这样的言语具有浓烈的抒情意味。”建华老师的确火眼金睛，洞察到作者意识的波澜，在情脉的江浪上激荡……

再听景中的情浪声韵：“‘燃烧的香烟淡蓝而轻柔地袅袅升腾，划出了一片天空的蔚蓝，绵软的细雨已化成淡淡的云烟飘然散去。’‘香烟淡蓝……升腾’正如对母亲那悠远绵长的思念将儿孙们紧紧围绕；‘绵软的细雨已化成……散去’承上启下，引出下文的直抒胸臆。这种写法移情于景、借景抒情，看似写景，实则抒情，使描写对象渗透了浓郁的主观情调。”悠悠流淌的情脉江浪啊，在名师导师的笔墨情浪中，久久地涌动着深情的波澜旋涡与清香的温暖文风。

流连诗意语境，感悟才情文采

“先生的《泪滴声声唤母魂》就是通过艺术化的至情言语，在对往事的追忆中，将已逝的岁月轻轻摇醒，使爱意的清泉鲜活流淌，母亲的形象依然鲜活在充满爱意的辞章底片里，向我们缓缓走来。无限的温暖，温暖着我们诗意激情的生活征途。”

《散文语言的艺术魅力》整篇的言辞语境都是诗意满盈与情波激荡的，字字句句盈溢着才情与文采的华光。“先生的《泪滴声声唤母魂》……温暖着我们诗意激情的生活征途。”此段文字更是如此：“将已逝的岁月轻轻摇醒，使爱意的清泉鲜活流淌，母亲……向我们缓缓走来。”这样的语境情怀里，久久流淌翻涌着浓烈的诗波情浪。将岁月轻轻摇醒，让母爱温暖重生。充满爱意的清泉啊，再度鲜活流淌，儿女的心河啊，在母爱与爱母的温泉长河里波澜激荡、奔流不息……

（发表于2023年7月14日“新湖南·专栏”）

山水画卷与骑士情怀

——赏读《文化骑士队，足迹万重山》

刘建华

细品刘本楚先生发表于2022年12月2日《湖南日报》湘江副刊的《文化骑士队，足迹万重山》一文，感动于他将内心对故乡山水的热爱升华为对乡土文化的痴迷，引领一支文化拓荒骑士队，踏遍青山绿水，在文化寻根的征途中回归生命的乡土。

文章“选点”展开，采用“串点”的方法，串起文化骑士足迹所至的“纱帽坪、雷家坡、枫香坡、牛儿岩、观音阁、傅家湾、溪口”等乡村，详略有致，主题鲜明。用充满灵动诗意的笔触，浓墨重彩地描写了纱帽坪村“纱帽山”的遗风流韵，构成一幅幅真切动人的山水画卷，探索挖掘乡土文化的根脉源泉，寄托了文化骑士情融故乡山水，坚守精神家园的赤子情怀。

有人说，作家的笔只要一伸进滋养他成长的母地，他就获得了灵气、生命和力量。出生在纱帽坪这片钟灵毓秀土地上的大山之子刘本楚，终生热爱纱帽坪的山山水水，如同法国画家欧仁·布丹对法国西部海岸的痴恋一样。爱，使有温度的文字始终游走在他的心灵之中，铺展在作者笔下的鲜活灵动的山水画卷始终富于诗意激情。

写山。层层递进。

首先是全景式的描写：“山势峻峭，林木丰茂，竹林青翠，老树参天。”四个形容词“峻峭、丰茂、青翠、参天”，生动营造了山高林茂的幽深意境，勾勒了一幅大气磅礴的山水画卷。其次进行细致描摹：“绿浪跌宕在枝繁叶茂的尖头，啼鸟跳跃于颤抖的枝叶草尖。觅食的鸟群偶尔怦然起飞，散落于密枝茂叶的深处，惊扰了许多野兽动物，满山蹿跑，欢悦了林木的生气，又鲜活了幽深的林海。”“跌宕、跳跃、怦然、惊扰、蹿跑、欢悦、鲜活”等，巧用动词、形容词，善捕细节，行文活泼、描写生动、言辞清丽，林海深处瞬间生机勃发。特别是化形容词为动词“欢悦了”“鲜活了”的用法，不仅制造了阅读的陌生化效应，冲击阅读者的情感波澜，而且也非常符合当时的情景，充满生机活力的欢乐林海引起阅读的美好体验；而结构齐整的句式“绿浪跌宕在……啼鸟跳跃于……鸟群散落于……”，读来音韵和谐，拥有无限丰富的意蕴，诗意画卷扑面而来，生动地传达了文化骑士向往纯朴本真乡土生活的美好愿望。

心有猛虎，细嗅蔷薇。文化骑士大山之子心中有一头猛虎，既能豪情满怀，又能柔情缠绵地嗅闻美丽芬芳的蔷薇。他对纱帽山细腻动人的书写，是他对家乡的深情讴歌，是他对理想乡土的孜孜追求，纱帽山的巅峦峰怀之中究竟深藏着多少乡土文化的源头呢？作者泼墨写山，正是为了后文引出纱帽山源远流长的历史人文，赋予它丰厚的乡土文化内涵。

写水。层层深入。

先概述“峰头峦怀的深处涌出一泓清泉”；再细描这一泓清泉，“熨帖着山势的崎岖，跌宕蜿蜒而下，流出了岩石的清亮、石板的音韵、长沟的曲流、林木的青翠、花草的鲜润……”写景新奇，化眼前之景为艺术想象，运用5个偏正短语“岩石的清亮、石板的音韵、长沟的曲流、林木的青翠、花草的鲜润”，构成一组排比句式，结构整齐、音调和谐、气势贯通、文韵优美，给读者以强烈的美感，充满了语言艺术的魅力。一幅空灵诗意的水墨山水画卷呈现读者眼前，使读者仿佛置身于“明月松间照，清泉石上流”的清幽明净之境，又或身处“芳草鲜美，落英缤纷”的桃源美景之中，不愿归来……这样炼字炼句，细致清新，诗意灵性，奇特想象，饱含深情。这预示着本楚先生的创作日臻完美，语言功力和手法运用也日趋圆熟。最后集中绘出图景：“一股大山的心泉，叮叮咚咚、潺潺缓缓、曲曲折折、悠悠静静的一路欢歌笑语，跌入山下溪流。荡起溪水细波，流成沅江长浪，灌入洞庭波澜。”整散句式、四字短语、修辞和叠词的使用，生动描摹了心泉奔流的情景，清新、欢快、跳跃，画面唯美，情浪翻腾，作者对美景的赞美之情犹如沅江流水一泻千里。

作者层层深入地描绘纱帽山的这一泓清泉，实则是一股源远流长的文化山泉，是乡土文化的源泉根脉。文情诗意浸润其中，是文化骑士对乡土无比深情的眷恋，对文化理想的执着追求。

“留得住青山绿水，记得住乡愁。”大山之子把文化骑士的理想和志趣寄托在家乡的山水画卷之中，他的山水情怀发人深思：低头看看脚下的泥土，会发现乡土的韵味确如一幅泼墨山水画卷，既平凡脱俗，又唯美珍贵，画意诗情，无不使我深深眷恋、难舍难离。

写足音，乡土文化拓荒骑士队足迹遍布纱帽坪、雷家坡、枫香坡、牛儿岩、观音阁、傅家湾、溪口等乡村山水……作者以高度概括的手法，描写了迄今 500 多个日日夜夜，文化骑士马不停蹄地奔走在 5 乡 30 多个村庄的山山水水里，在山水画卷中挖掘历史人文内涵，艰辛于传承、弘扬和书写之中，把乡土文化的精粹灵音传遍山乡大地，注入万众心灵。大山之子精准善用诗文和民间山歌，既高度集中抒发了作者情怀，又充分鲜活了诗意文采，将文情并茂的情浪推向了高潮，激发民众领略并体悟乡土文化的山水美、文化美、艺术美、风情美，爱我家乡，建设美丽家园；引领学子树立家国情怀，心怀天下的人生理想，去创造高尚的、美好的生活图画。

纵览全文，大山之子刘本楚匠心独运，以老辣精湛的语言功力、饱满的乡土激情，跌宕在狂涛巨澜和细波微浪的文情之中，与山水画卷共波动，与读者心灵同跳跃，给人思想和灵魂的猛烈冲击，引起人深深的思索。

“足尖笔锋凿万壑，骑士车轮丈山河。‘青山一道同云雨’，乡土文脉古今和。”借作者诗文激情，让我们继续与青山流水同举步，踏破云雨勇奋进！

（发表于2023年9月9日“新湖南·十点读诗”）

唱给故乡的歌

——对《心歌清唱》的自我轻吟

《心歌清唱》一书，由作家出版社出版于2007年2月，至今已18个春秋岁月了。书页已在渐渐泛黄，文意似乎慢慢淡化。可是，书中饱含的那个文学梦想梦呓不断，经久绵长，更有饱含一种感恩的情愫，纠缠灵魂，生生不息。

全书由“故土依恋”“亲情呼唤”“山水畅怀”“人生品味”“世间剪影”等5个小辑组成，把一个文学的梦想与感恩的情愫紧紧地编织怀抱。

《心歌清唱》算是张开了一个宽厚的胸怀，把对故土的依恋、亲情的思念与山水、人生、世间的深思苦虑紧紧地缠绵心灵。

故乡是一个小村，古老而又原始。村后是连绵大山，林木葱茏、绿浪翻腾，如同激流汹涌的长河，波动蓝天，浪迹远方。其间，最显眼的那座山峰酷似过去朝廷文武百官头戴的纱帽，因此，智慧的先祖将小村取名为纱帽山村。村前有一片坪地，良田土地肥沃，又有一条小溪流淌其间，更是丰饶了山水泥土，林木芳草。自然生长着一幅世外桃源、柳暗花明的诗意画卷，鲜活生动着小村的世世代代，生动着小村的千古文脉与生命活力。于是，后人将纱帽山村更名为纱帽坪村。秀山绿水、崎岖山道、溪桥悬崖、泉声鸟音，构成了唐诗宋词般的山水图画。曾发表于《人民日报》与《怀化日报》文艺副刊的《再回小村》《桥系故乡情》《大山心曲》《静听山泉》《情动纱帽山》等篇章，都是对故土生生不息的深情依恋。肥沃深厚的故土啊，滋养了我的身躯，蓬勃着我心灵的生机，以致我的灵慧、我的心芽还在故土里萌动。

故乡的泥土里，深深地扎下了我生命的情根，亲情呼唤，久久地呼唤着我缠绵的灵魂。那颗《古桐油灯》上燃烧的亮点，点燃了我的梦想，照亮了我的心灵，更是天长地久地燃烧着我割肉切骨的思念。

《泪滴声声唤母魂》就是抒写那种高天厚地的亲情思念，将思念的泪水化作心灵的泉水，融进母亲的心海，渗透芳流千古的九泉长河。于是，我不止千百次爬行在那条山路上，把思念的泪水洒落在黄昏的落日里。我多么希望母亲也能像太阳那样，落下去又升起来。

《牛蹄声声》踏破了我的梦境，梦里的丝丝甜意融进了牛蹄里。

“父亲在田间告牛（训牛），我把牛绳牵紧，我便成了带牛的兵头。其实父亲在告牛，亦在教我。父亲说，对于尚未熟耕的牛儿，初耕时，不乱响鞭、不乱紧绳、不乱呼喊，紧要处，只要扬扬鞭子，训斥几句，牛儿便顺意奋蹄前行……”父亲的犁头耕出了田园千行诗语，田间的泥浪翻出了大地层层风景。牛蹄声声，伴随着父亲匆匆的足音；声声牛蹄，响在山村黎明的时分。“78 岁的老父亲啊，你为何还在不倦地苦耕？”我呢，一支钝拙的笔头远不如父亲的犁头，在文学艺术的田园里苦耕了 40 多个春秋岁月，却仍未耕出精彩的风景，仍未画出金黄的丰收。丰饶的故乡田园啊，依然久久地丰饶在父亲的犁头尖上。

《重走故乡路》，一条崎岖蜿蜒的羊肠山道把三代人的情思紧紧牵念。轸儿要去看爷爷，正是他高中的暑假期，大行心脏手术后的妻子也要跟着去。陡峭的山路上，两个懂事的儿子扶着妈妈的身子缓缓地爬行。妻子那个被汗水透湿衣衫的消瘦背影，乏力而艰难爬行的步履，发尖滴落的颗颗汗珠，双手撑着双脚的膝盖……这一切，都映进了我的目光，我忍不住偷偷落泪了……重走故乡路，回望人生，人生如路，路是人生，人在行走，路在伸延。

终身缠绵的亲情啊，常在脉波里跳动，常把心尖儿牵痛，古老桐油灯上那颗闪亮的火星啊，常在眼前闪烁，把亲情照亮，又把亲情燃烧。

《心歌清唱》的“山水畅怀”是我独立故乡屋脊之上，遥望远方的歌吟。

《海浪风情入梦中》是自己站在生命故乡的巅峰，遥望澎湃的大海，于是有了亲历海浪的情缘风流。轮船上的戏剧性偶遇激发了我如同海浪翻涌的诗波情澜：“客居江上船，波澜涌心田。浪头举醉杯，酒洒天地间。”船上的远方姑娘已醉迷于诗意情浪之中，甘愿罚酒一杯……

我躺在无边波澜的梦床上，深深地感悟着沧海的无穷、人生的渺小，感悟着我们的许多已知与许多未知、许多情感与许多恩怨，统统被大海吞没了。

海浪撞击着我的心灵，海风清凉着我的梦思，波涛汹涌的梦想啊，已深久地潜入了梦浪的深处……

《难忘那片绿柳》，难忘那份深情。深绿柳林下的小溪码头上，写出了一笔动人的姿色，那双闪亮而陌生的眸子正与一双赏读美景的目光相遇。当两朵红霞刚刚挂上她的脸颊，闪眼，她又将目光投射到那群鱼儿的身上。他摘下一片柳叶，请溪水送去，送去柳的绿意，送去心的爱意。真是水随人愿，那片柳叶恰巧在绿柳的映照下，于清波细浪的涟漪里漂进了红衣姑娘的手里。姑娘拾起那片柳叶，抬头瞅了一眼柳林中的他，然后轻轻柔柔地将柳叶装进了她的荷包，更是轻轻柔柔地装进了她心灵的深处。难忘那片绿柳，更是难忘那遥远的眷恋与向往。

我的没有节拍和韵律的足音啊，不能伴随山水的轻歌曼舞，但我可以尽情地倾听山水的心曲，更把一份经久的情意泼在山里、写进水中。

水是山的柔情，山为水的脊梁。水的缠绵护卫着山的身躯，滋润着山的心灵；山的挺拔高举着水的志气，昂扬着水的生命。山水情绵交融，汇入了深久的人生品味。

“人生品味”是《心歌清唱》的心血与情浪的升华流淌。曾经括目于《人民日报》大地副刊的《古茶楼新情韵》，把一片茶叶与三代人的深情融入了一条千古流淌的江流。小篇章大容量，以茶楼的变迁、茶楼主人的更新来衬托出时代的变化，小城风景的流光叠彩，人们生活的日新月异。

“春花姑娘端上两碗盖碗茶，送到老爷爷的桌面上。两位寿爷抿了一口，同时发出惊叹：‘哟呵，香甜香甜，哪来这等好茶啊？’春花恭敬地站在桌前，品数着茶碗的内容：‘这是特级龙井茶，配有枸杞、甘草、桂皮、姜糖、菊花等佐料。喝下去即可冒汗顺气、清嗓润肺、滋阴壮阳，老人喝了延年益寿啊。你看，这水中茶叶鲜活如枝头再生，招惹口舌……’”

“春花呀，你今年才 18 岁吧，就当上老板啦，比你奶奶和妈妈还要厉害，笋子高过竹啊！你请我们喝这等好茶，真让我们不好意思哟！”寿爷们感叹地说。

“哪里话呀，我还要谢你们呢，当年奶奶、妈妈的茶馆不都是你们喝出来的吗？”春花浓情满意款待着寿爷们……

寿爷们老了，但春花经营的古茶楼新韵悠长，声润辰河，正是春风满楼情满楼。

人生如同江面，波浪便是它的足迹，我多么希望人生的江面能够卷起几朵多姿多彩的浪花，哪怕是瞬间显现或是显现瞬间，而品味却是一种难得的深久。

人生之路崎岖蜿蜒于人间的山道，精彩的人生精彩着大千世界的精彩，

《心歌清唱》啊，也唱出了世间一道道诱人的风景。

“世间剪影”精巧地剪出了世间个个闪光的镜头。有喜怒哀乐，有悲欢离合。《聆听文学的声音》是把有幸参加全国首届“古风杯”散文大奖赛颁奖会与“新文学创作研讨会”的声音捧入怀中、灌进耳鼓，因而过上了几天北京的日子。虽然在冰天雪地的北国风光里，可心中仿佛燃烧着一团火，暖融融的。

《人民文学》副主编肖复兴说：“文学不是镜子，不是对生活的简单再现和描摹。文学是细节的艺术，从感动你的细节入手，就可能打动别人。我认为，一切写作在于细节。”《小说选刊》主编贺绍俊说：“小说的故事也许不是独创的，但其细节必须是自己的。”莫言当时只谈了关于《红高粱》的创作体会。他主张文学创作要写跟别人不一样的东西，写个性的东西。著名女作家张抗抗也极力主张文学应该带有鲜明的个人印记，对于文学应该抱着比较宽容的态度……

文学的声音汇成了一条奔腾不息的文学长河，如同不息奔腾的岁月长河。我坚信，中国的明天定会有更多的莫言、梁晓声在这条长河里涌现。

《老板娘咏叹调》唱出了中国万千女老板辛酸苦辣的心灵之曲。她们当中有不少患难夫妻，从相濡以沫里走来，创造了财富与精彩的生活，而在富裕之后，夫妻感情与精神生活却跌入了贫穷的泥潭。许多女老板的事业与生活中常会遇到许多男性的干扰，但生活的激流依然翻江倒海。在汹涌的商潮中，不是在波澜中翻起浪花，就是被激流的旋涡淹没。很多有钱的女老板想找大学生结婚，可是她们在知识面前依然贫穷，总是被知识所轻视。于是，她们千方百计想自己的孩子成为大学生。

无数精彩的人与事构建了一个精彩的世界，一支钝拙的笔头岂能精彩这个世界？只有用艰辛的脚步走进精彩里去，然后再努力走出一个精彩来。

《心歌清唱》正如刘明文老师的序文所言：“本楚自幼生长于山村农家，以青山绿水为母怀，故乡的每一弯山路、每一座溪桥、每一口山泉、每一缕炊烟，都在温馨着他那故土的依恋，而古老桐油灯下母亲劳累的身影，悠悠牛蹄声中父亲艰辛的汗水，以及竹林深处、山道路口留下诸多的人事记忆，又都在熨帖着他那亲情的呼唤。本楚就是带着这样的原生情结激化心志的。”因此，便有了抒情写意的山水畅怀，驱情入理的人生品味和有声有色的世态描绘。曲曲心歌，总有一股爱的暖流荡漾其间；文情诗意，全向情爱深处汩汩注入。爱故乡、爱亲友、爱自然、爱人生。当我们追溯这种爱的源头时，便会发觉一泓感恩的清流，波涌浪翻而来，深久地滋润着乡情、亲情和友情，以及世间一切的真善美……

《心歌清唱》轻吟在辰河边上：“吊脚楼下，那些丝丝缕缕的柳条儿舞风弄雾，划破水面，点点滴滴，滑溜着山城无尽的风月梦；楼脚，那些漂洗衣裳的姑娘，一泼笑声、一泼槌声，伴随着辰河的水浪声，总有令人采撷不尽的古朴风韵和明丽情趣。”《心歌清唱》咏叹于桐油灯边：“油灯里燃烧的棉花条，一根根燃尽了，又一根根点亮了，而那颗燃烧的亮点始终是母亲心中的火星儿，时时刻刻燎着母亲的心愿，燎着母亲的梦。”我终于从桐油灯下、从母亲的怀里走出了大山，但又始终走不出大山，走不出父母的思念……

《心歌清唱》是唱给故乡悠扬的歌，的确是自己的感恩之作，但又未能尽其感恩之意，只能算自己知情知恩的心灵吟咏、心灵清唱，唱亲情、唱友情、唱人生、唱世间真情，把切切的爱、深深的情唱给世间所有关怀、关心、关爱与疼爱自己的人。

心歌清唱，温暖在思念的故乡，诗情缠绵，根润于深厚的泥土。

（原发表于2024年2月28日“新湖南·据点”，后于2025年发表于《中国报告文学》第4期文学版）

辉映故乡泥土的星光

辰溪县作家协会编辑出版的会员作品集《星光》，是写在大地上的文章，唱响大地的歌吟，描绘大地的诗篇，倾注大地春色的厚谊深情。

《星光》共收录小说、散文、诗歌、报告文学180篇（首），35万余字。基本上是各级报刊公开发表的作品，文学艺术的层次不算很高，但毕竟是历经了编辑文眼的过滤而筛选出来的，其中孕育的滴滴汗水和心血如同颗颗星光，闪烁在字里行间，渗透着25位业余作者血脉的深情流淌和灵慧的鲜活跳动。

首先，从小说来看，以《北风那个吹》《半罐二婶》《敢不敢干》《花酒店》等为代表的30篇中、短篇小说，大都是取材于乡土，都是从泥土里刨出来的人情故事、冷暖细节。有莽莽群山中飞出的“小鸟”，有泥土深层处拱动的“小虫”，有溪流漫游的“鱼虾”，有田野啼鸣的“青蛙”……虽然都是小小人物，但在他们的心海里也能翻起大波大浪，在他们人生的河流里久久地翻涌着辛酸苦辣的浪花。一位知名老作家对《北风那个吹》就有过精彩的点评：“不动声色的叙事，却在铺张着一段非同寻常的爱的传奇，让人情牵意缠，让人久难释怀。如此真切地拨动着人所共有的情感神经，谁还会去怀疑故事的真实性？作者高超之处，正在于此。”由此可见，这位作家情爱深处的心弦，也被其故事的曲折波澜而久久拨动。诸如这样的小说篇章还有很多，在此就不一一点到了。

小说创作是我的短板。但凭我对小说阅读的感悟，小说的故事可以是别人的，但细节必须是自己的。其人物形象与个性的塑造、故事情节与情感发展的铺设、矛盾冲突与高潮的处理……都是小说作者应该心领神会和深谙其道的。

其次，观散文群像，可谓琳琅满目、朗声悦耳。散文，是古往今来的中华国文。在5000年的中华文脉源流的源远流长中，散文一直是文学门类中主体文种。于是曾有文学大家说，散文可以救国。从《星光》作品集收录的81篇散文看，大都是党报副刊发表的，充分融会了党的宗旨和大政方针，表达了人民大众的心愿，抒发了作者对党和人民及祖国山河的满腔激情，深刻表达了作者对人民大众的深情热爱和深刻眷恋。以《留住那些感动》《黑嫂》《远去的油坊》《煨茶漫语芷兰香》《桂花深处》《望乡的风》《追梦犁头嘴》《跪拜泥土》《木洲·沅江的宠儿》等为代表的散文篇章，无一不是山水心语、泥土深情和人生感悟。透过字里行间，虽然没有读到文学大家那样大气宏阔、情感丰满、智识深广、哲理深邃的大作。但还是可以仰望到群峦峰巅的雄奇，亲昵到委婉柔情的山水、芬芳深厚的泥土、烂漫吐香的野花芳草、啼鸣动听的鸟音虫声。其中《一包香烟》《哑巴让座》《一袋鸡蛋》等精短散章，都充分表达了普通劳动人民最原始、最朴素、最善良、最纯洁的厚意深情。尤其是《跪拜泥土》，两个小小镜头，高度浓缩了一位勤劳艰辛、平凡而伟大的父亲形象，从泥土的深处挖掘出古老的中国人民对泥土的深情。《煨茶漫语芷兰香》，其文情似有一点散漫，但散漫出一条古街与一位老人久远的故事。茶香烟云酿出的冷暖人情，伴随着一条久久不息的生命江流，久久不息地流向远方。

对于散文创作，我是一直追求语言的弹性与个性风格。开阔的视野与深度的叙事、情感的推进与生动的表达等，都是散文创作应该讲究的。我主张，散文应该是美文。

再说诗歌。诗歌，尤其古诗词是中华传统文化的精粹。《诗经》是诗歌的源头。最早也只是一些民间歌谣，原始而粗糙，经过历史长河的流转和淘洗，口口相传，不断吟唱，才日渐完善。有学者论述，屈原的出现，标志着中国的诗歌由集体歌唱进入个人独唱时代。因此，屈原的《离骚》堪称世界诗歌的高峰，不愧为中国诗歌耸立于世界诗歌之林的一块丰碑。

《星光》集选的诗歌。凭我对诗歌的浅显目力和眼光，大多是取材于对山水的歌吟、对泥土的低唱。当然不乏一些亮眼的句词、深远的意境、深刻的寓意，也能将画意诗情推向高潮。如《我是一滴水》《穿岩山，带着诗意去看你》《端午》《春游罗子山》《访贫困户》《江堤晚景》《古渡头》等，都不愧为一颗颗翠亮的玉石，从山水、泥土里孕育孵化跳动出来，闪烁在读者的眼里。但现代诗歌太少，诗歌的特点还不能高度集中地表现出来。凭书本对诗歌所述的主要特点是：诗歌是高度集中、概括地反映社会生活，具有丰富的想象、联想、幻想和思想感情，兼容语言的音乐美、意境美和形象美。

尤其是作者奔放高昂的激情、波翻浪涌的高潮，或生死相依的情爱之情，都是需要以诗歌的形式才能达到最佳的表达效果，其他的文体自然不能相比。尽管个人对诗歌的认知难免偏颇，但是在《星光》这块有限的园地里，也能闪烁着诗歌的星光，闪烁着诗歌的弦外之音、话外之意、境外之情。使诗歌的意境走向了辽阔无边的海洋和天空，这是十分难能可贵的。

最后说说报告文学。在《星光》集里的报告文学还是一个弱势群体。其中选载的4篇文章均出自一位作者之手，显然是势单力薄的。近年来，报告文学在文学创作的海洋里迅速翻起了激荡的浪花。尤其是在“精准扶贫”系统工程的推进中，报告文学欢欣雀跃。不少的报告文学作家和报告文学作品脱颖而出，繁荣了报告文学的创作景象，更是提炼了报告文学作家的创作本领和报告文学作品的品质。依我对报告文学特点的理解和创作经验来看，《星光》集里的4篇报告文学算是比较成熟的。从人物的典型性、事迹的先进性、语言的文学性方面，基本达到了报告文学内在因素的完善统一，用文学的语言鲜活了人物、突出了事迹、描画了细节，并以丰富动人的情感丰满了人物形象。把扶贫女队长梁丽萍的女性柔情刻画在扶贫对象的身上，让典型人物的泪水滴在先进事迹的情节中。村支书记刘仁忠坚韧不拔的意志，忍辱负重、赤子之心的情怀；重返娘家的雷金凤，用自己的血汗金钱建设家乡；爱心真情播山乡的张茂爱，倾情关爱贫困村民和弱势群体。这些小小人物的形象，都是破土而出的泥土形象，泥土的血肉、泥土的情怀。的确是泥土里发出的星光，照亮了故乡的山水，照亮了乡村和田野。然而报告文学创作，需要辛勤地触摸时代脉搏和人类的精神世界，更需要辛勤地贴近现实生活的温度和扎根泥土的深度。因此，《星光》集的报告文学作者有待更加深入泥土、深入百姓心灵，方能创作出有温度，更有深度的不愧于时代、不愧于人民血肉深情的报告文学作品来。

春光明媚开景眼，文采风流入画图。泥土，是文学创作者的立根之本；故乡，是我们的出发原点。泥土无言，深藏真情；山水无语，如画风光。《星光》照亮了故乡山水的亮色，《星光》更是辉映着故乡泥土的星光。

（发表于2022年3月18日《湖南日报》湘江副刊）

后记

痴恋散文多少年月，饱尝过雪雨霜风，煎熬过炎炎夏日，也温暖过春和日丽，欢欣过春花秋月，可始终没有恋出散文精品来。

人说文无定法，而散文又是最难法定，古今如此，中外亦然，没有哪一篇经典能定出法则，于是把散文推向了无定法之中而自成法则、无圆方之内而自成方圆的共识之中。因此，到头来还是散文最难作。

有文学大师教导我："就文学语言的传统风格而言，小说重在说，散文重在文，诗歌重在歌……"此话与我的写作体悟产生了共鸣。于是在散文创作上，我一直在追求散文的文风、文气、文采与文韵以至向散文艺术品位的层次突破。但是毕竟限于自己的学识与底蕴，总是心有余而力不足、诗有意而韵难求、文有风而气难雅、采有色而质难优。每作一篇热汗淋漓，唯恐慢怠了祖先造就的这一批批优秀的文字。尽管不断地尝试与探索，依然久久难以跳出自己的视域与文眼，情感境界总是眷恋于自己生长和经历的山水田园、人事景情与风物意趣之中。

然而，散文仅有情感激动是远远不够的。散文必须有赖于作者对生活的深刻体验和娴熟把握，对现实潮流的精确审美与升华；散文更需要体现一个时代的精神追求，成为作者的一棵精神大树，经受现实的风雨，沐浴时代的阳光。

《大山的呼唤》源于本人的网名"大山之子"，更是源于文集之中的笔触之处多是山山水水、田园泥土，故命其名。《大山的呼唤》既是大山的呼唤，更是"大山之子"的呼唤、作者的呼唤。唤亲情、唤友情、唤乡情、唤山水泥土情以及呼唤世间一切真善美之情。《大山的呼唤》，真情的呼唤、生命的呼唤、生生不息的呼唤……

《大山的呼唤》一书能够面世，载现一个梦想的追求，首先得益于中文名师导师、名教研员刘建华老师对整部书稿的整理、审读、校正与倾囊相助，得益于恩师刘明文与沈家庄老师的谆谆教诲，尤其得益于时任《湖南日报》高级编辑杨丹老师于百忙之中对书稿的审阅，更得益于潘洁老师与百花文艺出版社郑爽编辑的辛勤劳动和支持关怀，在此一并致谢！

坦荡为人，真诚为文，是我一以贯之的立世之道。因此我还要真诚感谢所有扶植过我的党政领导、报刊编辑和文学师友，并真诚地向广大读者致意。如蒙赐教，当是我不胜荣幸之事。

刘本楚

2025年2月